北欧文学译丛

第七带

Det Syvende Bånd

Svend Åge Madsen

[丹麦] 斯文·欧·麦森 著

郗旌辰 译

中国国际广播出版社

"北欧文学译丛"编委会

主 编

石琴娥（中国社会科学院外国文学研究所）

副主编

徐 昕（北京外国语大学欧洲语言文化学院）

编 委

（以姓氏汉语拼音为序）

李 颖（北京外国语大学欧洲语言文化学院芬兰语专业）
王梦达（上海外国语大学德语系瑞典语专业）
王书慧（北京外国语大学欧洲语言文化学院冰岛语专业）
王宇辰（北京外国语大学欧洲语言文化学院丹麦语专业）
余韬洁（北京外国语大学欧洲语言文化学院挪威语专业）
赵 清（北京外国语大学欧洲语言文化学院瑞典语专业）

绚丽多姿的"北极光"

——为"北欧文学译丛"作的序言

石琴娥

2017年的春天来得特别地早,刚进入3月没有几天,楼下院子里的白玉兰已经怒放,樱花树也已经含苞待放了。就在这样春光明媚、怡人的日子里,我收到中国国际广播出版社文史编辑部主任张娟平女士打来的电话,想让我来主编一套当代北欧五国的文学丛书,拟以长篇小说为主,兼选一些少量有代表性的短篇小说、诗歌等,篇目为50—80部左右。不久之后,中国国际广播出版社的王钦仁总编辑和张娟平主任又郑重其事地来到寒舍,对我说,他们想做一套有规模、有品位的北欧文学丛书,希望能得到我的支持,帮助他们挑选书目、遴选译者,并担任该丛书的主编。

大家知道,随着电子阅读器和智能手机的普及,越来越多的人通过电子设备来阅读书籍。在目前的网络和数码时代,出现了网络文学、有声书和电子书,甚至还出现了人工智能创作的作品,纸质书籍受到极大冲击,出版纸质书籍遇到了很大困难。有的出版社也让我推荐过北欧作品,但大都是一本或两本而已,还有的出版社希望我推荐已经过版权期的作品,以此来节省一些成本。而中国国际广播出版社却希望出版以当代为主的作品,规模又如此之大,而且总编辑又亲临寒舍来说明他们的出版计划和缘由,我被他们的执着精神和认真态度所感动,更被他们追求精神品位的人文热情所感动。我佩服出版社的魄力和勇气。面对他们的热情和宝贵的执着精神,我怎能拒绝,当然应该义不容辞地和他们一起合作,高质量、高品位地出好这套丛书。

大家也许都注意到,在近二三十年世界各国现代化状况的各类排行榜上,无论是幸福指数,还是GDP或者是人均总收入,还是环境保护或者宜居程度,从受教育程度和质量、医疗保障到养老、失业等社会保障,还有从男女平等到无种族歧视,等等,北欧五国莫不居于世界最前列,或者轮流坐庄拿冠夺魁,或是统统包圆儿前三名,可以无须夸张地说,北欧五国在许多方面实际上超过了当今世界霸主美国,而居于当今世界发达国家最前列,成为世界现代化发展中的又一类模式。

大家一般喜欢把世界文学比作一座大花园,各个时期涌现出来的不同流派中的众多作家和作品犹如奇花异葩、争妍斗艳。北欧文学是这座大花园里的一部分,国际文学中,特别是西欧文学中的流派稍迟一些都会在北欧出现。北欧的大自然,由于地理位置、自然环境和气候条件,没有小桥流水般的婀娜多姿,而另有一种胜景情致,那就是挺拔参天、枝叶茂盛的大树,树木草地之间还有斑斓似锦的各色野花和大片鲜灵欲滴的浆果莓类。放眼望去,自有一股气魄粗犷、豪放、狂野、雄壮的美。北欧的文学大花园正如自然界的大花园一样,具有一股阳刚的气概、粗豪的风度。它的美在于刚直挺立、气势崴嵬。它并不以琴瑟和鸣般珠圆玉润和撩拨心弦的柔美乐声取胜,却是以黄钟大吕般雄浑洪亮而高亢激昂的震颤强音见长。前者婉转优雅、流畅明快，后者豪迈恢宏、气壮山河。如果说欧洲其余部分的文学是前者的话，那么北欧文学就是后者。正如鲁迅所说，北欧文学"刚健质朴"，它为欧洲文学大花园平添了苍劲挺拔的气魄。以笔者愚见，这就是北欧五国文学的出众特色，也是它们的长处所在。

文学反映社会现实。它对社会的发展其功虽不是急火猛药，其利却深广莫测。它对社会起着虽非立竿见影却又无处不在的潜移默化作用。那么，北欧各国的当代文学作品是如何反映北欧当代社会的呢？它对北欧各国的现代化发展是不是起了推动促进作用了呢？也许我们能从这套丛书中看到一些端倪。

北欧五国除了丹麦以外，都有国土位于北极圈或接近北极圈。北极光是那里特有的景象。尤其到了冬天夜晚，常常能见到北极光在空中闪烁。最常见的是白色。当然有时也能见到五彩缤纷、绚丽多姿的北极光。北欧五国的文学流派众多，题材多样，写作手法奇异多姿，犹如缤纷绚丽的北极光在世界文坛上发光闪烁。

北欧包括 5 个国家：丹麦、芬兰、冰岛、挪威和瑞典。讲起当代的北欧文学，北欧文学史上一般是从丹麦文学评论家和文学史家勃朗兑斯（Georg Brandes，1842—1927）于 1871 年末在丹麦哥本哈根大学所作的《十九世纪文学主流》算起，被称为"现代突破"。从 19 世纪的 1871 年末到目前 21 世纪的 2018 年近 150 年的时间里，一大批有才华的作家活跃在北欧文坛上。在群英荟萃之中，出现了几位旷世文豪，如挪威的"现代戏剧之父"亨利克·易卜生，瑞典文学巨匠——小说家、戏剧家斯特林堡和荣获诺贝尔文学奖的第一位女作家、新浪漫主义文学代表塞尔玛·拉格洛夫，丹麦1944年诺贝尔文学奖获得者约翰纳斯·维尔海姆·延森和芬兰的批判现实主义作家约翰·阿霍等。"北欧文学译丛"拟以长篇小说为主，间选少量短篇作品，所以除了易卜生，因其作品主要是戏剧外，其他几位大家的作品我们都选编进了本系列。这些巨匠有的是当代北欧文学的开创者，有的是北欧当代文学中各种流派的代表和领军人物，都是北欧当代文学中的重要作家，他们的作品经历了时间考验。

在北欧文坛中，拥有众多有成就有影响的工人作家是其一大特色。有的还获得了诺贝尔文学奖，成为世界级的大文豪。这些工人作家大多自身是农村雇工或工人，有过失业、饥饿或其他痛苦的经历，经过自学成为作家。他们用笔描写自己切身的悲惨遭遇，对地主、资产阶级剥削和压榨写得既具体细腻，又深刻生动。正是他们构成了北欧20世纪以来现实主义文学的主流。在这些工人作家中最突出的有丹麦的马丁·安德逊·尼克索和瑞典的伊瓦尔·洛-约翰松等。对这些在北欧文坛上占有重要地位的工人作家的作品，我们当然是不能忽略的，把他们的代表作选进了这套丛书之中。

除了以上这些久享盛誉的作家外，我们也选了新近崛起的、出生于1970和1980年代的作家，如出生于1980年的瑞典作家乔安娜·瑟戴尔和出生于1981年的挪威作家拉斯·彼得·斯维恩等。他们的作品在北欧受到很大欢迎，有的被拍成电影，有的被搬上舞台。这些作品，虽然没有经历过时间的考验，但却真实地反映了目前北欧的现状，值得收进本丛书之中。

从流派来看，我们既选了现实主义作品，也不忽略浪漫主义、超现实主义和意识流的作品，力求使读者对北欧当代文学有个较为全面的印象。从作家本人的情况看，我们既选了大家公认的声誉卓越的作家的作品，也选了个别有争议作家的作品，如挪威作家克努特·汉姆生，他是现代挪威、北欧和世界文坛上最受争议的文学家。他从流浪打工开始，1920年成为诺贝尔文学奖得主，晚年沦为纳粹主义的应声虫和德国法西斯占领当局的支持者，从受人欢呼的云端跌入遭国人唾骂的泥潭，而他毕竟是现代主义文学和心理派小说的开创者和宗师，在20世纪现代文学中扮演了承上启下的转型角色。我们把他的"心理文学"代表作《神秘》收进本丛书。这部作品突破传统小说的诸多常规要素，着力于通过无目的、无意识的内心独白，以及运用思想流、意识流的手法来揭示个性心理活动，并探索一些更深层次的人生哲理。1978年诺贝尔文学奖得主、美国作家艾萨克·辛格说："在我们这个世纪里，整个现代文学都能够追溯到汉姆生，因为从任何意义上他都是现代文学之父……20世纪所有现代小说均源出汉姆生。"我们把这个有争议作家的作品选入我们的丛书，一方面是对北欧和世界文学在我国的译介起到补苴罅漏的作用，另一方面也可进一步了解现代文学的来龙去脉，以资参考借鉴。

总之，我们选材的宗旨是：把北欧各国文学史中在各个时期占有重要地位作家的代表作收进本丛书。虽然本丛书将有50—80部之多，但是同150年的时间长河和各时期各流派的代表作家和作品之多比起来，这些作品还是不能把所有重要作家的作品全部收入进来。譬如瑞典作家扬·米尔达尔（Jan Myrdal，1927— ）是20世纪60年代中期出现的一种新兴文学——报道文学的代表人物之一，他的《来自中国农村的报告》（1963）成为当时许多国家研究中国问题的必读参考材料，被译成十几种文字多次出版。尽管他的这本书因材料详尽、内容真实、记载细腻而风靡一时，但在这套丛书中，不得不割爱，而是选了其他在国际上更为著名的瑞典作家作品。

本丛书中的所有作品，除了极个别以外，基本都是直接从原文翻译，我们的目的是想让读者能够阅读到原汁原味的当代北欧文学。同英语、俄语、法语等大语种翻译比起来，我们直接从北欧语言翻译到中文的历史不长，译者亦不多，水平不高，经验也不足，译文中一定存在不少毛病和欠缺之处，望读者多多包涵，也请读者给我们提出宝贵的建议和意见，便于我们改进。

本丛书能够付梓问世，首先要感谢中国国际广播出版社社长张宇清先生和总编辑王钦仁先生，没有他们坚挺经典文化的执着精神和开拓进取的勇气，这部丛书是不可能跟读者见面的。我还要感谢本书所有的编委，是他们在成书过程中做了大量工作，从选材、物色译者到联系有关国家文化官员和机构，都付出了辛勤的劳动。不仅如此，他们还亲自翻译作品。没有他们的默默奉献和通力合作，这部丛书是难以完成的。在编选过程中，承蒙北欧五国对外文化委员会给予大力帮助和提供宝贵的意见，北欧五国驻华使馆的文化官员们也给予了热情关怀，谨向他们致以衷心的感谢。对编选工作中存在的疏漏和不足，还望读者们不吝指正。

2018年6月
于北京潘家园寓所

石琴娥，1936年生于上海。中国社会科学院外国文学研究所北欧文学专家。曾任中国－北欧文学会副会长。长期在我国驻瑞典和冰岛使馆工作。曾是瑞典斯德哥尔摩大学、丹麦哥本哈根大学和挪威奥斯陆大学访问学者和教授。主编《北欧当代短篇小说》、冰岛《萨迦选集》等，为《中国大百科全书》及多种词典撰写北欧文学、历史、戏剧等词条。著有《北欧文学史》、《欧洲文学史》（北欧五国部分）、"九五"重大项目《20世纪外国文学史》（北欧五国部分）等。主要译著有《埃达》《萨迦》《尼尔斯骑鹅旅行记》《安徒生童话与故事全集》等。曾获瑞典作家基金奖、2001年和2003年国家图书奖提名奖、第五届（2001）和第六届（2003）全国优秀外国文学图书奖一等奖、安徒生国际大奖（2006）。荣获中国翻译家协会资深荣誉证书（2007）、丹麦国旗骑士勋章（2010）、瑞典皇家北极星勋章（2017）等。

译　序

很荣幸能够受中国国际广播出版社之邀翻译这本丹麦小说，这是一部比较新的作品。作者虽然八十一岁了，仍活跃于丹麦文坛。我们同住在丹麦第二大城市奥胡斯，所以我能常登门拜访，同作家本人讨论翻译过程中的问题，这一点颇为幸运。

斯文老爷子有自己的网站，且甚是专业，打开之后是一张黑白照片，目光炯炯。第一次找他的联系方式，发现他的电话就摆在网页上。我打过去，说是他的中文译者，他沉默了两秒，估计在想是不是诈骗。原来他还没有得到出版社的消息，我赶紧解释了一番，这下他高兴了起来。我们商定邮件联络，到了最后定稿之前，一定见上几面。

我就在译序里讲讲我第一回去拜访他的事吧！

斯文家的房子是个独栋的小别墅，像英文字母 A 的模样，一层的客厅里是大落地窗，雨后的阳光可以全部照进来。墙边一架老钢琴，钢琴上方的墙壁上挂着各种民族乐器，估计来自非洲。然后另一边是书架，满满一墙的书，大多是旧书。

作家一个人住，家里不常有人拜访，他提前买了点水果，还说要泡一壶茶，希望有点中国茶的味道。我们坐下来闲聊了一会儿，他总是很耐心地听我把话讲完，好几次我说多了，他也一直听，绝不会打断我的话。后来过了快半个小时，我提醒他茶还泡着呢，他一拍脑袋，赶紧取过来，说不行的话再泡一壶。

我开始问他问题，他说书是好些年前写的，自己都不太记得内容了,前一天晚上赶紧又重读了一遍。问到书中的引用,他总是离开片刻,到书架上找出几本书,然后告诉我是从哪一本里来的,为什么这么写,和我说回去可以读一读。"不过如果译不出来,就让它消失在翻译里吧,也没关系。"

临走之前,他想挑一本书送我。我们穿上木鞋,走到他后花园里的小木屋。"以前家里人多的时候,我就到这里写。"小木屋里也是书,堆得满满的,一张小木桌,靠着窗户,后面一张小沙发,写累了就躺一躺。木屋里有些冷,他说这样好,头脑清醒。从木屋回来的路上,我看到别墅的二楼也是大窗户,里面贴着墙的书架满满当当。

从斯文家回来的路上,我买了车票,坐在车上想,一个人写作持续五十年是什么感觉。每一本书里都留下了他的一点思考,若说这点思考就像水滴,唤起了一拨拨读者的共鸣,或者探究的乐趣,最终亦消失在书堆里。那么,斯文一个人就贡献了一条溪流呢!

斯文的处女作发表于1963年,到目前为止他几乎每年都有新书出版,题材多样,也涉及很多不同的文学类型,童书、小说、剧本等,可以看出他是个喜欢挑战自我的作家。在挑战自我的同时,斯文也知道自己的原点,他生于、长于奥胡斯,很多作品都围绕这座城市展开,涉及城市里的地标性建筑,譬如本书中提到的植物园,斯文人生中的头二十五年就住在园子对面。

斯文毕业于数学系,他的一系列作品体现出理科男的基因,也留下了受到现代主义、后现代主义和魔幻现实主义文学影响的轨迹。

他在写作的初期对叙事角度颇感兴趣,抱着强烈的实验愿望，写了一批前卫、独特而抽象的作品。他在这些作品中把玩着主人公的描述角度，书中在动的往往不是人，而是看这些人的视角，视角叠加在一起塑造出多面的人物。

20世纪60年代末期，斯文书中的人物更加精致，他开始尝试不同的文学题材，用各种故事的要素做实验，作品有科幻小说、犯罪小说等。斯文通过这些不同的文学题材来探索他对人与世界的观察。

80年代的斯文开始专注于写作科幻小说，展现出他对时间的好奇，还有对人、自我认知历史的探索。90年代斯文开始在科幻小说中加入对科学和科技的探讨，这一特点在2006年出版的《第七带》中也能看到。

可以说，斯文的作品是丹麦现代文学中极为重要的一笔，他那充满哲学思考又富有幽默意味的文学作品，为一代代丹麦读者提供了一个认识世界的方法：人和世界的形象，都取决于你的视角。就像《第七带》中提到的拓扑斯理论的逻辑那样，探究世界是由世界之中的观察者进行的，他们只能通过环顾四周，从所能观测到的范围，获得关于这个世界的有限的或部分的信息。

评论家们一致认为，《第七带》是斯文的一部代表性作品，体现了他的作品固有的风格：对现实的反映，对生存环境的探究，对人在作者所设置的系统中的行为的观察。

斯文在《第七带》中描述了一个虚幻的社会——为消除犯罪而建立了锁链系统，人人互相监视。一个人用目镜对另一个人进行监视，并对他的活动进行录像，那么这个人就成为另一个人的"眼睛"，而另一个人则成为这个人的"映像"。"眼睛"对"映像"的违法行为可以提醒，也可以上报。

《第七带》中的这个"带"字，不管是在丹麦语还是汉语中都有多重含义，在书中既是指主人公的"眼睛"寄给他的一盘盘磁带，又象征他们两人之间联系的纽带。本书叙事方式独特大胆，叙事视角频繁转换，最终呈现出故事的连贯性，体现出作品的新奇特点。

在同作家的探讨中，他明确地告诉我，其实他一直试图避开描述整个系统的烦冗细节，他希望读者自己去想，自己去假设，这个系统该如何建立最合理，还是永远也不会合理。他甚至喜欢读者自己去想一个故事，给自己找一个主人公，写出另一个作品。一则针对本书的书评中提道："斯文擅长的并不是在逻辑上给出一个宏大的设计，而是如何对其进行描述。他的叙事手法并不会传达出他的主观意向，反而给读者留下了很多的空间。"

斯文是个勤奋的作家，决定了一辈子只做跟写书有关的事情，日复一日地读，在小木屋里写（他告诉我，新的书稿已经寄给出版社了，不知道什么时候能得到回复）。单就这一点，他就赢得了我所有的尊重。能把他的一本好书介绍给中国读者，是我的荣幸。他在丹麦的知名度很高，尤其是奥胡斯的老书虫们对他都是赞不绝口，我希望中国读者也能从斯文的书中获得一份愉悦。

郗旌辰
2020 年 4 月 26 日
丹麦奥胡斯

译者简介：郗旌辰，北京外国语大学丹麦语专业学士学位，丹麦奥胡斯大学国际学专业硕士学位，现居奥胡斯市。从事丹麦语文学翻译数年，译有《关于同一个男人简单生活的想象》、童书《蚂蚁侠》系列。

目　录

第一带 / 001

第二带 / 042

第三带 / 076

第四带 / 123

第五带 / 162

第六带 / 194

第七带 / 229

第一带

指引我。

填满我。让我的故事在空中飘荡，直到拥有重量。卡蒂，只有你了解我。尽情地对我讲述吧！这正是我所需要的，这样我才能认出自己。人都有述说的欲望。让我因你的描述而存在，卡蒂。告诉我你眼中的我。

一双破烂的胶鞋，一条旧牛仔裤，双腿随意地搭在茶几上。这就是她第一次看到你的画面。真美。

大课间的时间还剩一些。最后几个绝望的烟鬼逃到了布迪楼，那最近的自由之地，让他们在不害人的地方享受自己的恶习。

终于一个人了，你瘫在屋里唯一一张舒适的沙发上，腿肚子搭到新买的玻璃茶几上。巡视员要是这时候看见你，肯定会一巴掌打在你头上，你边想象着那幅场景，边享受着自己的勇气。眼睛会原谅我的，你准许自己这样想。当然会原谅你，只要你别把饭掉到桌子上。你把盘子和饭盒推远了一点。没有在精美的、名家设计的桌子上留下痕迹。不是波乌·陌森，那会是谁呢？购置家具的预算明显富余了不少，还得感谢我们现在有眼睛看着。你的小腿还在酸痛，都怪昨天晚上热闹的告别仪式。你们庆祝组合的终结，那是年轻人的叫法。你还没完全习惯这个词，还在品味。组合的终结，意味着今天你将进入一个新的联结。卡蒂被换掉了，却还是卡蒂。

寂寞的感觉罩住了你。那美好的寂寞，让你有种想要联结的迫切，好奇接下来的几个星期会发生什么。你把设备拿出来，犹豫了一下，因为走廊上传来一段对话，不过很快就同精力充沛的脚步声一起消失了。

想到应该会有片刻不被打扰的独处，你把设备从箱子里拿出来。你过于专注，酸痛的小腿从茶几上掉了下来。你一边做着腿部按摩，一边为昨晚的放纵傻笑起来。欢愉之后总是紧跟着痛苦。你是不是也该懂得适可而止了？我的确很享受你的创意，但不管怎么说你也不年轻了。

你没有花时间擦拭镜片，上面有点起雾，但是你并不在意，只想着尽快开始。安装目镜，慢慢地转动，一边设置一边搜索。一切都雾蒙蒙的，很模糊，好像透过磨砂玻璃看东西。这让你想起曾经追踪过的一个潜水者。大量的气泡，噼里啪啦，加上飒飒的声音，除此之外什么都没有，感官被完全淹没。现在还不至于那么糟糕。你小心地把镜片上的水雾擦掉。尽管出现了这种常见的设置问题，图像还是开始渐渐显现。这是你第一次把目镜朝向这个映像，第一次成为他的眼睛。或者是个她？

你校准各个传感器，画面一下子清晰起来。你看到了他。准确点说是一双黑色的、擦得雪亮的皮鞋。确认是个男人。他朝着石阶走去。有阴影，证明是个晴天。你朝窗外看了一眼。嗯，阳光穿透晨雾，甚是灼热。又是美好的一天。那双雪亮的皮鞋走上台阶。你微调了高级设置。灰色的绒布裤子，褶皱熨烫得一丝不苟。我察觉到一丝失望？

就算是个商业人士,你也能从他身上学到点东西。人类之事你都应关心。你受教地点点头。又把腿甩到茶几上。用我的视角看看你自己:破旧的牛仔裤上磨漏了几个洞。胶鞋上的一根鞋带是缝起来的。目镜架在眼前,你让自己尽量坐得舒坦一些。

他走进一栋看起来很官方的建筑,你没能马上认出来。这是个你来填充的男人。你浑身再次充满了那种美好的、联结起来的感觉。

走进大楼的时候,他的公文包被门把勾住了。只是轻轻一下。一个电影中永远也不会包含进去的细节。他把带子甩出来,同时跟门边那位等电梯的又高又瘦的男人打招呼。你的男人大步走向电梯,并没有失去尊严地跑起来,石砖地板发出回声。

他在门关上之前赶上插进去一只脚,没有伤到那擦得雪亮的皮鞋。门感应到阻碍,再次打开,他走进去。你终于能看清新获得的这个身体。中等身高,体形匀称饱满,突起的下巴刮得很干净。应该比你年轻几岁。三十五六?但是眼睛下面的眼袋还是暴露了他忙碌的生活。衣领上有枚徽章,好像是方块 A 的形状,你不认得。

你在电梯间里又看到一套灰色西装,还有一个很安静拘谨的女人。角落里那位半秃的男人把举着的报纸朝走进来的男人递去。"你看这个了吗,尼克?"但他显然又后悔了,决定自己拿着。他把报纸摊开,捕捉着最微弱的光,然后从指着的地方开始读。"这是一封读者来信。当下很多人都在讨论文学经典选集。其中就有人提议说要把最重要的赞美诗选进去。因此,我想坦诚地说(而且我猜这绝不仅是我的个人观点)……"

电梯升起，发出的声音仿佛压抑的叹息，把剩下的部分都吞没了。

你的幽闭恐惧症犯了，没有继续跟踪他们上楼。这时走廊上传来喧嚣声，你把腿从桌子上拿下来，好像明知自己犯了错的小孩。你卸下目镜装回盒子里。

还没进来，约克就拿起一个纸团，瞄准了垃圾桶扔过去。没中。嗨，嗨，他朝着你说，然后把纸团捡起来，往后退了几步，确保还有挑战性，又扔了一次。进了。他举起双臂接受想象中的掌声。约克是个极其好斗的人。几年以前他成了丹麦数独界的第一个冠军。或者只是第三名？反正自从得到了助教的工作，他就把办公室里报纸上的数独都填了。上一年你还偶尔能抢到一个简单的，但是现在根本见不到一个没被填满的数独格子。

"斯威尔，你知道一致性历史公式吗？"他边问边软绵绵地坐到你对面的椅子上。"你是叛变到敌方去了？"你在暗指那场同历史老师和语文老师针对时间划分的讨论。"敌方？"约克皱起眉头，慢慢明白了你的意思："哦不是，这完全是物理学，真正的物理。跟拓扑斯理论一个方向的。"

其实这个你也没听懂，但是你不敢承认。他把手指插进短短的卷发，打量着你，目光中充满期待。"我把初一物理教学大纲以外的东西都扔了。"你说。

"量子宇宙学。或者叫量子引力学。"他的兴奋劲儿让你想起年轻时的自己。很年轻的时候。"是可以证明的。当然啦，关于这个世界有很多不同的看法……我们是在一个量子的水平上，这个你懂？但是同时呢，我们又在宏观的层面上，新就新在这儿。简单的理论可以被提出、被证明，前提是要提出正确的问题。"

"我没太懂。""是我们提出的问题决定了世界的形态。或者说是我们和我们对这个世界的问题，构成了世界。"

他还在期待。他因为你心不在焉有点鄙视你。你：赶紧美化你的无知。这个念头进入脑海，改变了你计划中的回答。"我试着看看？你说的是拓扑斯理论吧？"

可能你的确应该跟进一下。谢谢你的启发，你低声说。因为卡蒂说的对，你正在走下坡路，走向一个以无知为傲的状态。约克满足地点点头，给你写了一些可以做关键词搜索的名字。"非常有趣。"你补充道。"可能提些新问题对我来说也好。"

你能感到他把字条递给你时的幸福。他把你当作盟友一样，可能是因为其他的物理老师年纪都大了，或者有些保守。大概也因为他希望你能成为他的对手。

就在这时，另一张桌子边传来了笑声。开始你以为是有人在嘲笑你们的对话，其实只是乌拉。你们并没有注意到她走进来，手里拿着一份报纸，端着一杯咖啡。她坐下来，牛奶盒放在触手可及的地方（她总是要放至少和咖啡一样多的牛奶）。"你们听说这条新闻了吗？"她试图为刚才没憋住的笑声找个理由。她把报纸举到眼前。又是关于隐形眼镜的那番废话吗？"尊敬的文化部部长：当下很多人都在讨论文学经典选集。其中就有人提议说要把最重要的赞美诗选进去。因此，我想坦诚地说（而且我猜这绝不仅是我的个人观点）我发现想保持兴趣把一整首赞美诗看完真的很难。所以我想建议让一群有能力的人从我们的赞美诗集中选出最美的十二或者二十四行，这些就够做选集了。我个人认为：《看，太阳从海浪中升起》一定要入选。可能我们还可以请最好的谱曲师为这十二或者二十四行作曲。每天歌唱这些经典作品能凝聚人心,共同发展赞美诗文化,同时也避免浪费时间。"

乌拉好几次都笑得差点合不拢嘴。听的时候你有一种强烈的感觉:你的两个世界重合,电梯里的声音还在耳边,同乌拉读的对接起来。你把我也拉了进去。如果我,卡蒂,在这一刻正拿着报纸,看着你,那就像我们三个人同体。我,你和他,新的那个刚走进电梯要去上班的人。这就像是一条活的锁链。

乌拉撇开报纸。封面上是布什表示美国永远也不会放弃在伊拉克的反恐战争。第二个头条是说我们今天开始新的组合周期:二〇〇五年第十三个组合的第一天。下面的小版块写着最近出现了反对锁链系统的势力。

最后一节课后,五年级丁班的艾敏塔按你说的留了下来。这个脾气暴躁、自我封闭的女孩课上不听讲。她站在那里抓着自己破旧的上衣,这就是她的文化定位不明确的明显表征。人在湿冷、根本不适宜的环境里,就算穿上极美、极合身的衣裳,又有什么意义呢?

你几年以前碰巧跟踪过她母亲一个周期。她知道怎么按照土耳其传统优雅地打扮自己。但她被幽禁在家里,除了很近的亲人,几乎没有人能有机会欣赏这些衣服,还有她——除了你,目镜对准她的你。不知多少次,她缓慢地、享受地在镜子面前把衣裳褪去。为了你的眼睛。或者把衣服穿上,这个过程甚至更为性感。她的丈夫当然毫不知情。

艾敏塔自然也不了解这段关系,她叛逆地从你身上移开视线,盯着那悠长空荡的走廊。几件被遗忘的外套、一只书包，除此之外，根本没有什么值得注意的东西。她的举止里有一种相同的慵懒，不然她一点都不像她的母亲。

你清楚地记得那个女人沉重、慵懒但是绝不乏味的身体，上面的每一处细节，她都很享受袒露。是她总用的那种软膏让肌肤如此有弹性吗？你几乎相信她闻起来也很香，尽管系统里的传感器还没有那么发达。她的身上有一种炙热的天真，仿佛不知道自己被暗中监视。一个典型的被幽禁的小可怜利用系统逃出来、获得认同感的例子。这种情况经常出现在书里。好像她们保守的男人们都有意识地闭上了眼睛，不管他们出去之后的事情。

你努力想取得艾敏塔的注意，但她还是继续揪着衣服，耸耸肩膀，好像她听不懂你的话。

你还记得那个性感的、自我陶醉的女人没有给女儿太多关注，更不用说理解她。在你享受她母亲的时候，她应该十来岁。母亲在卧室的镜子前当裸女，她坐在客厅里，拿着自己的画报。因为你。你很想给她一点补偿。

但是你没法开始这段对话，她的话太少。直到你开始利用对她私下里的了解，她才停止用单个字回答你的问题。她喜欢从画报、报纸上剪图案，尤其是男女电影明星的照片。你当然不能暴露自己对她的了解，那多下贱，所以你开始问起她的爱好。你不知道她是不是还喜欢，但是你暗示说她的好多同龄人都喜欢收集。小心，别滥用你知道的东西，不管理由多么诱人。

女孩真的放开了一些。你说起你有几份报纸她可以拿回去，丰富一下收藏。她的眼睛在放光，整个人都兴奋起来。这是一种无邪的联系，你告诉自己。但还是在犯规的边缘。你觉得目标高尚，手段就没那么重要。

你们约好她以后更听话些,分开的时候一个尝试性的微笑,这件事算是结了。你在考虑要不要联系她的母亲。但是你知道,就算你对她如此了解,那也是个很难沟通的女人。

事后你对自己的工作十分满意。你总结出卡蒂应该也对你很满意。你成功地卸下了女孩的铠甲。现在她是你的同伴而不是敌人。你有点飘飘然,沉醉在自我夸赞中。

在停自行车的地方遇见约克时,你还沉浸在假想中,假想卡蒂对你万分仰慕,就像艾敏塔母亲假想中的你一样。约克站在那儿,嘲笑老索尔森打不开自行车锁。"你用了多少年……十五年?还没学会自行车没必要锁?"索尔森板起脸,说过了六十,再想养成什么新习惯很难,而且那无论如何也不可能是十五年以前。还好他马上就到了那延迟后的退休年龄。

年轻的时候你有一点撬车锁的经验,你们一起帮他。之后还劝告老头,现在可不再是他跟狼住在一起的年代了。"小心一点总不会有坏处。"这个硬朗的老头一边慢悠悠地骑着新弄开的车,一边嘀咕道。

你和约克一起骑车经过植物园,夸赞这难以想象的秋日天气。十月已经过了一个多星期,一切还是夏天的模样。记忆里从来没有哪年夏末像现在这样。

路上他给你讲起他最近着迷的一个理论。他还在上大学,只是接下这份代课的好差事补贴零用。大学的课里没有,但是他自己感兴趣,开始研究微引力理论。还没到西桥广场,他已经牵着你的鼻子,理论加实例证明了世界为何存在的问题。

斯勒娃今天下班晚,所以你们约好今晚你做饭。你在超市门口停下来。约克家里也缺些东西,跟你走进来。接着老索尔森的事,你讲起自己每次走进超市,还是会奇怪这些巨大又友好的超市里没有防盗设备、进出口检查和摄像头。你还记得以前那种一直被监视、被质疑的压迫感,每次去买个日用品都能感觉到。约克太年轻,不记得那个不同的年代。你不明白现在的人为什么还总是在抱怨,他们根本不知道自己已经省去了多少麻烦。

你最后买了几块好牛排,那是你的拿手菜。加上一瓶红酒,庆祝新组合的开始。

就像周边的空间越来越亮,越来越开放,我们的语言也该朝这个方向改变,放开一些。你在图书馆碰巧遇见了一位以前的学生,同她讨论这个问题。你白费了力气去搜索约克给你的那些名字:伊斯哈姆、敦克、马可波罗。因为他们的书要到国家图书馆才借得到。就在这时这个女孩手里拿着本书经过。你不太记得她的名字,但是她对你的课表现出一种明显的兴趣。她正要借一本冰岛的《萨迦》。从人们知道自我审判开始。她第一次用这个词的时候,你还以为是外语。所以她不得不引用"各人生命需审判"来帮你。那个时候自我价值是每个人的动力。让自己有价值,她换了一种表述。

就她个人来说,离开学校以后变化巨大。你这么说的时候,她感激地微笑起来,讽刺性地用她以前的姿势对自己幻想中的朋友招了招手。过后你开始品味这个词,自我审判。这个词可以让语言再放开一点。

终于"独自一人",像旧时的表达一样。

斯勒娃的房间也没有人。在陷进躺椅之前你把目镜放到面前。这次设置得快了一些。

一台电脑。尼克放下大衣,把衬衫的胳膊卷了起来。这是个装修昂贵的大办公室。一切都表明他身居高位,屋里不乱，但是他的面前摆着一大沓文件。咖啡杯有点危险地放在键盘旁边，比你喜欢的距离要近一些。他应该……好像捕捉到了你的思绪，他喝了一口咖啡，然后把杯子放到更安全的地方：一本书上面，也不是你喜欢的位置。但是你选择睁一只眼闭一只眼。

他走到窗边，想象着挪动一下窗台上的陶瓷摆件。一只大象，象鼻扬起，很可能是个幼儿园的孩子做的。磨砂玻璃上是他模糊的身影，领带解开，袖口有汗渍，这间办公室在人工河边的新建筑群里，离你很近。你们很容易就会在街上遇到，要是真遇见，你可别像个相识的人一样同他打招呼。

窗户正对着人民图书馆。要是再早十五分钟，你就能看见自己走在入口处，把埃吉尔·斯卡德拉格里姆松的书放进文件夹。你有一种眩晕的感觉，法语中管这叫叠影效应。

对你的经历毫不知情的尼克把大象放到玩具车旁边，好像在威胁它的样子。他思绪重重地回到电脑前。

没什么值得注意的事情。

你拨回到今天早些时候的录像带。是尼克家惯有的早晨。尼克在刷牙，他自己也注意到了眼睛下面的大眼袋，尝试着抚平。然后走出门清理信箱。里面一大沓，有报纸、两封信和几份杂志。这是郊外的一栋别墅，你猜是斯盖灵，因为光线是海边特有的那种。一点五倍速快进：两个孩子，一儿一女。女孩年长，男孩很会摆餐具和上菜，女孩明显还有些作业没做完，拿着铅笔在纸上写着什么，只插了一次嘴，索要燕麦。

当女主人进来的时候,你把速度调回正常。你无法否认自己对她外表的兴趣。她可能不是什么惊艳的美人,但那小而滚圆、肌肉鲜明的躯体裹在浴巾下面,甚是诱人。她清楚地知道有对眼睛在跟着她。一只手放到儿子的脖子上,时间长到你不愿意等下去。你想到夫妻俩晚上的欢愉就燃起极大的兴趣。你应该遮住双眼——我不是在玩文字游戏——锁链不该为私人利益所用。但是也不至于压抑自我、完全剥除生活中的愉悦,你同心里的声音戏谑。

尼克这个时候已经吃完了早餐,他同妻子吻别,敲了敲儿子的脑袋,拽了拽女儿的马尾辫,然后离开餐桌。两个孩子都威胁般地挥挥手,好像这是他们之间的暗号。他在玄关拿起公文包。你把播放速度调成一点五倍,他走进侧室抄起一沓文件。动作有些可疑?

回放。正常速度。他拿起公文包,你认出了后来挂到门把手上的肩带。他走进自己的小办公室,从写字桌上拿起文件,然后发现妻子跟了进来。他那尴尬的头部动作表明他很愧疚。昨天晚上他一直坐在这里看文件,不顾休息时间已经到了。她对他表示出不满,一张愤怒的脸让你对今晚(还有接下来的日子)愈发期待。她的威胁让他的头垂得更低。之后他小心地亲吻着她的食指,让她消消气。然后顺着手背、小臂往上,浴袍滑到一边,直到她清楚地指着门。

在门边他丢掉装出的低声下气的模样。"记得提醒多特绘画课提前了半个小时。"

你再次把速度提快,然后一边打扫卫生,一边准备晚饭。他的车很大,你自己对车没什么了解,但是尼克的车很大,这一点你毫无疑问。你猜的斯盖灵是正确的,近海。

他开进城，有点猛，不太明显，但是事实。河边的新建筑下面的私人停车场。下次路过的时候可以留意一下。不该把两个世界混淆起来。有扰乱自己兴趣的危险。放心，卡蒂，你大声地说，甚至盖过了吸尘器的声音。如果你照顾好你的世界，我也会照顾好我的。

继续快进。走上石梯，文件夹的肩带被挂在了门把上，几秒钟的事。走向电梯。之后同两位女士、一位男士开会。房间大了一点，但是同尼克办公室窗外的景色一致。他们在计划当天的工作。律师！你发现这条信息的时候整个人都精神起来。这可不是你以为的什么商业公司。你对那种东西没兴趣。你不想承认，但是身体反应已经很明显。律师！而且不是一个管理商业许可和条款的律师。他处理的明显是犯罪类案件！你是不是自己都没有察觉到其中的讽刺之处？欢呼雀跃，终于可以对社会的犯罪状况有所了解！

你辩解说自己只是对社会的这些方面有好奇心。你不需要为此内疚。我确信你只是出于不为己的兴趣。有点实际经验对你和你的教学都很重要。

卡蒂，你应该指导我，而不是嘲笑、挖苦我。这实际上是个绝佳的机会，可以体验社会的这一方面。现在还有违法的人，只是大家都很少耳闻。在目镜中看到一个货真价实的律师难上加难，干这行的真是寥寥无几。

你走下楼去买忘掉的洋葱。冲动之中你在稍远点的鞋店买下一双鞋子。没什么花里胡哨的装饰，只是日常的鞋。你穿上新鞋，又不忍心把那双破旧的胶鞋扔下，尽管留着它们也没什么用处。新鞋让你的走路方式发生了变化，你更加注意。

尼克在电脑前继续工作。他正针对一个戏剧性的案子寻找证据。从商店收银台偷钱，还有两个眼睛可能没有尽到责任。你很想知道细节，但是得等一等。

你开始做饭，尼克从办公室离开。他要去锻炼，像往常一样。他把车开到城市的北边。哦不！你知道是什么运动之后高声地叹了口气。高尔夫！要是项有意思的运动该多好！像慢跑，这样你就可以看看所谓的景色。什么不比在草地上漫步，间夹挥舞胳膊强。

斯勒娃在自己屋里。放着一种你不熟悉的低沉音乐，应该是她新买的CD。

当晚饭做好，桌子摆好的时候，她才从屋里走出来，玩着自己棕红色的头发。她为今晚打扮了一番，一条白色的紧身裙让人想起她的工作服。她知道你喜欢这个。一排纽扣从脖颈到膝盖。你记得要称赞她吧？就像你们约定的那样，你不能把她看作理所当然的伴侣。"里加美丽的夜莺。"你认可地说，然后用舌头打了声响。她微笑起来，更美了。谢谢你，卡蒂。她赞美了你的新鞋，而你大方地把你风格的转变归功于我的建议。

几乎就在这时，尼克开进了自己的车库。真是个好时候。尤妮迎接了他——你刚好捕捉到她的名字——她穿着没有肩带的裙子，毫无疑问她知道今晚该用来做什么。

尼克换衣服的时候，斯勒娃帮你做酱汁，那不是你的强项。你们小心地不碰到彼此。晚饭的时候你们谈起当初找到这间公寓的场景。可能是为了你们的新眼睛，你的卡蒂和斯勒娃的男士，今天刚刚更新的。

那是一年半以前的事。你们几乎同时到达公寓，跟着各自的售楼员。你们看了看，都没表现出格外的兴趣。

直到后来，你们坐在楼下的酒吧，能一瞥公寓那可人的小阳台时，才各自吐露真心。你很想把公寓买下来。弗雷德里克街，就在市中心，充满活力，一出门就是丰富的生活，各种咖啡店和你想要的一切。斯勒娃也差不多，想要拥有这个小却极诱人的地方。还有外面的街，没有车，而是一些令人垂涎的小店。但是你们在谁先来的这个问题上没法达成一致。

第二个问题在你们各自喝了一杯啤酒和一杯茶之后显现出来。公寓的价格是你精打细算、勒紧裤腰之后能付的三倍。斯勒娃本来只是来看着玩的。她的护士工资本来就只够这价格的四分之一。所以，尽管她先来的，也还是你买吧，真遗憾。不不，还是你有优先权，只是没想行使这个权利。

你们分开时眼中充满惋惜。但是第二天你在学校接到电话，斯勒娃有一个建议，尽管有一点尴尬。公寓够大，你们两个人都能各得一间好屋子，但是三个人住不下，你们的工资又不够。斯勒娃正好有一位朋友。你几乎能从电话里听到她的脸多红。那个朋友呢，有点像高级妓女，只在空闲的时候，对，是她朋友。那个时候的斯勒娃口音更重，不得不强调了几次确保你没有误会。那位朋友愿意付一笔可观的房租，大概是三分之一，条件是在有乐子的时候用用公寓。

之后两个人的愿望都实现了，只是每周有那么一两天你们无家可归。斯勒娃反正常有夜班，而你就用这些时间来满足自己追新电影的欲望，每次连看两三场，房租就来了。

斯勒娃，或者准确地说是斯洛娃，那才是她的真名。她很孤独，从拉脱维亚移民，找房子是因为她最近刚分手。

你没有女朋友。所以你们很自然地就偶尔睡得很近。这只是在没找到更好的之前解解渴,换换口味。你们的规定很严格:其中绝不掺杂任何感情因素,没有牵绊。

就在你们诉说如何相识的时候,尼克在吃晚饭,他开始同妻子暧昧起来。你们发觉得做点什么,要不然就要拖到尼克后面了。

你像约好的那样纠正了她的一处语法错误。而且根据你的意见,每一处必须纠正的错误之后她就要解开一颗纽扣。"就一面。"她守妇德地说。"是一颗,不是一面。"但就在你伸出手,去解开她胸前那颗战略性极强的纽扣时,发生了一些让你们俩都惊讶不已的事情。

你们一直看着尼克，跟妻子的美食相比，他好像对身材圆润的她更感兴趣。不只是你，斯勒娃也跟踪着剧情发展。卡蒂原谅你们。应该尽量不要掺和进别人的映像里。但是在欢快的气氛下同自己的伴侣分享是可以接受的。你们偶尔对斯勒娃的映像也感兴趣。那是个年轻的女孩，太年轻，还没有男友，一个人住在阁楼里。你们对从她身上获得欢愉没什么期待。她最多只会在寂寞的时候摸摸自己。现在的她把衣柜最下面的甜酒拿出来，喝了几杯。然后一下子起身，让人有些起疑。

你们还没有吃下太多，米切勒（斯勒娃监护的女孩）就摇摇晃晃地走进了一家几乎空着的咖啡厅。她在吧台点了一瓶啤酒，直接坐到一个阴暗无人的角落。不是她喝得多，而是她那种绝望地灌自己的方式让你们担心起来。

"你知道这个地方？"斯勒娃问道。你没来得及记下门上的名字。她回放了一遍。在星形广场旁边。名字充满创意地叫"流星"。你们给那里打去电话，看到米切勒在电话响的那刻抬起了头。侍者接起电话。

斯勒娃给他解释了情况。女孩看起来很寂寞，有点绝望。他看向她然后肯定地点点头。他是否有时间跟她聊聊天？他肯定地说没问题。客人很少，大部分人都在家里待着。新组合的第一天。

你们看到他在女孩的桌边坐下来，开始一番对话。米切勒开始有点不情愿，但是渐渐地放松下来。

你为了自己的甜点可不愿被骗。你有点过于严格地指出斯勒娃在同侍者的对话中出现了三处语法错误。其中两个你用在了胸部，这样开得更大。第三个你目光长远地选在了胯部。"我已经放弃数了。"她说。很遗憾这句话毫无毛病。

尼克和尤妮此时都在聚精会神地看着各自的映像，两人之间没发生太多事情。他漫不经心地揉着妻子的肩膀，两个人尤其关注她那边的情况。"只要他们别忘了他们自己。"斯勒娃担忧地说。"没有第二个他们。"初中老师吹毛求疵地指出，然后解开了裙子最下面的纽扣，这样你就能让她的双腿张开一点。"怎么说也行的。"她抗议道。"是这么，不是怎么。"她不敢再贸然抱怨法官了，怕再犯错误。接受惩罚时她双唇紧闭，倒数第二颗纽扣被打开，她的腿又被推开了一点。

"男人和卡蒂都会审判你，因为你泛用语法。""滥用。"你热心地纠正道。然后利用这个机会拓展通向她胸部的路。"这个教学方法不错。这样下去你马上就会兴奋起来。""你们在师范学校里学的？"

你没法在这个句子上画红线，只是享受利用自己已经被认可的权力。"呃……传统教学法。叫线吊胡萝卜。"

"当我说出一个正确的句子时，我得要个奖励。"她起身给了你一个吻。"你马上就能得到一根胡萝卜。你连着两句都没犯错了。"你很严厉，又不失公允。她又给了你一个绵长的吻，但是突然被打断。"发生了什么？这是她自愿的吗？"斯勒娃一直在关注你的映像，而你被其他事情分了心。她指着目镜。尼克暴力地抓住尤妮的头发，把她拽起来。她的杯子倾斜，有倒下的危险。尼克没有因此分心，而是按下妻子，把她的脸埋进全是奶油的碗里。

这一段让斯勒娃激动起来。"她没有给出反抗的信号。"

你指出。"我们不该掺和进去。""可能要学以用。""学以致用。"你说着把胯部的缝隙又开大一些。

尼克,这个西装革履的男人,成功地快速脱下了裤子。他拽着尤妮头发的手没有松开,而是把她满是奶油的脸直接拽向那勃起的阴茎。当她伸长脖子,噎得半死的时候,他把她的头抓起来,给她几秒钟呼吸。之后他一把扯开她的裙子,使乳房袒露出来,然后又把盖着奶油的脸拽到下面。"她的没又有副建议。"斯勒娃太激动,词不达意。"三连错,四连。"你赶紧说,根本不明白她的意思。"一栋房子,一辆车,一条马路,她喜欢被虐……"你有点跟不上斯勒娃犯错的速度,来不及解开纽扣。实际上到了最后她都没剩纽扣受罚了,你不得不把她的裙子撕下来作为补偿。

尼克一屁股坐到扶手椅里,把妻子的手扭到身后,撩起她的裙子,扯下内裤,一把把她拽到自己的胯部。他的手重重地打在她浑圆的屁股蛋儿上,真是形状完美。她因为疼痛在抽动,压在他的身上。红色的印记表示他用了力气。他继续打,一下接一下。每一次她都在呻吟,扭动,紧紧抓住他的腿,想让他仁慈一点。

他继续惩罚着她,斯勒娃比之前你见过的哪一次都更加兴奋。她把你拽到沙发上,那里已经整理妥当,以防万一。你可能想多花一点时间,但是强暴好像从未如此有魅力。

"太快了,男人和卡蒂从中获得的会有限。"事后斯勒娃慵懒地叹了口气。"没有'会'",你指出她的错误,然后小小地惩罚了一下她的右侧乳房。

她很早以前就跟你提过男人。就像大多数人一样,她有一位专属的眼睛不间断地跟踪她,为了让这种经历更亲密。她的眼睛让她想起小时候在里加那个看不见的、让人安心的玩偶。他的名字就叫男人。

你也同样告诉了她关于卡蒂的秘密，没有别人知道。最初的卡蒂出现在你生命的早期。一个你爱得不行但从没接触过的女孩。从你的现实生活中消失之后，她就搬进了你的后脑勺，成为你的眼睛的名字。所以可能有段时期卡蒂是个臭脾气的老男人，另一段日子又变成了胖胖的肉店老板娘，或者一个未谙世事的高中少女。这你都无从得知。对你来说，他们一直都是卡蒂，她了解你，充实你的生活。让你有机会看清自己。是我的荣幸。我不会让你失望。

现实生活中的卡蒂可能已经变得精瘦、傲慢，酒精成瘾或者掉了门牙。不是我，你怎么能以为我是那副德行？但是你都不以为意。这就对了。是知道她还在那里的信念撑起你的生活。把你放到生活这条锁链中。

"你变得很安静。在想什么？"这个衣衫完全敞开的女人坐在你身边，仔细地打量着你。"我在想我们其实欠男人和卡蒂一个更有新意的画面。""或许我们要找些灵感，"斯勒娃的话突然没了错误。

米切勒跟侍者交谈之后已经走出了低沉的情绪。你们要记得感谢他。嗯，当然了，卡蒂，我们不会忘的。女孩回了家，步子有点晃，但是没有异常。直接上床。她在被子下面会做什么，你们并不怀疑，可她现在的状态也没法为别人做什么。

尤妮已经洗了澡。她走进来，赤裸着，小而强壮的身体闪着润体油的光亮。尼克明显后悔刚刚对待她的方式。他在墙角踱步，眼睛盯着她手里的鞭子。她带着一份责备的神情,指着屁股上明显的红印。他懊悔地舔着她身上疼痛的地方。

这次你们大受启发。一般人的行为都会受到其映像的影响。但是这次的复刻甚至盖住了原本的图像。

"这是目前最受瞩目的案件。看起来我们还没有赢得反犯罪的斗争。没全胜。"

尼克让酒在杯中打旋,然后闻了闻。"有没有可能全胜还是个问题。"尼克的朋友说,就是那个同尼克打高尔夫的朋友。他也抿了一口酒,然后继续说:"这个男的有病吧?他明知道自己逃不过去的。"

他正了正几乎是躺着的身体。稍微挺起的肚子让他没法坐得舒服。他玩弄着裤腰上的纽扣,很想把它解开,但是最后还是有些不好意思。他们还放着古典音乐呢。

"你还是看好自己的病人吧。"尼克慢慢地、深思熟虑地说。"你要是想偷我的客户,我可要把你当罪犯了。"那位朋友显然是位医生。他笑了。尼克也觉得这话好笑,但是他很快又回到那令人深思的话题上:"现在就有这种趋势,把违法的人都说成是有病,我不喜欢。""那些接受了治疗的人……""不管他是否心存侥幸,想要逃脱惩罚,他都已经做了。他知道这是不对的,本可以撒手不干,但还是做了,那么他就该接受惩罚。反正对于这个案子我是这么想的。""但是还是有什么驱使他做了这件事。""对,他体内的罪恶。这就是我们想要惩罚的东西,希望将其消灭。因为有这样一个人,社会就不能运转下去。"

卡尔,这位在高尔夫球场上被如此称呼的客人,此刻若有所思地抖着一条腿。在环路后面的花园里,两位交谈中的女人走过。声音没有传到客厅里。其中一个是尤妮,这次穿得更保守一点,是一身套装,完全盖住了她屁股上应该还在的红印。就算是她弯下身,想给自己的客人展示一下坛子里的东西,大腿露出一截的时候,那严厉的惩罚也无处可见。

尼克这时转身看着阳台上的两个人。那紧绷的半身裙正对着他,让他微笑起来。他就用这个姿势紧紧抓住她。慢慢地把她的裙子掀起,先是她裸露的大腿,然后是那圆滚滚的、光滑的屁股蛋儿。

"有的时候我都在想我们能不能没有她们。"卡尔继续说。他的话再次引起了尼克的注意。"女人?""不是。唉,她们也算。但是我现在想的是那些不正常的人。你设想一下,如果我们的实践真的成功了,赢了这场仗,我们就完完全全地摆脱了犯罪,我觉得不太可能。永远都会有人想要出个头,或者没法控制自己,或者以为自己想出了一种不会被发现的办法。永远如此。但是我们还是暂且假设我们的目标达成,完全消灭了犯罪。然后呢?"

尼克站起身,倒满咖啡,坐下来,然后才张口。"我不怎么担心,虽说那样我会失业。或者准确地说是要寻找新的工作领域。但是我会带着一种喜悦去找,因为那时我们的社会将是和平又安全的。"

"不能换个思路,想想我们其实需要他们吗?就像一种后备力量。为我们的自我定位确定一个框架,强调自我认知。""我不明白。"尼克承认道。

尤妮回来了,手里拿着一只小铲子。另一个女人,看来是卡尔的妻子,手里拿着种子或者一株挪到了袋子里的植物。她比尤妮高很多,瘦很多。

"我来举个例子。我们两人都很喜欢马勒。"他的手势明显指向背景音乐。尼克点点头。"但是我们不只是喜欢马勒。我们还为自己喜欢马勒而高兴。"尼克挠了挠头,暗示这话进了他的脑子。卡尔也被传染了,挠了挠自己的小胡子。

"我们喜欢他有些独特。不过头,不像现代的交响乐一样。里面还有些东西可以证明我们的品位。我们很大方,不会瞧不起那些品位普通的人。绝对不会。但仍然为我们不在那个等级而高兴。"听这番话的时候,尼克几次想反驳,但还是打住了。最后,他耸了耸肩:算了,反正这个论述跟案子无关。

"设想一下现在马勒变得无比热门。所有人,品位好的坏的,通通听他,一直听,在大街上放他的曲子,电梯的音乐也是他。"尼克想象着那幅场景。"你觉得我们的品位会发生什么变化?咱们实话实说。你不觉得我们很可能会去找一点更独特的东西来听吗?马勒还是好的,苍天在上。但是勋伯格……或者鲁托斯拉夫斯基,就会变成我们的新宠。"

"好吧,那我就依你,但这只是个例子。你想用它来证明什么?"一小口酒,接着一大口咖啡,一种低调的享受。所有的一切表明,他们同马勒的关系同其与酒的关系一样。

"如果土鳖也拿刷牙杯喝1795干邑白兰地,我们就得找更特别的酒来漱口。""难以想象。"尼克明显很享受这酒。"或许那些出格的人,那些罪犯,可以为我们定个基础。突出咱们的自我认知。"

门外的声音让尼克的客人在座位上抬起身,把窜上来的上衣再塞回裤子里去。那两位女士走进来,尤妮的手里拿着一朵花。

"你们在聊什么？""卡尔说罪犯和美酒、音乐一个功效。"尼克微笑着回答。

这种探讨你以前也会参加。在你年轻的时候。那纯洁的青春期。

你不情愿地切断了信号。明天还有三节两个小时的课，很需要精力。闹铃特别的设置音告诉你，斯勒娃也要上床睡觉了。你觉得自己像个偷窥者，但还是喊了一声晚安，声音穿过薄薄的墙壁。那边也传来了一句愉悦的晚安。

你为什么不再讨论卡尔和尼克刚刚在探究的问题？所有关心的话题都讨论透了吗？还是那只是属于青春期的事？还是你交友不慎？学生式的生活，毫无用处，你说。要是你已经看穿了那种讨论是多么肤浅，为什么还会嫉妒尼克呢？事实是不是你已经不再关心这个话题了？

你也要来插一手吗，卡蒂？我在跟你说话。我能展示给你的是不是都太无趣？不，你不用回答。晚安。

"大家好。我叫斯威尔,你们中一些人平常没有我的课。今天我们要连上三个小时,你们大可设想这会是你们人生中最不舒服的三个小时。"

你扫视整个班级。经验告诉你,其实你怎么说都无所谓。在看过那些恐怖的案件之后,他们都会脸色煞白地坐在那里,受了惊吓,全身发抖。去年有两个学生,一个男孩一个女孩,坐在那里努力不吐出来,最后还是放弃了。两年还是三年以前,有一个女生晕了过去。

你想采用一种轻快而客观的语气,几乎就像医生一样。

"你们现在都进入了第二环。教学大纲要求你们初一的时候学这门课,对以前的文化要有所了解。如果我们可以管它叫作文化的话。这个我们可以之后再探讨,在看完所有内容之后。如果中途有什么不明白的、需要解释的,可以随时提问,但是讨论部分我们留到最后。明白了?"

学生们看起来毫无畏惧。他们中间可能有关于这门课的流言,而流言已经勾起了他们的好奇心——和紧张感。

"六十、七十和八十年代是重点。你们肯定会想那是很久很久以前,上个世纪了,老天爷。我们已经开始了第三个千年的第六个年头……嗯,斯温?"

"不该是第五年吗?新纪年应该从〇一年开算。"紧绷的气氛让这个烦人小鬼的话赢得了一阵哄笑。你自己也就如何算年数的问题很纠结。准确如此重要。所以你赞同他的话,卡蒂?

"好,很关键的问题。从某些角度来说,那是很久以前的事,但是想一想,那其实不过就是你们的父母成长起来的年代。社会在你们父母的童年、青少年时期就是我们马上会讲到的样子。可能你们学完这堂课，了解了他们所经历过的事情，就会多容忍他们一些。"

课堂里响起了笑声，尤其是那两个认识你的班。把气氛调节开很重要。四个初一的班一起上课，想达到你喜欢的那种亲密度很难。

"你们马上要看到的材料中大部分是电影。都是从联合政府投票丑闻前备受欢迎的电影、电视剧里选的。这是尽快了解当时情况的最简单的方法。我没法逼着你们看当时的大段大段的文学作品，我敢保证你们肯定很快就会受不了。但是你们要记得，我给你们展示的影片剪辑完全等同于那时候的人们在正常的书、报纸、新闻和其他地方读到的东西。"

你打开第一个案例，那是国内电视剧中的一个片段。我们的英雄走上台阶，在门边站定。他敲敲门，说自己是警察。没人回答，他推开了门，只听哗啦一声巨响，英雄还没搞清楚情况，就有重物砸了下来。他一下子摔倒，但是马上又站起来。

学生们不再微笑，好几个人都目瞪口呆。

"你们中间肯定有些人并不诧异，对吧？大部分都看过这种影片。而且是不是大多都赶紧切掉，看看别的？"

最诚实的几个点了点头，还有一个不是你们班的学生，看过这部电影或者至少是其中一部分，认了出来。你借用这个机会问她是否记得自己当时的反应？感觉如何？

她迟疑片刻，然后清楚地描述了自己的不适感。对，她开始的时候以为那只是一个意外，有东西砸到了警察。但是后来她明白了，是有人故意为之。不只是故意，而且是抱着伤害他的希望,把他打倒,甚至杀死。她描述得太过细致,所以你继续给学生们看下去。

英雄刚刚站稳,对手就跳到他身上。这次他成功地躲开了。他开始自卫,在最后一刻他抓住一把椅子保护自己,就在这时敌人用一根类似拐杖的东西朝他狠狠打去。在接下来的打斗中,警察渐渐地占了上风,抓住了罪犯,给他铐上手铐。最后他作了一个毫无必要的决定:在犯人的肚子上狠狠打了一拳。

你切断影片,打开遮阳板,昏黄的阳光射进来,气氛稍微缓和了一些。好几个学生面色苍白,好像最后那一拳打在了他们的肚子上。你解释说,了解历史很重要,这样才能从错误中吸取教训。我们要明白自己从哪里来,才能明白自己。但是他们要做好准备,接下来还有更多类似的内容。你读了几本犯罪小说中的片段,差不多都是最简单的,不至于让这些脆弱的孩子们受到惊吓。

然后又是几个影视片段,本国的、外国的都有。都是你从不同的热门连续剧里摘的,全然不是最暴力的镜头。当初在找合适的影片时,你自己都在呕吐的边缘挣扎。怎么能给孩子们看呢?这些对社会的黑暗面毫无了解的孩子。

所以你努力穿插着播放,中间加上一些解释,一些讨论还有几个笑话。这样把必要的材料过上一遍就要花好几个小时。

"在我们讨论的年代,这就是所有人看的电影、读的故事。调查显示,一位正常的成年人每天都要花上好几个小时阅读关于犯罪的书籍或者看关于某种罪行的电影!"

你等孩子们静下来。"而且这还不包括小型犯罪,打一巴掌,或者从蛋糕房偷一个面包。通常是谋杀,有时候在同一部电影里甚至会出现多次、多种暴力，譬如殴打或枪击。"

好几个学生迟疑地笑了起来。你注意到汉娜明显很不舒服。你问她要不要离席，但是她倔强起来。"还真是恶心。"几个男孩几乎异口同声地说。

他们没法再承受更多了。冰冷的数字可以给他们降降温。但是他们也该明白当年的情况。

"61%的电影都是围绕着暴力犯罪展开。可能是一场谋杀，之后试图逃脱惩罚。或者是针对一场粗暴抢劫的计划，之后实行，分毫不差。你们设想一下：本想放松身心的时间里，有一半都要看到暴力、罪恶的实行。相信我，有时候那会是比我给你们展示的血腥丑陋得多的画面。我其实已经努力在保护你们，不让你们看更恶劣的了。"

除了几句表示质疑的评论外，其他人则赶紧表示刚给他们看的那些已经足够了。

"而且我还只是讨论了娱乐方面。对！看一个人被打、被子弹射穿，或者看一个女人从三十一楼摔下去，听她尖叫，一路挣扎，实际上都是属于娱乐项目。配上晚间咖啡，娱乐又有趣。"

"这你可骗不了我！"

"好。等一下，我有个片段。片段九。这就是那个女人坠楼……""不了，谢谢。""我们相信你。""能下课了吗？""不看了。""已经够了。"

"嗯，安？""你好像很享受给我们看这些东西。"安说。她坐在那里，小脸煞白，努力跟不适感做斗争。

"马上就结束了。我的任务是给你们打预防针，所以你们要努力把自己代入那个年代，不舒服也要努力。因为不只是娱乐项目充满犯罪和丑陋，整个社会都是如此。新闻媒体中，三分之一的报纸报道、电视新闻都是关于强暴、袭击、抢劫、纵火这类的事件。"

你在投影上投出一些有代表性的报纸页面，指出一些最血腥的标题还有几张典型的配图，最后才同情起这些可怜的学生，停了下来。

"我们就看这么多。我希望你们都已经看了、听了足够的内容，能让你们代入那个年代。别停，你们都很擅长代入。那试想一下，如果你们生活在刚刚看到、听到的社会中，会怎么样？"

"我会吐。"安毫不犹豫地说。

"会每天晚上做噩梦。"另一个班里一个小个子的圆脸女生说。

"可能他们就习惯了。"欧乐若有所思。

"很有可能。"是老成的苏思。"但是那样的话，他们也会被改变。""苏思说的对吗？会对一个人产生什么影响？"

"会更粗鲁。"谨慎的新学生汉斯说。

"人会疯掉。"霍尔加，这个通常擅长总结的学生强调道。"一直害怕有人迫害自己。"

"他们可能会开始像电影里的那些人一样。不完全一样，但是会变得像一些。爱打人。就像那个胖子和警察一样。或者朝别人扔东西。"都妮娅迟疑了。"你疯了吧？""那真是无可救药。""可能要看一整天那类东西。""呃，你太奇怪了。""正常人不会那么做的。就算是看了这种东西。""我刚刚看完，现在就坐在这里打你了吗？"黑格让紧张的气氛缓解下来，好多人都笑了。

"还有别的猜想吗？"

"可能会上瘾，想看更多，或许每天都看更久。没办法停下。就一直往下看。"是卡恩，她平常不爱说话，但是她仿佛对此有亲身经历。是你该介入的时候了？可能跟她聊一聊？嗯，应该是，卡蒂。又不会有什么坏影响。

"那样就没法好好工作了吧？"又是那熟虑的苏思。

"可能不是好多个小时。我是说不是看更久。而是想看更暴力的东西，有更多的血出现。我不知道怎么才能……"亚斯敏开始对自己的想象迟疑起来。

"那可能只有七个女人手拉手一起坠楼才能让他开心了。"那个烦人的斯温，偷笑了几声，但是刚刚他也在抗议看更暴力的片段。

"就像毒品……有些吸毒的人会越吸越多。"丙班的一个高高的浅头发男生说。"对，"你解释说，"像毒品，会上瘾，吸的剂量会逐渐增加。你们肯定都听说过吧？"

"吸毒者……或许就像染上了犯罪毒瘾？"学校里另一个陌生男孩子说。

"他们要是看太多这种场面，可能最后就会信以为真？"比尔塔，一个平时总是微笑着的女孩，现在对这个想法忧心忡忡。"你相信吗？""他们也不至于这么笨。""就像玩飞行棋时一样，谁也不会相信自己就死了。""但比尔塔说的也有点道理。当然了，大家都知道那是电影。可同时又会认为那就是真实发生过的事情。"尤瑟夫，常常能提出很犀利的见解。

"可能那就是真实发生过的事，"一个没见过的女孩，坐在角落里。"什么意思？""你是说一直都有女人从窗户边跳下去？""还是所有人都来回走，砰砰砰打人？""但是那样的话也不可能。那样所有人就要把自己锁起来，外面的人都那么暴力。""可能皮雅不是这个意思。"她的朋友试图救她。

"我是说……当然不是一直如此,但是可能偶有发生。然后人们遭天谴地对此十分感兴趣。一直讲这个故事。最后就变得很平常了,"皮雅自己也努力美化自己的说法。

你再次对学生们代入的能力感到震惊,那个年代他们本该如此陌生。你能明显地感觉到他们与你们这一代的差距:他们一直在这个锁链系统里成长,而你们不是。

"很好。有很多好的想法。可能你们说的都有道理。因为人是很不一样的。有些人看了这种东西,只是把它们推到一边,不去理睬。有些人做了噩梦,为这种暴力愤怒,然后叹一口气。还有些人在看见一位英雄手无寸铁就打倒了一个又一个敌人之后,对别人的处境变得漠不关心。"

很多学生都在点头,已经收回了思绪。

"实际上有过一个调查表明刚刚看过暴力电影的人,会稍倾向于用暴力解决问题。但是还没有人调查过长期在这种东西的轰击下会给生活带来什么影响。可能一百个人里,九十九个人都不会被这些血腥画面影响,而最后一个人变得格外暴力。这就意味着,会有大概五万名丹麦人变得粗鲁无德。然后这样的人里,可能百分之一变成了真正的屠夫或者泼妇。要接受五百个这样的人,对于整个社会来说也会是很大的代价。然后再可能呢,是其中的百分之一真的冷血至极,杀掉了另一个人。这就是极低概率事件,百万分之一。那样我们就有了五个杀人犯,归功于那些'娱乐性'的电影。"

这样你就小心翼翼地借这个机会给他们掺杂了一些数学知识。你的鼻子里有个地方打了结,很痒,如果你可以伸手抠一抠就好了。但是不能抠，得当作什么都没发生。

"奇怪的是没有人觉得有什么不对。那些聪明人天真地相信犯罪类型的作品是描写社会现状的正确方式。当然了，认清我们身边的犯罪行为很重要。但是每天晚上花上几个小时，一周里可能四五个晚上都坐在那里一直看……也不至于这么重要。为了电影要切实际，差不多要确保在荧幕之外的现实中也要发生这类事情。没人知道是哪边先开始的，彼此助长：现实和故事。"

你能感觉到有些学生开始厌烦起来。还是在例子和讨论尚有强烈印象的时候结束比较好。

你走进教师办公室的时候看到一个女人的身影消失在走廊尽头。你本以为自己已经放下了。开始的时候你在哪里都能看到她，但后来你把她挪到了自己的脑子里，在那里你们可以温馨地相处。此时你确信自己看到的就是她。她一点没变。上次相见应该已经是十五年前。你差点疯掉。这些年里她可能变胖、变壮、面色苍白或者双颊泛红。但如果出现一个同十五年前一样的她，你就知道根本不可能。

乌拉胳膊下夹着一摞书走过。"有个女的刚走。"你说。"她是谁？"

乌拉皱起眉头。"啊，她啊。我记得她叫卡蒂。"

我是卡蒂。

要是指明我是谁不多此一举的话。还有，我是你的眼睛，斯威尔。你给命名为卡蒂的这堆骨头。一副行尸走肉，监视着你，日夜不停。不管你是在撒尿还是在抠鼻屎。或者做更搞笑的事情（如果世间真有比正儿八经挖一会儿鼻屎更搞笑的事的话）。至少现在的你看起来很快乐，食指的一大截都插在左边的鼻孔里。在你以为你一个人的时候。或者，你没这么以为。你一刻也不觉得自己是孤身一人。你当然清楚地知道我就在这里。一直知道，却仍然习惯在眼睛盯着你的时候不害臊地把手指戳在里面扭动，挖出那块顽固的鼻屎。一直就绪，随时准备把手指头抽出来。我不是在开玩笑，那可不是我干的事情。是语言在耍我。人可以一直把错怪到语言身上，它又不会反驳。呵。手指拿出来，我还没那么健忘，忘了自己要说什么，赶紧把手指拿出来，要是走廊上来人的话怎么办。老师，你是不是已经升成主任了？主任可不会边走路边挖鼻屎。但是你不得不挖。在你把那群小孩吓得半死的课上，鼻屎一直在困扰你。不是鼻子，而是里边那一团，现在终于撑不下去，跟着手指出来了。

我是，我说，我会一直说，只要还有点可说的事情。我是那堆烂骨头，你拿青春期的不了情命名的烂骨头。呵，简直太好笑。天知道你要是知道了，会不会觉得好笑？你可能更想掐死我，不过那倒是最好的结局。那样你就取走了一个幻象的命，我就挨过了所有的麻烦。终于不用再坐在这里，盯着你，看你无意义地到处反抗。我看着你，只不过是因为你的生活要比我的更多样些,说你反抗可能有点言过其实。我,一个没知觉的老太婆,依赖着一根可笑的拐杖。要不是这些支撑,我就会像个下一秒就要摔到屁股的小婴儿。但是我和婴儿的区别就是他们还有摆脱这些人造的外在架子,靠自己的腿站起来的一天。那是天生的技能。而时间只等着从我身上把仅剩的几项技能夺走。这种说法都太牵强。我该说是从我这里拿走我仅能动弹的一部分。马上我就不能转身,不能颤颤巍巍地走三步,到书架旁边去。就算我奇迹般地走到了,也抽不出一本书来。最大的那几本还有最上面的那些就更别提了。再说我也没力气读,会睡着,或者一页也没看完就分散了注意力。可能我应该感激,自己没力气把它们打开,至少这样我就不会发现现在的自己一次只能读进去几个字。虽然现在的我用感激这个词来描述不太准确。

呵。我,这个看着你、跟踪着你的人。指引你,就像你描述的一样,上帝哦。要说你就是被那些烂大街的一套给粘住了。那些东西让我反胃。我曾经拥有一种语言——听听,这个老太婆还能干吗!——拥有一种语言!这个嘟嘟囔囔的老不死,你的监视人,她曾经是一种语言的拥有者,幸福得很,是你哀求的支柱,扶着我的手推车站直了。抓紧这个正在下沉的老太婆。开始讲述她的死亡与堕落。没有记忆的堕落。我之终结。

你叫我卡蒂。少年的你压在心头的那个人。一种生活,一种梦。呵,两个并列的短语,别再来指控我这个老太婆脑子里没什么词汇。那是一种关于幸福的短暂期冀——呵呵,现在她要感动得流出口水了——你太软弱,没能抓住。卡蒂,去你奶奶的,可别把这描述往我身上粘。一份你没得到的幸福。放下吧！这个名字里有什么？不管你给她什么名字，这个垂死之人身上都是那股恶臭。没了朱丽叶的罗密欧和没了汉斯的格雷特①是我的父母，多美的一对。我的食指如此瘦，以至于死神还不愿把我收去。

我说得越来越模糊了。振作起来。不删掉任何话，就在一卷带子上继续。删掉一段，就等同于说那些没被删掉的有了价值，有了意义。呵。人都有讲述的欲望，对，我捕捉到了，你想要展示一下你的学识，或者你的灵魂。或者你是想幽默一下？好想法。但是人不会每次都这么幸运。问问我就知道。但是如果每次都不幸，大部分人都能挺过去。我会给你讲清楚的。不只是因为你现在把手指头拿了出来，为完成今天最重要的任务而身心轻松。你以为如此。你知道我会带给你什么？你猜不到。我可以选择把你烧着。或者一辆小型压路机在你面前翻车怎么样？只是小碰你一下，你不会这么轻松就逃过去。一切都只是为了给你那自己创造的平静单调的生活添加点新的东西，你口中我指引着你过的那种生活。

人都有讲述的需求，如果你够聪明，应该会这么说吧。看吧，这个老不死的也有些知识。八十好几的是年龄，不是我的知识。知识这个词听起来很好听，因为它已经被强调了太多次。不是我很重视这个词，知识，而是健忘让我没法思考，这就是事实，简单的事实。我一直都被这个东西堵着，知识，就像你刚刚被鼻子里的东西堵着一样。不

---

① 汉斯与格雷特，格林童话中的兄妹。罗密欧与朱丽叶，莎士比亚戏剧中的恋人。

是因为它很重要，而是只要它还在你的鼻子里，你就没法好好过活。

所以让我直说吧。知识，如果它不是个夸大的词汇（又是它！）。知识不是我自己的，而是经过了很多年的耳濡目染，很多年跟一位有识之士的亲密相处。这是我能给他的唯一描述，那个一天天坐在桌子前，坐了很多年的男人；在我身边躺过不知道多少天，不是放屁就是打呼的男人。一个放屁、打呼噜的有识之士，你没法只要一个人的好，而不接受他的坏。不知道多少年前他就离开了我，离开了他的书，还有这从未真正消散的屁味。为了上帝抛弃了我，因为在那次丑闻以前，他是上帝的人。现在坐在上帝的桌前（我也不知道是不是这么说的）。然后把他知识的很小一部分留给了我。一个生命的遗留。但没有讲述的必要[①]，我可以接你的话说。

学校教的知识就别提了。那种东西也记不了多久。我老到见证了德国人来的时候，他们来保护我们，那时候我才高中毕业。差不多刚到，我在他们把黑色的窗帘拉下来罩住我们的耳朵之前就准备好了。嘿！还有点存货。一个害羞的小鬼牙齿长歪了，问我要不要热可可。看吧，这个老脑袋里还有些好货。不是这个放屁熏臭了书的男人，他是后来在农村里才冒出来的。那杯热可可之后就没了后话，我其实是不是该推他一下？这样热可可就会溢出来。对不起，然后擦擦他的裤子，再然后是接下来一般会发生的事情。我们不是一个班的，但是他数学很好。就让他安静地待在收款机后面吧。可能很久以前就不再是收款机了，而

---

① 原文为拉丁文。

是根拐杖，手推车或者透析仪。不难猜测，他也不年轻了。还是把这个天真害羞的歪牙孩子放到脑子里去吧。"我是不是该把他变成我的眼"？真是种浪漫的叫法。充实我，霍华德。呵，上帝啊。

就像他们说的，没有活下去的理由。除了做你的眼睛，没有别的活下去的理由了，斯威尔。你还没完成第一轮的鼻子清洁运动。快速的返场清理。你那从不离开你的眼睛，任务就是给你支撑。

要是早点有这个会让我平静下来吗？脖子上的眼睛。会不需要拐杖了吗？毫无疑问，这已经帮助了很多人。不管我是多么怀疑。我参与过很多次激烈的讨论，那个时候我尚有活力。（反正是一种跟生命力很像的东西）。需要去参与，去抱怨。当然都没有结果。那个烦人的婆娘，对一切的进步都心存反感，因为那让她的过去看起来破烂不堪。这个想法真深刻。不堪回首。反正我现在是很难再回到那个时候了。

反抗还是一样没用。不情愿承认。某件事情终于让我十分激动，不得不提高声音来反抗。这个铺垫太长，我都忘了自己的思路。重来。我反抗，然后后来对我反抗的东西满意起来。一次又一次。我找不到具体的例子，但并不是说没有。我彻底地逃开，那些事还是照旧，然后过了不久我就开始满意起来。只能说得这么清楚了。这不是说我第一次做的就是错事。只能证明我变成了另一个人，这些事情改变了我，变成了另一个看法不一样的人，有了别的需求。一个我在一开始可能根本不想变成的人，一个当初的我看了会恶心的我。这些想法不是不可能。现在也是一样，我看着现在的自己就没有想吐的感觉吗？这些东西（我说的不只是拐杖),把我改了。

一直反驳自己之前说过的话,我就永远没法跟自己和解吗?——但我仍然要说,它给了我一点意义,这样说有点过头,跟踪你给我带来了一点改变。尽管老天该开开眼,看看你这没多少活力的样子。

我不是在讲你们为了我创造的那个假象。你们说那是为了我。死让我觉得无趣,一直睡,不问世事。你们不用为了我再创造什么东西。你和你那违法的邻居,帮你解决欲求的那个。我无所谓,我会停止大声打呼噜,不打扰你们。但是我想保持睡觉不看的权利。

尽管不仅仅是她,这个量词总说错的邻居。①不,不,我没有在暗示什么。那个总说一把杯子、一块纽扣、一张房子的女孩,那个把量词说错来吸引你的女孩,希望我表达得很清楚。尽管你穿着自己的新鞋,嗒嗒地走在空荡荡的长廊上时,脑子里想的不仅仅是她。

你给了我这个责任。你直白地说,是卡蒂让你对自己的那双破胶鞋不好意思起来。就好像我对你的鞋子多感兴趣似的。就像你这不死的眼睛很担心,一直在衡量是这双漏风的胶鞋好还是嗒嗒的新鞋好。要是真的比的话,我更喜欢你那慵懒的脚步,而不是这双棕色的皮鞋带来的大男子式的步伐。

你带着一只刚挖好的鼻子在走廊拐角处走过的时候心里没有想着她,喜欢你的皮鞋(至少夸了一句)的她。像之前无数次一样,你的心里只有卡蒂。不是我,不是这个

---

① "量词"与"性别"为同一词汇,此句亦可理解为"那个性别错误的邻居"。

跟踪你的老太婆，她根本配不上这个名字。是最初的那个卡蒂，你少年时错过的那个。老太婆的诗意就要用完了。这听起来就像是一首诗的名字，作者是个贫血的男同学。

你仍然没有停下来，不管贫不贫血，继续走过拐角，看向走廊尽头，走出出口，看到了那个身影，带着些光亮，就好像你一直幻想的那样。

你明白……好像你明白什么似的。看看我，这个自以为心如明镜的人，现在被我们之间的联系支配着。你，因为我对你说话，对你讲述，你愿不愿意有个机会来明白我，理解我。大家看过这种情况发生，知道这种执念会出现，但是我没有，我发誓，我之前就发过这个誓。但是我还是开始了。你明白的。你根本就不明白。但是语言，欺骗过我的语言，要求我们这样做。我们要站在对方的角度想问题。放弃羞辱感，向最普通的词汇妥协。

你知道，我看着你在走廊里的脚步，嗒嗒地响，挖着鼻子，走得很慢。要不然就是我拥有超凡的想象力，又极富说服力，否则怎么会在你从教室去办公室短短的一段路上就涌现出这么多念头？我在慢动作的所有细节中都看到了这决定性的事件对你生命的影响。你看到的还充斥着脑海，就让我们来夸张一下，用一种浪漫的说法：你看到了那个一刻也不曾离开过你灵魂的人，看到了她却没有认出她来。

没能认出她来，不是因为她在这些年里，像大家想象的那样，被时间的锯齿无情地咬住、咀嚼，不是说这十五年的时间把她变成了一个只能靠拐杖走路的老太婆，时间这把杀猪刀还没那么锋利。它享受着把刀锋慢慢显露出来，一点点靠近，这种缓慢才是时间的伎俩。划出一道痛苦的纹路，加上一条疲惫的皱纹，让脚踝稍迟缓一点，把吊住乳房的皮筋抽走一条，一步一步，比最善折磨的人都要耐心。所以你可以想象，这个美人在时间十五年的折磨后，会失掉一点饱满，或者在痛苦的暴食之后变得滚圆，双颊皱皱巴巴，头发一扯就断。

而你从没想过的，就是卡蒂，那个有资格叫这个名字的女人，跟你错过时的一模一样。准确点说，是你没有选择抓住她的那个时候。她真的还是一样，甚至比你脑中的图像还要光彩照人。你每天在脑子里擦拭、上色的图像现在被比了下去，承认吧，那些画面现在好像蒙上了灰尘，上了水雾，褪了色。

我放慢了播放速度，享受着这强烈的、浪漫的讽刺，男人一生的念想终于出现在了眼前，而他却没有发现。令人印象深刻，难以置信，差不多比得上刚刚你拿来吓唬学生的恐怖电影。尽管他们不愿意，你还是享受地带着他们看，心里有种施虐般的快感，就像那类电影会引发的一样。

在一个片段后，有个学生提出来的观点是真的吗？是什么来着？有个念头抓住了我，我明白它很重要，重要到我不能再忘记。然后现在就不记得了。这是命运为今天选中的嘲讽吗？重要到没法忘记的事情——然后再也记不起来了？对你而言是卡蒂，对我则是那个忘掉的句子。

该死的命运，不能让它这么轻易跑掉。我的用词。大概有人会以为我是寂寞地坐在这里，不害臊地一直嘟囔，不去想有人在监视我。或者可能就是想着有人在看，而这是唯一能让我显得有点乐趣的东西，毕竟在这个破铁架子里跳康康舞也不太可能。屁股和粪便，只为了让我的听众高兴。在我床边的那个严肃的放屁老头是不会喜欢这些词的。他可以放屁,但是从没听过屁股和粪便这两个词。搞笑的是这就是我记忆里面的他,要不然就是他故意不听,而今天没法拒绝,要不就是他选择快乐地忘却。

闭口不谈。就是它。这就是我刚刚在想的短语。那趁我还记得它,现在就要来描述一番了,我知道这些东西能消失得多快。是一部新一点的电影里的。因为你声称给那些牺牲品看的不光是老电影。又消失了。

我没力气再把脑子里的东西过一遍来找它。刚才还记得,录上了,迷失在自己的脑中。还好,我立刻就意识到了这需要花上一点心思,看到它有在我失眠的夜里躺着品味的价值,在那些我睡不着,却也没有太多精神,没法去看你走在走廊上(那可是最搞笑的部分)的时候。脑子里的东西都在打转,一个新的念头就是一份礼物。一份失眠的魔鬼送来的礼物。

魔鬼,就是它,一份不期而遇的礼物:魔鬼玩的最高明的伎俩,就是向世界证明他不存在。

我有点失望,这真的是这个好男人能拿出的最好的东西了?他,这个恐怖的恶魔,就想不出更聪明点的点子了吗?

第二带

我只是一张透明的白纸。我的眼睛给予我躯体，我的映像给予我内容。点醒我吧，卡蒂。

我只是人类锁链中的一环。给予我力量，让我完成自己的任务。当所有环都不想成为薄弱之处，这锁链才会愈发结实。

"让我远离罪恶。"你跟自己监护的人一起说道。

你会在理论争辩中坚持说自己不信教。但跟着尼克参加宗教仪式还是让你愉悦。你确信看着你的卡蒂也参与其中。就像她身后的那个人一样……还有尼克看着的那个人。

尼克和尤妮好像比你更专心于这个仪式。他们亲密地亲吻着对方，但是不带情欲。就好像他们之前暴力的场面已经撤去，他们可以更虔诚地亲吻对方。

那个对你诉说、予你躯体的卡蒂会不会也跟自己的男人在一起？忘我地接吻？

你心中突然一痛，因为你对卡蒂的幻想重叠在一起，无法分割。卡蒂，那个从未谋面、一直看着你的卡蒂，还有你在学校走廊尽头看到的那个身影。

回放。你一无所知地走在走廊上，新鞋发出的声音比你喜欢的要更响。一种军人似的规律的拍打声，无法避免，尽管你努力在改变自己的走路方式。你更喜欢那双轻便、无声的胶鞋。

你把手放到办公室的门把上。就在你肩膀微耸,门卡住的瞬间,你的目光落在了走廊尽头的玻璃门上。走出去的那个女人,你认得。你不可能把那个身影同别人混淆。但是同时你也知道自己被骗了太多次。你不能一直追赶幻象。

你走进办公室的时候,碰见了胳膊底下夹着书的乌拉。"有个女的刚走。"你装作漫不经心的样子。不是想遮掩你的兴趣,而是你的问题底下只是被微挑起的好奇:谁会这么像她呢?"她是谁?"

乌拉一开始没有明白你的意思。你朝走廊点了点头,她才反应过来:"哦,她啊。我记得她叫卡蒂。"

可能她说的名字还要更长一点,但是你听到开头第一个"卡"字就开始跑。鞋子很不好穿,声音太大,要是穿着那双旧胶鞋就会轻松得多。你渐渐发现这是一个错误。鞋子错了,还好你没把旧鞋扔掉,回家就赶紧换回来。但是你在追的那个身影也错了。打开玻璃门的时候,根本没有人。外面一个人都没有。在教室里关上灯看了太久电影的你,在微弱的阳光下眯起眼睛。

你不过是在追赶一个幻象。又一次。你以为自己已经放下了。其实距离上一次已经过去了很久,但终究还是发生了。你继续往前走了几步,精疲力竭。外面的人行道上当然也是空空如也。除了一帮年轻人,一个推着婴儿车的女人,还有个毫无特征、戴着头盔骑自行车的,再没有别人。

你转身回到办公室。询问其他在场的人。没人认识这悄声走过的神秘女人。之后你又找到了乌拉,询问她。她知道的都告诉你了。女人没有提到她为什么来,只说了名字,说她走错了路。你一再问起的时候,乌拉低声说她有点口音。这不可能,她是土生土长的丹麦人。乌拉怀疑起来:你不是刚刚强调自己根本不认识这个女人吗?

下班之后,你在这片熟悉的街区骑着车闲逛。学生时代的你就住在街角。之后你漫无目的地在城里走来走去,根本没抱能撞见她的希望。大学时期你还上过一门统计学的课,心里知道遇见她的概率是多么渺小,但是就算回到家也没法安心。你花了很久,太久,坐在那里搜索,谷歌、地图、电话簿,没有方向。

之后你在电视机前躺下来。有一台在播古罗马的节目,你毫无兴趣。然后是新频道,也抓不住你的注意力。最后你开始听尼克和卡尔的对话,之前一直没有听完。

尼克颇有风度地起身,为卡尔的妻子让出一个位子。他问两位女士要不要白兰地,但是两个人都更想喝咖啡。"你们继续,别被我们打断。"客人坐下的时候说。

"我正在讲我的一个理论。海勒以前听过。"卡尔坦白道,他朝妻子送去一个抱歉的手势。"在医学领域我们已经开始消除异类,用越来越有针对性的药物,扫描胎儿,避免没人想要的孩子出生。基因疗法前景大好,实际上我们应该马上可以介入,更正大部分基因上的毛病。锁链也已经把系统里我们不想要的因素清除了大半。过不了多久,我们应该就能拥有一个没异类的社会。"

"你是想说那些偏离主道的人?"尼克一边插话一边对海勒微笑,她跷起了腿。他把手伸进那条纹衬衫的缝隙。

手指顺着她的大腿慢慢向上游走,而她还在假装对男人的话颇感兴趣。尼克摇晃着酒杯,做干杯状向众人问好。"你的意思是说制造和平是错的咯?"尤妮问。"我们应该回到那充满罪恶的过去?"

她朝门边出现的女儿多特摆摆手,让她过来。她手指一点,示意多特坐到沙发上,坐到她旁边。

"你们怎么说得这么消极呢!"卡尔把咖啡杯放到桌上。"我不是这个意思。我们该高兴,现在大家不用再受各种无德之人的罪行困扰。但是要是这些边缘人消失,我们又该怎么办呢?我们真的可以不需要他们吗?还是说,我们需要这些罪人来挑起我们的愤怒,这些可怜人来激发我们的同情,这些走极端的人来表达我们的鄙视?"

"这会改变我们的标准吗?这样一来,一颗马牙都能上那种专门博人眼球的报纸。"海勒补充道,她听起来有点自大。毫无疑问,这给她那张修长的脸颊添上了一种挑逗的气息。尼克捆住她的手腕,牵着她,把她捆在散热器上,迫使她弯下身子。他的手在下面轻抚着她,她愤怒的声音同娇喘声有一丝相像。然后他拽住她的头发,靠到她身上。他的重量把她那修长、线条分明的身体压下去。他弯下身,抓住一侧乳房,掐住乳头,疼痛使得她瞬间僵住。"你说的可能有道理,"尤妮承认,"但是我猜咱们离那个地步还远着呢。""我们目前还有很多替罪羊。"尼克对海勒微笑道。"有很多可怜人去惋惜,不用考虑那种事情。"

谈话转向了日常的话题,那些琐碎小事。你三心二意地往下看,偶尔停下,这时你听到斯勒娃进了门。她在挪一把椅子。那群人同多特聊天,她刚刚取来了自己的绘画本,骄傲地展示着自己的最新画作。卡尔暗示说她大概把所有的时间都放在画画上了,作业做完了吗?刚刚进入第二环的多特自称作业都做完了。"我要不要给你的眼睛打个电话问一问?"这个大块头的男人开玩笑道。他们都笑起来,因为多特这时突然想起自己还有几道算数没写。海勒跟她走进屋里,看她墙上贴的画。

海勒回来的时候,卡尔和尼克又聊回了案子上。电话响了,尤妮拿起话筒。她的声音很低。尼克用余光瞟着她,她明显严肃起来。简短的对话之后,她挂掉电话,对丈夫暗示他们需要谈一谈。尼克把客人的注意力引到多特留下的画本上。

尼克走到玄关的时候,尤妮看起来很生气,或者说是害怕。"是海勒的眼睛。"门一关上她就说。"说你非礼海勒。""拉倒吧!"尼克一脸无奈地举起双手,"我就是碰到了她。没别的。我跟你发誓。肯定是个多管闲事的老娘们。""是个男的。他觉得我该知道这件事。""那你就问清楚。在厨房,就友好地碰了一下。你可以去问我的眼睛。"

尤妮点点头,这也正是她的打算。她直直地看着你,疑惑地摊着手。怎么回事?你看漏了什么?这一切看起来多么纯洁啊!

你往回看。在厨房里,尤妮在做饭,海勒在边上帮忙。尤妮端着一只盘子走进客厅。这时的尼克刚打开了一瓶红酒,他走近一步,捏住海勒的脸颊。她想拨开他的手,他反握住她的手腕。等她把手抽开时,他碰到了她的胸。

这个男人的确把手伸得太长,但是也不是什么值得追究的事。是你的责任,斯威尔。你玩忽职守,可能就放过了一次潜在的犯罪行为。另一方面,现在是决定一场婚姻走向的问题。是旧日友谊在作怪吗?尼克喝了点酒,他的想象力很丰富,这你是知道的,偶尔可能会控制住他。这看起来好像不是第一次欺负她了。如果真的涉及欺骗,在场的人都该受惩罚。你也有罪。别再钻牛角尖了。你总是倾向于逃避争端,是吗?人不该滥用权力。你又把这段看了一遍,确定无误。

你把重心放到当下,你其实更喜欢按时间顺序跟踪映像。尼克手里拿着报纸,余光打量着妻子。她盘腿坐着,阅读着一些文件,嘴里叼着一只圆珠笔。两个人都衣着休闲,她面前摆着一只空了的咖啡杯。他们之间弥漫着一种紧张的气氛?你等一会儿就知道了。你拿起话筒。

尼克一把抓起眼前茶几上的电话。你作了自我介绍,说是他的眼睛,希望跟尤妮谈话。她假装在看文件,但是立刻伸出手索要话筒。嗡嗡的声音表明他们开了免提。她回答的时候,你的脑海里总是浮现出她脸上涂着奶油的画面。

"有点晚了,但我刚刚重看了一遍。"你解释道。"你让我重看的那部分。你丈夫没什么可责备之处。"她开始各种感谢你,你都拒绝了,说自己只是履行职责。

尼克已经开始倒酒。三杯。你以前听说过这种做法,但是还没参与过。尽管象征性地喝一杯也不算贿赂,你还是婉拒了,决定保持距离。你祝他们晚安,然后挂上电话。

大家通常不会跟自己的眼睛在一起,对吧卡蒂?你说。不,你肯定不会喜欢的。你睡不着觉,站在阳台上看别人的生活。那些工作到很晚的人在回家的路上。但是街上更多的是情侣或者三三两两刚刚一起出去吃喝的人。其中一些人高兴得很。一个醉汉看到你,举起手中的啤酒,同你干杯。你问候回去,然后把大拇指放到嘴边。

突然间,你看到一个金色头发的高个儿女人,她同一个男人走在一起。你马上就有喊出她名字的冲动,但是意识到这太过尴尬。对她,对你都是如此。所以,你哼起了巴赫 B 小调弥撒中的一句——"您除去世间的罪,"你的声音洪亮,盖过了这条小道上的其他声音。你十五年来都没有用过假声,所以可能有点跑调,但是歌词还是出乎意料地纯正连贯。街上好多人在寻找阳台上的这假冒的酒友,有些人快活地同你招招手,因为他们看到你还在离他们挺远的地方。那金发的女人也有了回应,她转过身,现出一张兜齿的令人厌恶的脸,你马上就噤了声。

我会解释的,卡蒂,你低声道。我是需要一个解释。"你喝什么了?"斯勒娃穿着睡袍,被美妙的歌声吸引。"我还没喝,但是就要喝了。你要一起吗?""在这儿?"她半信半疑地问道。

你知道有个地方可以买酒。当你买完红酒回来,斯勒娃坐在阳台上等你。她披上了一张羊毛毯子,抵御夜晚的寒冷。"你得给我个好借口。"她说。"在我老家我们都是先喝酒,然后才唱歌。"

你干了第一杯,然后开口之前开始慢慢喝第二杯。"给你讲一个童话。"你承诺她。"但结局并不幸福。"你放进一盘古董级的磁带,把声音开大,这样坐在阳台上声音也扑面而来。

"我上学的时候,对这个是彻底的痴迷。纯粹生理上的,你知道。""巴赫的托卡塔与赋格,"她说。你点点头,听了一会儿。你都忘了她在拉脱维亚接受过广泛的古典教育。你不该称赞她吗?不是现在,卡蒂。现在一切都围绕着另一件事展开。

"我太喜欢这个曲子,所以就报名参加了一个学生合唱团,当时合唱团要举行一场盛大的巴赫弥撒音乐会。我上学的时候曾在合唱团唱过几次,没有太多经验。面试的时候我抽中了有点难的题目,无伴奏和声。"你追随着她的目光。"没有伴奏,"她点点头,"我自己也唱歌。""然后就被录取了,奶奶的。"

你们坐在那里,看着最近的一家咖啡店里人进人出。有一对情侣没法做决定。女孩想要回家,男孩说塞隆尼斯·蒙克①的生日才过两天,应该好好庆祝一番。这个无法反驳的理由最后胜出。

"一共两个女高音,我对其中一个的最初印象就是她的声音。她在练习一个声调。那声音就好像黑暗的屋中出现了一道亮光,只是一般的光是直线型的,她的声音旋转上升,冲向云端。她也是一道亮光。"

你看着斯勒娃,她是个好听众。她等待着,没有一丝不耐烦。尽管你们在床上甚为和谐,两人之间也没有任何嫉妒或者占有欲。你们共享公寓的这些日子,她有过几个短期男友,你则有过一些一夜情,四次,如果非要精准计算的话,一年半的时间里四次。

"独唱都是专业的歌者。她前途光明,而且美到……"你惊讶地停下了自己的啧啧称赞,审视着自己的用词,因为你知道卡蒂能听见。"你知道吗?我觉得这是我第一次用美来形容一个女人。她们可以漂亮,可以可爱,可以有魅力。但是这里我一定要用上美这个字。"

---

① 美国爵士乐钢琴家和作曲家,并被认为是美国音乐史上的一位伟人。

管风琴声停下,然后重新开始。"你听。我只要一提到她,主旋律就喷泻而出。""神奇。除非你调的循环播放模式?""你明白吗?我能梦着她,但是她是另一个世界的人。""另一个世界?""跟我不在一个声部。"你解释说。"但她竟然邀请我出去见面。那是一次排练之后,她问我要不要一起喝一杯。可以呀!她反正要等半个小时的公交车。我知道她在城外的一个朋友家住。"

塞隆尼斯·蒙克粉丝俱乐部已经走出了咖啡店。具体点说是那个女孩走了出来,她的朋友还在她摔上的那扇门后面。

"我们聊得很愉快,或者说很别扭,就像一般第一次约会那样。当然聊得最多的就是音乐。然后中间她开始讲起她认识的一个男孩。单听他唱歌的话,很好听,很干净。只是一合唱,他的声音就比别人的低一些。可能八分之一调。跟乐团和交响乐团的声音平行,总是差一点。我鼓起勇气讲起一个无聊的物理理论,说声音如果通过头骨抵达神经的话,听起来会比耳朵听到的声调低。"

你把卡在嗓子眼儿的酒咽下去。"她继续说,当这个男孩正对着她耳朵唱歌的时候,简直让人无法忍受。我到那个时候才知道她为什么邀请我出来。为什么她屈尊来同我聊天。我在排练的时候就站在她后面,她只是想委婉地告诉我这一点。"

你停下来。斯勒娃握住你的手。"让我猜猜。"她说。"你再也没去下一次排练。""还有再下一次,再再下一次。""从此之后你就再也没唱过歌?""从那以后我就只听些垃圾。直到我刚刚在街角看到她。那是唯一一个能引起她注意的方式。唱一段她能听出的乐曲,一段弥撒,尽管唱的音调低了八分之一。她转过身来的时候,我看到时间已经把她变成了一只恐龙。"

斯勒娃看着你:"你讲得不错。但是你的童话烂透了。"

"卡蒂？"斯勒娃问。

你点点头，然后把瓶里的酒倒光，她半杯，你一杯。你说你今天又一次被时间给耍了。"你不会懂的。"你说。"你肯定没遇到过另一个斯拉娃。"你努力想把她的名字说对，但是酒劲没帮上你什么忙。

街道上的人已经稀疏，但是你还是很想聊天。"四年级丙班来了个新学生。他也叫斯威尔。叫彼得的可能每隔一天都会遇上这种情况。但我还是第一次遇见个偷用我名字的人。可能是我奇怪，但是那感觉就好像我一下子老了一辈。"

"谁会给自己的孩子起这个名字？"斯勒娃开玩笑道。"应该是我妈的点子。不会是我爸，他在我有名字以前就离开她了。他是天文学家。你知道吗？他是发现忆神星的人之一。""小行星？有轨道的那个？"你点点头，颇自豪地说："我爸就是'忆神星之父'。""那你就是健忘他哥？我好像明白了。不过我现在在问四年级的那个男孩。他的父母怎么会想给他起这个名字呢？我可不认识其他叫这个名字的人。""我只知道他之前一直住在国外。所以他显然很不适应锁链。我已经邀请他父母明天来开会了。我会记得问问他们的，怎么给孩子起这么傻的名字。"

斯勒娃想要回屋去看着米切勒。她被邀请去参加母亲的生日会。斯勒娃不知道她会不会去，有点激动。米切勒？你问道，一头雾水。那个心情低沉的女孩，你们前几天从醉酒放纵边缘救回来的小女孩。你们干掉杯里的酒。你一厢情愿地对着空中，同卡蒂干杯，你通常都会同自己的眼睛保持距离。我很感激。卡蒂在你身后。

尼克刚刚在人满为患的法庭里坐下。他认出了好些记者，但是并没有同他们打招呼。《日德兰邮报》当然在，因为事情就是在日德兰岛发生的，但是《贝林时报》和《号外报》也在，肯定还有别的报社。广播电视台和第二电视台也在现场。来了一位很有名的女主播，衣着对于这个场合来说有些过于性感。他从背后压住她，让她靠在法官椅子上。把刚刚卷起来的文件插到她的两腿之间。他理了理面前的档案，里面藏着一个他在临结束的时候要抛出的论点，他十分期待。

辩护方努力想让被告看起来像个普普通通、举止得体的公民。他身材圆润，考虑到案子的严重性，不自然地微笑着。胡茬剃得很干净，新理的头发打湿之后喷了发胶，一套小方格西装，不太合身，穿起来很别扭。尼克藏着笑。这个可怜人跟尼克脑子里猜想的一模一样。

法官与两位检察官进场的时候，所有人起立。检察官分别是一个上了年纪的男人和一个中年女人，两人都长着一张自命不凡的脸。在法官做案件阐述的时候，尼克偷偷地仔细观察着他们。这是案子里的两张未知牌，如何来打这些牌至关重要。

被告奥斯维尔·斯威巴克·黑格勒，生于一九七〇年五月四日，无业，在家接受社会资助。他看起来比三十五岁要老，生活肯定不易，也可能是生活方式不健康。他对生日提出质疑的时候，就已经把辩护方努力想为他塑造的好形象给毁了。他颇有细节地描述道，其实他的出生十分接近于午夜，所以到了五月五日才全部出来，到底是头出来算还是屁股算呢?

法官不得不敲槌来停止哄笑声。被告人对他引起的混乱很惊讶。他被控在十月三日周一中午被发现于一家杂货店。辩护律师抗议此处用词:被发现。店铺开着门,被告人是自行走进去买东西的。法官平和地更改了描述。十月三日下午走进了科瓦图普的杂货店。那是十天之前。审批稍有延迟,因为起诉人考虑到问题的严重性,需要一些时间来进行全面排查。尼克点了点头,表示描述准确。

被告人想买两升牛奶、一块黄油和一只牙刷。"低脂黄油。"被告席上那个胖男人边更正边拍了拍肚皮。"正常黄油可没我的份。"这个反对意见引发了一阵哄笑。尼克很反感这不准确的细节让被告多加了一分。

"当被告带着东西来到收银台的时候,他的两罐牛奶要倒。他和店主都去扶,就在这个空当,被告人趁店主不备,从开放的收款台里摸走了三张一百的纸币。"

"两张,法官大人,只有两张。""所以你承认偷窃了两张钞票?""不是,我是目前否认对第三张钞票的偷窃行为。那张跟出来的,掉在了地上。"

"但是还是跟出来了。"尼克忽然起身。"让我们来用正确的顺序处理这个案子。"法官平静地建议道。"传第一位证人。"

弓着腰走进来的小个儿男人,说自己是店主黑乐格·科瓦图普。他描述了自己那天的经历。那是个平静的上午,客人不多。奥斯维尔·黑格勒,之前也在他这里买过东西,是他当时唯一的客人。他把东西放到收银台上。店主记不太清了,毕竟那也是一个半星期前的事情,好像其中一个奶罐要倒。客人像往常一样用现金付款。店主记不得钱数,但是又算了一遍，三十九块八毛五。小票，他强调说当然不是原先那张，已经附到了证据里。

可能是半个小时之后，店主在地上找到了一张被踩过的百元钞票。这说明钞票在地上已经有一段时间了。他没法确定到底过了多久。是的，收银台当然一直都开着，谁会猜到有人偷钱呢？三刻钟之后他接到了自称是他眼睛的电话。不，他之前没有同这个人联系过，但是无条件地相信他的话。眼睛问他收银台里缺不缺钱。他犹豫了。

法庭上的记者们忙着记录所有细节，被告只是漫不经心地听着。他大部分时间都在四处打量，对认识的人摆手，或者讽刺性地冲他们眨眨眼。只有一次，他想插嘴做个深度注解，但是被制止了。

店主一闲下来，就赶紧数钱。他发觉除了地上那张被踩的，还差两张百元钞票。他仔细地寻找，但是另两张没有掉在地上，也没有掉在旁边的纸篓里。对，在那段时间有别的顾客。他不愿意——列出他们的名字。

交叉盘问一无所获。店主看起来很老实、很真诚。对这件发生在自己身上的侮辱性案件并无愤怒，没有到因为报复心而上诉的地步。下一个证人好像更有价值。

这是一位女警官。她并不好看，但是散发出一种强烈的自信。要把她干了。她得到任务，调查斯威克，拘留他。她不知道是店主还是一位目击者递交的报告。她不满地看着尼克，尼克已经兴奋起来了。

"你叫他斯威克？""所有人都这么叫他。""你以前是不是就认识奥斯维尔·斯威巴克·黑格勒？""跟警局无关，最多只算得上是小的过节。"尼克拿过她的警棍，拉长。插进她的腋下，把双手扳到背后。用台钳夹住，乳房撑开了警服。她对他的进攻投以嘲弄的眼神。他友好地瞥了一眼被告然后带着微笑转向法官。"跟警局无关？"他意味深长地打量着她，追问道。他抬高警棍，她的双手被架起。她痛苦地呻吟着。"像我刚刚说的，只是小的过节，最后都解决了。不值一提。"她回答道。

辩护方开始提问。通过他的眼睛，警察很快就找到了被告。黑格勒坐公交进了城，坐在一条长椅上喝掉了其中一罐牛奶。她顺利逮捕了他，在口袋里发现了科瓦图普杂货店的小票，还有两张百元钞票。而被告斯威克，显然自己也很惊讶。

没必要在这里浪费力气。抽出警棍。警告性地鞭打她的乳房。下次别再探出这么多。女警官扭着腰肢朝出口走去。尼克在公诉书上她的名字下画了道横线。他要记住她。她可以用来消遣。

尼克以为这个案例如此明显，所以没有叫别的证人。他现在对这个决定有些气恼。有必要对被告态度强硬一些。

接下来是店主眼睛的证词。眼睛在大概一个小时之后开始跟踪此过程。第一次看的时候，她几乎忽略了整个事件，但是有些地方让她起疑。她把录像回播了一次。然后发现端倪，以此为动机联系了店主，询问他是否丢了钱。

之后播放了这段录像。录像时间是很久以前，本应销毁，但最终由于警方的介入而留存下来。大家看到黑格勒把之前提到的物品放到桌子上。就在他伸手去够小票的时候，两罐牛奶都差点倒了。他和店主都赶紧去扶。这时黑格勒的手越过收银台，好像带起了几张钞票。感应器的画面不是很清晰。黑格勒把小票塞到口袋里。东西放进手提袋，然后慢慢走出杂货店。

法庭里一片喧哗，法官不得不请大家安静。整个犯罪的过程并非像报纸上描写的那么显而易见。《日德兰邮报》把被告描绘成一位愚蠢的惯犯。而《号外报》则重点描绘了他如何冷笑着说自己可以骗过锁链系统。只有《信息报》站在他这边。没有说出声，尼克也能感觉出气氛的转变，大家不再那么确定这个男人是否有罪。

被告当时的眼睛提供证词。他承认自己完全没有提交任何不正常的情况。他也承认自己的录像看得很快。没有发现什么值得回看或者需要向别人报告的地方。

他的录像播放之后，并没有提供什么新的线索。这段录像也因为案件被保留下来。被告把小票和钱一起塞进口袋，另一只手扶着差点倒下的奶罐。剩下的录像带不是很清晰。传感器的位置碰巧放得不太对。

辩护方呼叫斯威巴克进场的时候，整个法庭的氛围都发生了质变。他对案件发生之前的那段描述毫无异议。讲到犯罪瞬间时，所有人都很安静。好像每个人都屏住呼吸，等着戏剧性的一幕从这个不法分子自己嘴里讲述出来。

他强调说自己不太记得到底发生了什么。每次回想，整件事都仿佛蒙上了雾。他的确把东西放到了台子上，但他不太记得事情发生的顺序。当他发现一个奶罐要倒……一个？不是两个吗？他犹豫了。对，是两个。当他发现奶罐要倒的时候，他正要伸手去够小票。他的手的确很近地擦过收银台，这是无法避免的，并非故意为之。可能几张钞票正好被带了起来。他为了确保牛奶不掉到地上，赶紧把小票塞到口袋。钱应该就是那时被带进去的。他根本不知情。那漂亮的女警官在中心广场的长椅上找到他的时候，他才第一次看到它们。出乎他的意料，她从他右边口袋里除了钥匙、小票和手帕,竟然还抽出了百元大钞。

那位颇具挑逗性的女主播被被告的不知所措逗得哈哈大笑起来。她挑衅地看向尼克,他会怎么反驳呢?她的笑声让气氛缓和下来,好几个人都笑了。她还俯卧在法官的椅子上,心焦地等待着尼克的反应。他握紧卷起的报告,伸到她的衬裙下面,把文件猛地插到她的双腿之间。她不再笑了。她肯定笑不出来了。

尼克站起来,理了理西装。他不慌不忙,好像故意把内里的标志展示给女主播看,红色的四方形。她没有被吓住,但在膝上的本子里记了点笔记。

"你费这么大劲去买牛奶和低脂黄油?""还有牙刷。""对,还有牙刷。所以你经常走五到十公里去买日用品?你家附近的商店是不是都不待见你?""抗议。"辩护方跳起来。"控方律师使用暗示,且与本案无关。"

法官疑惑地看向尼克。尼克解释说他意在证明被告的罪行,获准继续。同时黑格勒也得到一点时间,来回答这个狡猾的问题。

"我喜欢上帝创造的大自然,"他说,然后赶紧补充说,"和人。我经常坐车到沙滩上去散步。医生推荐我的,让我去运动。我能开出证明,是因为我的血压。回家的路上我经过商店,就去买两升牛奶……""嗯,谢谢,这个我们知道。"尼克打断他,难掩对黑格勒没有掉进陷阱的气恼。

他拿着圆珠笔,轻轻拍打自己的嘴唇,然后开始自己关键性的第二次进攻:"让我们来看看发生在收银台的戏剧性的一幕。你说你是去够小票?按你的表述,朝着拉开的抽屉伸出手,然后让钞票'带上'?""我的手很糙,"被告道歉道,"干了太多重活。"

他举起手。他说的没错,手很粗,而且有些轻微的变形,一直是半扣着,好像在握着什么。他用另一只手把手指扳直,这显然很费劲。"我的控制力不太好。"他解释道。

"你当然可以这么说。"尼克应道,第一次获得了一些喝彩。"最近十天你都努力想把手毁掉吧?""抗议。"辩护方又一次要跳起来。但尼克把包含被告在内的所有人都吓了一跳,他毫无预兆地把自己的圆珠笔朝被告扔去。"抓着!"黑格勒没有时间思考,抓住了笔。

"灵活得很嘛。"尼克评论道。法官不得不要求大家安静下来。

你停下录像,必须得睡觉了。你感到现在的自己一脸迷茫,刚才太过专注。这是你第一次跟踪法庭案件?你会这么说吧?幸运的是,在锁链系统启动之后,要上法庭的案件少之又少。你想起自己明天有个空闲,可以看看这个可怜人有没有被判刑。但是紧接着你就记起来那个课间约了家长见面。

你没法放下映像。你会把自己当成尼克。你刚刚就是他。就是你告诉他的那些刁难问题。在他幻想那些下流的画面时,你也在。你指引着他。

纯粹为了消磨时间,你在学校附近骑车闲逛。尽管昨天睡得很晚,你今天很早就醒了。脑子异常清楚,但是不知道该用这股清楚劲儿做什么。你在以前住过的小区闲逛。填满我,卡蒂。你就要分裂了。就像你自己说的,在追寻一个幻象。我只是在房顶喝了一点酒,出来运动运动,你抗议道。

老索尔森同你一起到了学校。你教唆他别锁车子。"车座坏了。"他自嘲地叹了口气,然后把那热切想要锁车的手放到锁上。他默默地向上帝祈祷,请他帮忙看着车。

在办公室,约克问你看没看拓扑斯理论。你一直没空去国立图书馆。他说他那儿就有一些材料,你可以借去。你想找到自己的方向。可能在今天午休的时候看看,你补充道。但是你当时就知道午休会用来跟踪尼克的案子。

乌拉把隐形眼镜弄丢了。后来发现不只是隐形眼镜,还有泡眼镜片的盒子。她叽叽喳喳,小题大做,吸引了所有人的注意力,这是个灾,她不可能不戴隐形上课。安建议她去问自己的眼睛。大家开始开玩笑,说找眼睛来找眼镜,还没戴隐形眼镜。大家的笑声还没落,乌拉的眼睛就打来电话。她正好在看直播。她往回一看,发现乌拉把盒子忘在了校长办公室的洗手间里,一个小工立刻就去取。

五年级丁班物理课,连通器。你做了一个模型,一个高量杯同一个矮量杯相连。你拿锁链系统打比方。这个比方让年轻人更容易理解原理。艾敏塔绷着脸,但是没有捣乱。你找到机会,对她说课后有个东西给她。她的脸上第一次露出了微笑,一个同谋般的笑容。你要小心,她别误会了你的意思。不,听着,卡蒂。那只是一些无害的周报。她正在一个敏感的年纪,几乎没有成年人关心过她。你自己也在一个敏感的年纪,卡蒂。更年期前兆。

下课之后你把带来的报纸给了她,她的欣喜让你都感动起来。你确保一切都很官方,就像连通器一样,没有什么感情外溢。她那赤裸的母亲为了你跳起性感的肚皮舞。你可能跟尼克走得太近了,你告诫自己,他对女人的那些想象。卡蒂会怎么想?

得等到午休的时候。那时尼克就能大展身手。你好像很耐不住性子。

"就凭这种灵活性,"尼克指着被告人手里的圆珠笔,"我觉得很难相信那些被顺走的钞票是个偶然。我们是不是可以相信手指完全知道自己在干什么?""我已经解释过了,我不记得发生了什么。"黑格勒很明显对案件的走向很困惑。

"我疑惑的是,"尼克说着把圆珠笔拿回来。他的动作就好像害怕下一秒圆珠笔就进了被告口袋。他从座位上拿起一份文件。"我疑惑的是你为什么在精心策划之后做这件事。你本应知道这些眼睛,你的眼睛,店主科瓦图普的眼睛,会揭露你,对吧?""对。"这个"对"引起了一阵喧哗。尼克卷起报告,得意扬扬地举向那挑衅的主播。她的脸红了,他把纸筒来回摆弄的时候,她仿佛明白了他的意思。

"我的意思是说,我不知道自己做了什么。一瞬间迷糊了。"这个胖胖的男人无助地说。辩护方直接站起来:"被告在犯罪瞬间精神状态不稳定。"这句轰动性的话在法庭再次引起一阵低语。

"这点我想要反驳。"尼克平静地回答道,好像他早就预感到了这个突然的转折。"我的意图是证明被告在精心策划之后,试图偷走三百克朗。""是否是有意为之,要深度调查才能知道。"辩护方还没有坐下来。

"我们等着瞧。"尼克自信地说。他又一次转向被告。"当你被逮捕的时候,那两张钞票还在口袋里?"黑格勒的脸被恶作剧式的微笑点亮:"对。因为我根本就不知道它们在那儿。要是我知道的话,肯定就回杂货店还钱了,这点就可以证明我的清白。""除非你想着把它们占为己有。""我要是个心怀不轨的坏人,想拿走一些不属于我的钱……我不是这种人,但是我可以想象……那样的话我肯定会把钱藏得好一点。"

这个论点十分有利,黑格勒的支持者,或者说是同情者,都高声表示赞同。法官又一次维持秩序。"这个论点很有力,"尼克承认,"你是不是一直在等着把这一点说出来?可能已经在你嘴里留了好久了?是否可以说,你其实在拿钱以前就想好了这个论点?你那个时候难道没在想:要是没人发现,我就可以把钱留下。要是有人发现,我就装作不知情,惊讶它们在我的口袋里?"尼克的声音高了一度,来盖过被告愤怒的抗议。他强调所有这些都是猜测,一些站不住脚的猜想。尼克微笑着同意将这点从记录中删除。

"让我们回到钱进到你口袋的那个关键瞬间。在牛奶罐要倒下的时候,你会不会在想那个魔术师的名言?""名言?我有点蒙。什么魔术师?我根本不知道你在说什么。""一切都取决于转移观众的注意力。"尼克说,好像他在做一处引用。"这……这句话我从没听过。""你从来没听过这条原则?"斯威克不明就里地摇了摇头。"从没。"

这时尼克打开一摞文件,然后摆在被告面前。他从西装口袋里掏出一支铅笔,然后递给这个困惑的男人。"你能否在这里画一条横线?然后备注:重要。"

法官举手示意辩护方禁言。他能感到重要的信息正要浮出水面。被告接过铅笔,同辩护律师交换了一个眼神,然后画下横线。"重要?"他问。"重要。"尼克一字一顿地说。被告在纸上写。他写得很笨拙,看得出他不是很擅长写字。

"谢谢。"尼克愉悦地说。他观察着笔迹,然后满意地点了点头。他把文件放回桌子上,然后手里突然多了一本书。"你认得这本书吗?"他把书放到被告面前。黑格勒惊讶地接过来,翻来翻去看了一遍。"认得。"他欲言又止。"这本我是见过。""你是见过。我这里有明确的信息,表示你在2001年1月9日从奥胡斯市图书馆借过这本书。你记得吗?""呃,记得。这本或者类似的一本。书长得都差不多。我是说这一本,跟另一本很像。"

尼克打开文件。"我这里有一份文件,图书管理员证明图书馆在那段时期只有这一册可供外借。《我想成为魔术师》。就是这一本。"他把文件递给法官,法官仔细阅读之后很明显表示认可。

"你能否读一下书中的这句话?"尼克指出那个句子。黑格勒看着自己的律师,律师仿佛已经放弃了,摊了摊手。然后他断断续续地读道:"卡片魔术中可以调节气氛的技巧包括……""不是,抱歉。前一页。"尼克有些不确定地纠正道。

"一切都取决于转移观众的注意力。""谢谢,这就够了。一位明显对我们社会的共同价值视而不见的人在这句话下画了横线,然后标上:重要。笔迹同这张纸上的一模一样。"

一片喧哗,没人听到下一句话。法官几次要求全体安静。辩护律师和法官一起对比书上和文件上的笔迹。两个人都点点头,一个忍着痛,一个表示认同。

尼克用这个缝隙来环视法庭。他的目光久久停在那位女主播身上。她还被迫躺在法官的椅子上,卷起的文件插在双腿之间。她理了理头发,无法掩饰赞许的微笑。她想到接下来会发生的事,害怕地呻吟着。他把纸卷插进她。弯腰压在她身上。然后猛地把纸卷推进一大截。

"的确一模一样。"法官赞同。辩护律师什么都没说,瘫坐在座位上。尼克转向缩作一团的被告。

"四年前读到的这个句子如此重要,你不顾图书馆的规则,在借来的书上画下横线。因为那一刻有个可能性在向你招手:完成一次精心策划的、狡猾的犯罪。四年之后,你付诸实践。中间的这些年你肯定刻苦钻研,训练双手。你或许已经做了些尝试?切记:我可以去核实。一切都可以被核实。""可能吧。"被告明显已经决定摊牌了。

"当你觉得自己已经准备好的时候,你坐公交车来到县城,到一个你已经观察过的商店。你知道这里的钱柜一直是开着的……""不,那不是计划好的。"这个可怜人为自己辩解。"完全是偶然。我看到钱就摆在那里。我只是想去扶牛奶,然后我的手就自己伸出去了……"他看着自己的手,好像也在责怪它们。

法官犹豫要不要要求大家安静。"有人想要同你谈话。"就好像他知道听众心里的情绪需要释放出来。"听到了吗?"最后他举起了……

"斯威尔,在吗?"

约克站在你面前。你一直在空空的办公室里坐着。这是你的课间。"我只是瞥一眼我的映像。"你解释说。

"瞥一眼！你根本就没在这儿！你没听见我进来，也没感觉到我站在你面前跟你说话。""我当然知道。你说'有人想要同你谈话'。"

"你跟斯威尔的妈妈有个会，四年级丙班新来的那个男孩。她在会议室等着呢。""你不能去见她吗？你也是斯威尔的老师吧？""你是他班主任！我不知道你们开的什么会，可是你把她喊来的。""当然啦，你真是一点幽默感都没有。我这就去。"

约克眉毛吊得老高，盯着你离开。

你一有空就可以回到法庭上。你专注地把自己代入那个场景，协助尼克，引导他说出那些优雅的证据。你就要变得像他们一样？他们？你在放电影的时候嗤之以鼻的那些人。你沉迷于暴力和紧张感。卡蒂，这不一样。有什么不一样？锁链环环相扣。我给尼克以内容，就像你充实我一样。我希望你知道自己在干什么。这马上就变成一种瘾了。对罪恶上瘾。你课上不就是这么说的？这不一样。我能控制自己。可以随时停下。你以为他们是怎么说的？在刚开始的时候？

你想太多了，卡蒂。我获得了一个极稀有的机会，能跟踪一场真实发生、真正存在的法庭审理。你知道现在这种事情多么少见！这为我提供了一个观察社会灰暗面的机会。能够提升我作为一个公民……全是大话空话。可以让我成为一名更好的教师。人要知道黑暗面才能……你自己相信这些屁话吗？你现在不就是为了自己那扭曲的兴趣而忽略工作吗？对了，妈的。斯威尔的妈妈，谢谢你提醒我。

此时的你正在快步朝着会议室走去。走廊一拐，你按着计划拐向右边，但是眼神不由自主地朝左边瞟去。

　　她就在那儿。

　　那是卡蒂。她一点儿没变。这不可能。但是她就在那里。这是不是表明你在慢慢丧失真实感？你转过身，朝那往出口走去的身影小跑。你不是会议室有人等吗？斯威尔的妈妈可以等等。我不能让卡蒂再次消失。卡蒂。卡蒂。卡蒂。

　　"卡蒂！"

　　她在出口处站定，转过身。一脸吃惊。令人吃惊。

　　"对不起，我猜应该是你，我只是想打个招呼。你肯定不记得我了。那是一百年以前的事了。"你讲了半天也没讲到重点。刚刚的小跑打乱了你的呼吸。你努力不大喘气，她可别以为你只为了跟她问好就跑死。她的眼睛会怎么想呢？

　　"我们以前见过。见过一次。"你差点没喘过气。吸气，唱道："您除去世间的罪。"但是马上又停了下来，因为你看到她的双眼因为害怕睁得老大。她估计以为自己站在一个疯子面前。她该怎么办？"巴赫的曲子。八几年的时候……"

　　她的微笑中是否含有鄙视？还是亲切？或许她真的还记得那个时候？然后笑容慢慢消失，好像当初的浮现也只是个错误。

　　你开始转身，当然了。要不然呢？

　　"对不起，只是个误会。我叫斯威尔，我跟斯威尔的妈妈还有个会。"

　　她现在才开口，你还记得那清亮的声音："我就是斯威尔的妈妈。卡蒂。"

我是卡蒂。

我是那堆散架的烂骨头，想要支撑起你的脊柱，斯威尔。那个咬牙切齿监视着你的老太婆。如果你有时候觉得背后有声音，那不过是我没法控制的双腿同拐杖一起砸在地上的声音。如果你觉得自己常能听到微弱的动静，那其实是我的牙在上下打战。你还以为是什么智者之言呢！呵！

你叫我卡蒂。我就是那堆动不了的废骨头，聚精会神地想要捕捉住魔鬼。呵。是你指使我这么做的。那是你的话。还记得吗？你当然不记得。你屁点东西都不记得！你站在那里，盯着双腿。试一试，一条站不住，另一条还不如这边。你评判着这两条腿，在你还有评判权的时候。在门边的女人面前。那本应是你生命的高光时刻，却差点就成了一出闹剧，同你那被浪费的青春相应。呵呵呵。帮帮我，我的内脏都要呕出去了。哦，我不是对这种陈词滥调的场景感到恶心，只是我的胃好久没见到阳光喽。

保鲜膜包裹着的女人站在门口，像刚刚蜕变而成的小仙女，抱歉我的比喻总像泛黄的图像。就那个女的，说着一些你几乎听不懂的话。还好你不是什么计较的人。她要跟斯威尔的老师开会，但是没人来。这个问题可难不倒一个受过教育的年轻教师。

疑惑终于消失了。她表示出一种隐隐的不满，但是你觉得她就像在同你讲话的天使。你把她引回会议室，一路在她身边转悠，好像一只失控的小狗。小心你别尿在她优雅的高跟鞋上。这双鞋没让她的脚步顺畅起来，而是有些不稳，跟她不搭。与此同时，你又道歉又解释，制造新的误会，还欣喜若狂地越抹越黑。唉！

　　我们还是来谈谈我坐在这里展开对恶魔的追捕吧！比看你在那手舞足蹈好……你成功了，你的焦虑让这堆老骨头重新有了活力。我，不知道多久都没有生命体征的我，被吸引了。这么说可能有些夸张，但是还是让我用吧，因为我也很少用得上这种说法。我被你给我的念想吸引了。对，锁链起作用了，上帝保佑。九十九个学生接受着那毫无意义的惊吓，而这个老太婆却找到了自己的任务，窥见了恶魔的痕迹，那九十九个无辜孩子夜里的噩梦倒算不上什么代价。

　　在我身边的地板上摊开一片。不，不是那个恶魔，还没到时候，我才没法这么快抓住它。这只是第一次调查的结果。摊开，遮住了大块大块的地板，让我的拐杖没法正常使用。这些都是书架最顶上的书，一般人不会注意到，所以我不得不借助拐杖，把它们打下来。这一大堆满是灰尘的厚书（只有一本砸到了我）。现在它们杂乱地摆在地上，人类灵魂生产物的垃圾桶。书脊破损，边角被折起，前页被撕毁，那个没刮胡子、坐在桌子对面、吃着我做的饭的男人。为什么我每次想要想起他的样子，都没法成功，放屁虫？我是怎么知道这个称呼的？屎壳郎。对，就是这样。神圣的垃圾。这本书从最上面的书架掉下来的时候砸到了我的后背，然后敞开掉到地上。但丁。没有依顺任何信仰，我开始读这本书，反正已经打开了。就好像这可能是条线索，是恶魔的警告：想找我，我就会砸到你的后背上。但丁，这只屎壳郎（他就是屎壳郎），边角也磕坏了。

　　他一定会在胸前画个十字架，那个收藏这些书的男人。那就是他，戴着厚重的镜片，目光也很沉重。头发稀疏，手指也细。他要是出现，就会手下夹着一摞积了灰的书，他是那个有知识、有教养的人。就好像他想好了，要把这些书摆到最上面，这样我想用的时候就够不到。它们怎么能遭受我拐杖的清荡呢？有罪又清白，因为最上面的东西我从来都用不到。

如果你听到高处传来嘈杂的声音，斯威尔，或者感觉你的潜意识在涌动，在靠近脖子的地方，那就是我，卡蒂，在把书踢成一捆。踢——这是假话。用拐杖和手推车推，扔，挤，把所有书都弄到墙边，弄到桌子的下面。这样就又有地方走路了。伊亚来清理我的粪便的时候肯定会气得大叫。我会说是个意外。怎么会有这种意外，她说。伊亚啊，伊亚，我凭一直看着我的眼睛发誓。她会说她要去问我的眼睛，问明一切。我承认是我有意做的，不，我脑子不清醒，发疯了。

可不能对保姆说自己在追踪恶魔。追踪的时候打翻了两长排精装书，本本价值连城，装订精美。他们很快就会拘留我。没有书，没有录音机，没有住处。伊亚严厉地对我说，好多人都想着住我这套大公寓呢。您应该到死神面前去报到，她就是这么跟我讲话的，你看看。她自己之前就同死神打过交道。不知不觉大家就不再说您了，都说你。所有人都知道，连我这把老骨头都晓得。只是伊亚，同死神见过面的伊亚不知道。也不知道她的父母……就像他的名字一样我也不记得了，那个牙齿长歪了的家伙。别问了，都是命运那恶毒的玩笑。被抛弃，然后在老年被那抛弃者的女儿照料，两个人都不知道彼此的亲近关系。天啊，我是怎么想到这里的？我说的都是什么没意义的鬼话？老掉牙的剧本。

行了，不扯别的了。什么都不删。我知道我一直都没讲清楚。对：一盘录音。在桌子底下，藏在我那优雅的手推车下面。一台悄悄观察我的录音机，就好像别的观察我的东西一样。有时会被不情愿的腿脚踢开，然后又被同样不情愿的腿脚踢得关上。所有的一切都是不情愿的。它录，它不录，不管怎样我没什么可后悔的。没人会听。谁有这个精力？听一个半老年痴呆，一直磨磨唧唧，讲个不停还毫无逻辑的老太婆。她有时不经意间会在磁带里踢进一个词。

你们走进了会议室。椅子很舒服，锁链保佑，你绅士地扶着椅背，没打算在她坐下的时候把椅子拉开。她，自称卡蒂的女人（这可是你给我的名字！）。坐在那里一直讲斯威尔的事，那个年轻人，不，不是你，是那个还年轻的斯威尔。讲她的儿子斯威尔，你在脑中快速计算了一下，确定不会是你的。理由充分，很充分。因为你们的接触十分肤浅，她不小心碰到了你的手，那就是你们交往的巅峰。我说的，你们说的，我们说的，是在那家酒吧发生的事。你们还在聊天。你那金光灿灿的半个小时，单独同女神在一起，在那家吵闹的、烟雾缭绕的小酒吧里。现在回忆起来，那就是你一生的巅峰。她把你的歌声偷去，因为那八分之一调。把歌声从你的双唇夺去。

手碰了一下，那就是你们全部的肉体接触，这不会让女孩子怀孕，你知道的。在最浪漫的故事中也不会。而且，你的计算显示，你们在一起的时候，或者说你们的双手相碰是在十八九年前，而那个小鬼，小斯威尔，才大概十岁。怀孕再久也不可能那么长。差不多九个月，九年绝对不可能。无罪释放，尽管你在此刻一头雾水，也很想宣告自己是孩子的亲生父亲。

她：我们见面的时候，是巴赫吧？你：对，B 小调弥撒。你就要哼出来：除去……但是想起那假声，还是停住了。还好她没有察觉，只要你别唱下去，就不会尴尬。

她：给儿子起的名字很好听，希望你别介意。你：完全没有，我又不是独占这个名字，其实很荣幸。

你差点就谈起斯威尔可能是她对你的纪念，但是刹住了。这事要解释太久。你：我，斯威尔，正好要做这个斯威尔的老师，真好笑。就像老天安排好的，你说着，心里根本就不相信这种东西。她：还有个女儿，本该叫苔丝。你（困惑，马上就要做傻事的样子）：苔丝-朵儿 还是苔丝-莫尔？她：苔丝斯威尔①。她笑起来，像珍珠在鼓面上跳跃，像小颗的珍珠跳跃在你的鼓膜上。你一头雾水。苔丝威尔，你听过太多次这个词，几乎想要吐出来，但是在这个时刻却被升华成了最幽默的笑话，哈哈哈哈。要是你可以把这一刻无限延长就好了，把这像珍珠一样的笑声延长，哈哈哈哈哈哈哈哈，你甚至愿意把死后在天堂的位置让出来。哈哈……你没法再让她多笑几声。她不再大笑，你也渐渐合上了嘴，害怕现在她对你的印象变得不好。

可别管你们的滑稽样子引没引我发笑。我，应该给你自尊心。这是你最喜欢的说法，系统的恋人。命运的锁链，彼此的脊柱，充实我。呵。就在我讲话的时候，她无礼地抢去了这个词，真是对老人一点尊重都没有。

她：苔丝狄，苔丝狄蒙娜的简称。你：苔丝狄。你，每次别人重复你的话时，你都嗤之以鼻。你管他们叫回声

---

① 苔丝斯威尔，与丹麦语中"遗憾"一词的发音苔丝威尔相同。

器，是什么时候来着？对，你跟约克聊天的时候。回声器，就好像一种新的令人厌恶的蜥蜴名字。你：苔丝狄。又重复了一次，希望能再次听到她的笑声，永恒可以再来一回。但是这次空气渐渐稀薄，让人窒息，好像这就是这个名字的本质。她：是姐姐。你：也在这所学校吗？真可以说是你生命中一段富有意义的对话。

她：私立学校。难以适应系统。她说起这个词，好像很陌生，嘴不适应。不像你的嘴巴，提到锁链就好像是世界上最自然的事情。她：比斯威尔的问题严重。你：我察觉到了。这位细心的教师，没有什么能逃过你的眼睛，呵。眼睛，我没在开玩笑。她：自从系统（还是迟疑了一下，听得出不情愿）实施以来，一直住在国外，所以不相信。她自己也不信，没办法在丑闻之后继续留在这里。她温暖地微笑着。

让人怜爱。卡蒂，这个行动不便的老人，欢迎这个年轻的、单纯的卡蒂。同你干杯。用白开水，对不起，我只能喝这个。还得用吸管喝。然后咬一口面前的苹果。只一小口，不然就又得都吐出来。她，这个毫无污点的卡蒂，头歪向一边，倒吸了一口气。她在这一刻意识到自己在眼睛的监视下，刚刚走出保鲜膜的她。

你看着她焦虑的眼神，想她是如此清纯，带着露水，好像之前一直都被完好地包裹在保鲜膜里。

"我也差不多，"她说，有些拘谨，有些自嘲，"不过我不是裹在保鲜膜里，而是黑色的罩袍。"你肯定是把保鲜膜的念头写在了脸上。"罩袍？"你又重复了她的话，然后咬咬自己的舌头。"你正看着一个十五年来都没被陌生男人看过的女人。"

她肯定可以读出你的心思。至少她在你脸红的时候微笑起来。你的脸红着,斯威尔!"十五年?""系统一实行,我们就走了,没有人喜欢这个制度,我不喜欢,我丈夫也不喜欢。我们大部分时间都待在伊朗。在那里,就算是欧洲女人,也要穿黑罩袍。所以你在看……"她的手优雅地划过,仿佛做了个自我介绍。"再说一次,太美了。你正看着……"

这不寻常的要求让她挑起了眉头。然后她又重复了一遍,好像那最诗意的女演员也演不出的样子:"你正看着一个十五年来都没被陌生男人看过的女人。"

这句话点醒了她,让她想起自己的处境:此时看着她的,不只是你,还有她的监视者、你的监视者。你的手在颤抖。你感到一种不可抗拒的冲动,想要握住她的双手,让她放下心来,但是同时——因为你永远也不会忘记,这永远都在你的潜意识深处——你知道她的眼睛和卡蒂,你的眼睛,在看着,随时可以上报任何一点不正常。因此你只是拍了拍她的手背,轻到完全可以是无意为之,只有她知道。你希望眼睛们不会对这点接触纠缠不休。

"人会变得习惯。"你说。"习惯被藏起来。"她接着说。"藏在那黑色的围巾后面。所以这——这里,"她甩起手,"感觉就像赤裸着。在一大群人中间。"现在轮到她脸红了。你没办法呼吸,就是如此一触即发,害怕把隔在中间的面纱撕裂。

对,我呼吸也很困难,一直如此,空气一点点穿过我的喉咙。对,是的。就像你们说的,吸进去,建立联系,成为其中的一部分。让我咽下去，你们关于这东西的老生常谈，简直让人作呕。被锁链包裹。斯威尔，事实是我们都被炼进了这链子。转变不在我身上，而在你们身上。

我也不是不受诱惑。我，这个崇高的恶魔猎捕者，让自己被恶魔的网黏住。我本想拒绝。还是回去说书的事。事情不能描述得太快。幸好那些死去的人留下了书，书里是全世界的智慧。就在我刚刚找到自己的时候，还在为走进这陌生的命运而紧张，而慌乱，为这突如其来的见面而兴奋，目不转睛。我这把老骨头，像个刚恋爱的姑娘一样颤抖。别管这些画面感了。

不，我不会放弃的。这不是正确的路。尽管这不可否认是一次激动人心的经历。颤抖着，我这身老骨头真的都要抖散架了。而且，我现在发觉，路变长了。我未来寻找恶魔的路。不是那些积了灰的书。他不在那条路上。要代入他。我还需要设身处地的共情能力。

想到这里我的口水流下来。一般来说我是可以控制的。到目前为止。我的伊亚——这个天使来的时候，可有东西擦了。我口水流下来，还有摊在地上的书，倒下的水杯里插着吸管，所有散开的东西，加上平常要打扫的那些。我被骂惨了。您疯了，那些没法保持整洁的人都应该被看守起来。好像这个钢架子没有把我圈住一样。我大声地回答，你肯定认识一个准备好搬进这间公寓的人。我说得这么清楚，是想让我的眼睛注意到，还有她的眼睛。这样伊亚就知道想利用她的关系，帮帮她的朋友是不可能的，想都别想。她那生病的大姨，或我不认识的什么人，可能正好需要市中心的大房子。公民路，呵呵，给那些最可怜的公民。但是现在，我的眼睛，或是她的，可以制止这种走后门的事情。所以她完全可以让我继续住在这里，不用去上报我是不是需要照看。呵，我完全已经开始用恶魔的思维想事情了。就是这点。思维……一个想法在形成。很重要，继续。不是继续流口水，而是想那个自然形成的念头。

我几乎可以说，这是从我的人生经历、我的共情而来的一个想法。我想要走进你，斯威尔，像你一样活，像你一样思考，因为我就在那儿。当我可以控制你的时候，我也可以感受到恶魔的存在。也不算太糟，我没有恶意。这可能带给我更大的欢愉，因为可以感受到他那所谓的激动。成为那个恶魔，想出他最好的策略，或者再想一回，因为要假设他比我来得早。再次经历，因为我怀疑那就是他最坏的一面。这就是他们在电影里说的，躲避，让我们相信他并不存在。他完全可以做得更好。或者更坏。

第三带

你不仅仅是在观察着另一个人,而是像接受礼物一样接受另一个人的一生。就好像你把自己的一生包装起来,当礼物送给自己的眼睛。我们就是这样的关系,卡蒂。我们的生命就这样联系起来。所以你满足了我的愿望,我也满足了你的。

卡蒂对你微笑。

"每当飞机快到德黑兰的时候,你都肯定会看到一个奇怪的场景。"她说。她讲话的时候没有口音,但是发音很小心,应该是因为她离开得太久了。"你会看到那些穿着欧洲名牌的优雅女人,高跟鞋,首饰昂贵,她们起身穿过一排排座椅,手里提着个大手提袋,消失在厕所里。很久之后,门再次打开,走出一个黑色的身影,从头到脚都被黑布罩着。这个身影再次走过座椅,唯一能让人认出她们的就是露在外面的手提袋,然后回到刚才那个时髦女人的座位上。所有的女人,包括欧洲女人,在伊朗都是这副打扮。所以我的身体……"她在搜索正确的词汇。"我的身体没被别人碰过。"

她害羞地笑了,可能是因为自己不休的解释,也可能是因为你的目光。你很安静,选择让她的话不被玷污。你倒了一些咖啡，然后两个人坐在会议室里舒适的椅子上。她小心地把卷起的裙角扯到并拢的膝盖下面。

"海尔多的工作包括外出访问，我也在大使馆任职，所以我们交际很广，能遇见很多人，男人、女人，私下里也是，当地人、外国人。我知道自己在讲什么，真的觉得很不一样。"

那纤细的手举起咖啡杯。她喝咖啡的时候眼睛一直看着下面，所以你不必掩饰自己观察她的目光。她真的一点都没变，难以置信。

"很奇怪，这些从来没有在公共场合露过面的女人，心里会有一种很深的渴望，想要把自己的身体曝光在公众的眼中。跟那些一直被注视、一直想要让别人觉得自己很美的肉体相比，她们的身体能保持一种新鲜，一种丰满，一种肉欲。我向你保证，因为前一种身体我也见过，跟被保护起来的身体相比，显得很廉价，很干瘪。我不只是说那些年轻人，我还见过中年女人，肢体柔软又丰润，你绝对没有见过。"

"切，我也见过……"艾敏塔的母亲那刚刚褪去衣裳的身体为你起舞。慵懒，紧俏，但是出人意料仍然保持着一种无辜的姿态。"什么？""没什么，我在听。"你又让她微笑起来。这不仅仅是一位漂亮女子，而且是你的卡蒂，你梦境的具象。要是其他人进来，他们就会看到你在倾听空气。

"我不是想美化你们的系统。但总把自己遮起来真是令人憎恶。我现在还有这种感觉。门铃一响，就想赶紧找到罩衫，这样就可以逃脱这个世界好奇的目光。""但如果是家人呢？或者只是女性朋友？"

外面的走廊响起脚步声，她的身体僵了一下。她在听，对外界有反应，幻象才不会这样。你没法确定，她此时是想向你展示她的习惯，还是她真的害怕一个陌生人要来抓她。但奇怪的是，你想到另一个人可以看见她，心里竟不舒服起来。此刻被玷污了。

她一直很安静，直到脚步声消失才继续："为了保险起见，总是会罩上。要是被一个陌生的男人看到，会感到很下流。我曾经见过有的家庭会装两种门铃，两种声音，一种给陌生男人用，一种给家里人，这样屋子里的女人听到后一种声音就不用藏起来。但有的男人还是会按错……即使他把眼睛抠出来，女人们也已经被他的目光烙上了痕迹。"

她说得这么轻巧，这么诱人，好像她也被她们的习惯感染。她们的讲述自然地缠绕在一起，她讲话的时候一直都伴着轻盈的手语：门环被叩响，声音沉重，陌生人来时的麻烦，还有对亲人的亲切。

"不能展示自己很令人不适，但是从另一方面讲，也有保鲜的作用。或许在你看一个人的时候，真的会从他们身上拿走一点东西。如此少的一点，可能上百次、上千次都不会察觉。但是渐渐地，上百万次之后皮肤就会松弛下来。是真的，皮肤的弹性渐渐就消失了。"

此刻你的感觉很奇怪。她本该只为你讲述这些。但是因为不仅有你，整个事情变得猥亵起来。还有眼睛，你的，她的。你不会把我支开吧？走开，卡蒂。虚假的卡蒂，你低声说。那锁链怎么办？充实彼此不再重要了吗？走开！

你的身体里充斥的是嫉妒，不是别的。你忘了她有个丈夫。她结婚很多年了。不是他，而是那些一定要看着她的眼睛。这一刻应该是你的，只有你和她。

"我天性不是那种装矜持的人,"她向你保证,"但是我在那个环境里待了太久,再回来让我有些不知所措。我们在伊斯坦布尔转机。你不明白,在机场,看到那些海报、报纸和周刊,看到上面的肉体布满了页面,是多么震惊。那些穿着夏装的游客一直盯着你看,自己身上的衣服遮点都不够。"

她一边表示反感,一边又嘲笑自己的神经质。那单薄的长袖衬衫稍微有点透。

"我不得不去适应,"她捕捉到你的眼神,露出了忧心忡忡的微笑,"尽管肯定给我带来了一些麻烦。海尔多支持的一家报社最近被关了。很多涉事人都被逮捕或者消失得无影无踪。所以我们觉得该是时候回家了,希望能回到一个更好的体系里。尽管苔丝狄和斯威尔都不太适应。"

这让你想起你当初找她来的原因。"对,我注意到你儿子同别的孩子交往有些困难。他很封闭。"

"斯威尔。"她说的不是你。"斯威尔,是他的名字。我发现你一直在回避说他的名字。你不会因为我把这个名字从你身上偷走而伤心吧?""恰恰相反,我很荣幸。"承认吧。卡蒂,这是私人谈话。你也知道用别人的名字是什么意思。

"也没有什么别的感情。我只是觉得是个好名字。而且海尔多是挪威人……"她低声唱起《对,我们热爱祖国》[1]。你点点头。"我小的时候对自己的名字出现在挪威国歌里也甚是自豪。"你承认说。"斯威尔高高在上,敢反抗罗马教廷。斯威尔。我的斯威尔,或者说是我们的,很喜欢这一句。"她又往下唱了几句。

你记得她那清亮的歌声,就连它都没有被时间改变。

---

[1] 挪威国歌。

你告诉她,她说是因为这些年都没再唱过歌。至少没有在公开场合唱过,那里不允许女人唱歌。在家的时候倒是常唱,在山里。他们一直住在德黑兰的北部边界。在那里她可以唱歌。但也只是在她一个人的时候。那可能是她最怀念的东西,比不能展现自己的身体还要糟糕。"那这世界错过了多少趣味呀!"你开玩笑。她没有上钩,而是沉浸在自己的思绪中。

"你要知道斯威尔的成长环境。"她继续说。"知道政府是怎样的。"你想继续夸赞她,但是没什么效果。

"我曾经见过一对年轻的情侣被警方逮捕,十分粗暴。他们得体地坐着,斯斯文文,就像我们之间一样远。在山里的一片公共草地上聊天。他们唯一的过错就是还没有结婚就聊起了天,没有监护人看着他们。而且我看见的不是特例,这种事情每天都在发生。斯威尔当然也见过。这在他的身上都留下了痕迹。""而且是很深的痕迹。"你把语调降低,因为就要谈到那孩子的问题了。"大家就这么忍着?"

她把头一歪,微笑起来。你一刻也不曾忘记,现在的你可以抚摸到她。不管是轻轻触碰她的肌肤,还是借着帮她取掉一根绒毛的机会,感受她的秀发。你不能这么做。当然不会真的去做。但是你的手在抖,她看得到。当然,我也看得到。消失,卡蒂,你不是在帮我,你只会让我更迷惑。

"这算什么,还有更可怕的。我们的一个朋友跟一车记者一起坐在大巴上,其中大部分都是系统的批判者。他们晚上开车,要开过山去赶第二天的会。路况很差,路途又远。只有我朋友醒着,其他人都坐着睡觉。司机突然朝深渊开去,全速。但他自己却在最后一刻跳出窗户,让车子继续往前开，最后车挂到悬崖边上。司机走回来，手里拿着一块大石头，放在加速器上。他又启动了车，往深渊的方向开。我朋友这时候才反应过来，大喊着跑到前面制止司机，但司机已经跳出去了。这一次车还是挂在边上。暗杀行动就这样失败了，因为司机自己想逃命。那些一头雾水的记者刚刚从车上下来，警察就来了，到处都是警车。半夜，在那荒芜的山里，所有人都被带走了，我的朋友说理由是他们还活着，就这样。"

"什么证据都没有？""当然没有。那里没有完善的监视系统来掌控一切。我朋友最后被释放了，剩下的可怜人到现在还在监狱里。报社被关了。而且他们想关掉的不只是纸质的报纸，还有围绕报社展开的一切活动，那些借着思想集会批判社会的人，政府也要将其解散。所以我们觉得是时候离开了，尽管我们在那里的生活大部分都很如意。"

她想起自己放弃的东西，喝了一大口咖啡，眉头皱起来。"现在得从头开始了？"她若有所思地点点头。

"妈呀，我还有课呢，我都忘了……孩子们坐在那边等着我呢。"你跳起来。"我们校长很严厉。"

她慢慢站起身。"我们根本就没谈我来这里要谈的东西。"她的神态里有一种东方韵味的安宁。"就因为我坐在这里喋喋不休。"

"我们再见一次吧。"你抓住这个机会。"可以再谈斯威尔的问题。你什么时候有空？""随时都可以。我还没……找到新的生活方式呢。"你朝着门走去。"明天放学之后？""我没问题……但别在这里吧？这里太……太冷冰冰的了。"你前脚已经迈出了门，没有感受到她的犹豫。"去你家？我有地址。"

"那可不行。""海尔多?""他在上班。但是我们单独相处,不太好吧?尽管我们都很坦荡。"你没有看到她的脸有些泛红。"没关系的。在这个国家,"你微笑着。"只要眼睛看着我们,就什么都不会发生。我们的系统还有点好处。"

"我期待你把好处多给我讲讲。"

你坐下来,刚刚从国家图书馆借来的那些书摆在面前,你知道自己静不下心来。记忆浮现出来。一开始,你只是没法把自己从课间的谈话中抽出身来,但是现在过去的事情也回到脑海中。你努力想搞明白的理论,是关于时间和空间的最小单位。这些最小单位(因为不管是时间还是空间都并非连续的)变成了很小的量子。然后形成了极小的循环、碰撞、相交、联系在一起。

我期待你把好处多给我讲讲。眼睛中泛着轻微的光。走开,卡蒂,你嘀咕着。别走太远,但是我也没法一直坐在这里想你。为什么不呢?我的眼睛会怎么想?我们是来监督彼此的。你的眼睛,我确信你的眼睛一定会原谅你,原谅你一直想我。但是你是你,你自己也很困惑地狡辩道。

你还是把阅读材料装了起来,开始做家务,因为家务用不着你集中精力。你搜集了一大堆要洗的碗筷。你的眼前浮现出一个女人。你正看着一个十五年来都没被陌生男人看过的女人。卡蒂,你很美,让人难以置信的美,但是我能不能得到一刻的空闲,不再想你?你结婚了,婚姻幸福,有两个孩子,孩子现在有些困难,都需要你。你比我好那么多倍,我只是个卑微的老师。习惯了藏在那黑色的围巾后面,所以这里感觉就像赤裸着。一个调皮的微笑。

鸡蛋白渐渐凝固,你费了好大劲才把鸡蛋从盘子上起开。你正在研究的理论是关于时间量子的。时间有没有可能被分裂开，从而造成时间塌陷，然后两种不同的可能性浮现出来。问题是在其中一个时间维度中存在的事物将无法识别另一个维度中的事物。是你的老师引起了你对这个话题的兴趣。乔安娜，那位年轻、让人愉悦的空间物理学教师。不管怎么说，你可真是很喜欢年轻又赏心悦目的女人。其实你们还短暂交往过一段时间。很短，但是是热恋。她现在在世界上的什么角落呢？你不应该专一一点吗？已经结束了。很久以前就结束了，你不用嫉妒，卡蒂。

　　卡蒂的语调里有没有些不开心？你心满意足地注意到这一点。可能你应该去找乔安娜，如果她还在这座城市的话。一点也不好笑。我是认真的。她对时间转变这个问题见解很深刻。听听这个领域的新闻也很有意思。你小心别脚踏两只船。哈哈。你平常不是总说我迟钝吗？一件事发生之后，就会引发更多的事情。你自己说的，卡蒂。

　　你看到她站在你面前。轻柔的手语向你展示门铃被轻轻叩响，然后紧接着是警告性的动作。即使他把眼睛抠出来，女人们也已经被他的目光烙下了痕迹。

　　你被她的目光灼伤。你们还要好久才能见面。

电影讲的是一个女人爱上了自己跟踪的男人。但是她在进到下一个组合的时候才意识到这件事,所以没法找到他。他的行动中也没有什么异常,这样一来,她留下的一切影像痕迹都消失了。

她努力想找到他。而当这终于成功的时候,两个人却很难建立起一个平等的关系。她之前对他私人生活的深刻了解总是给他们出难题。她当然不会忘记那二十三天里对他生活的密切追踪。

你被吸引住,又回到那种恍惚的状态,尽管故事平庸无奇,你差不多都能猜到结尾。他们可能可以在一起,你也不知道,因为这时候你开始看法庭上的判决。

那和善的胖男人端详着自己的手。是它们的错,钞票才被带进了口袋,不是他。

尼克在狠狠打击了那些固执的反对者之后,把文件装起来。法官和检察官离开去投票的时候,那位领口开得很低的女主播示意她想跟尼克谈谈。

他们走到房间的角落,她简单地向他介绍了一下流程,然后开始拍摄。"这也不是什么严重的罪行吧?"她开始提问。

"从深层次上说,这还是自我尊重的问题。"尼克讲得很慢,这样所有的观众都可以听清。"不是别的,正是对自我的尊重,让这个社会能维持下去,就好像是自尊让个体振作精神一样。我们每一个人单独都不是什么人物,但是放在一起,我们就有了意义。"

他默默地舔了一下嘴唇，目光一直盯着女人的胸口。是我让你这样做的。我给你在法官椅上的待遇，让你想要多同我说话。他终于把目光移开，移到了他手里的文件上。上面是被紧紧卷起之后留下的印子。

"归根到底这个案子只是小事一桩。上帝呀，二百块钱。你我会为了这两百块钱上一刻钟的班吗？两百块钱和一个经不住考验的可怜人。但是这个社会应该得到尊重。当缝隙里有缺陷、不洁、犹豫的时候，就得不到这份尊重。所以我们在这个时代才要同犯罪做斗争。我们在正确的方向上，用极简单的方法，就取得了很大的成就。但是这场战争还没有取胜，这个案例就非常明确地体现了这一点。"

他从她手里抢下话筒。相机震惊地追随着他的一举一动，他把话筒塞进她的衬裙里。"我们会用这种方式打赢这场战争吗？"她问道。她避开他的目光，整理着手上缠着的话筒线。

"在人类社会发展初期，大家都在很小的集体里，过着群居生活，每个人都支持彼此，每个人基本都知道团体里的另一个人在干什么。大家是彼此的监护人，是彼此的精神支柱。所有人自然都想拥有好名声，每个人都急着想证明自己值得尊重，这样其他人就变成了一个人的支柱，而没法去期待一个孤立的人自己可以管制自己。我们都需要别人不停的反馈，表扬或批评。"

你觉得有些无聊。那多愁善感的电影已经结束了，你来回换台，同时还盯着法庭，等着法官们回来。突然他出现在了屏幕上，你不小心转到了新闻频道。是尼克，只有他，很明显就是你刚刚在目镜中看到的场景。"当缝隙里有缺陷、不洁、犹豫的时候，就得不到这份尊重。"屏幕上的尼克强调。

这种世界融合在一起的眩晕感，"所以我们在这个时代才同犯罪做斗争。但是这场战争还没有取胜。"卡了一下，显然有话被剪掉了。你在电视节目中看了他一会儿，然后回到现实中，做你自己的剪辑版本。

"……我们都需要别人不停的反馈，表扬或批评。然后社会渐渐扩大，这些群体变得越来越庞大，最后丧失了控制力。所以人们才会想建立共同信仰，以起到同样的控制作用。上帝一直看着我们，盘算着。这个说法盛行过一段时间。很长一段时间以来，这种说法就足以让大家试图维持自己的声誉。"

他的脸上带着狞笑，把话筒插到她的衬裙下面。他顺着她的大腿摸上去。女主播还努力在荧幕前保持微笑。"但是后来就不管用了吗？"

"众所周知，我们的自我监察系统慢慢被破坏。大家开始想，如果我没被发现，就没关系。对犯罪的构思，包括怎么把罪行掩盖起来，种种方法越来越精妙。七十年代这些方法纷纷出现，八十年代发展更甚。犯罪风气开始占上风。""在联合政府选举丑闻的时期达到了巅峰？"她打断你。尼克令人难以察觉地咽了一次口水。"直到我们开始打击犯罪的斗争。"

发生了什么？没有倒退，你把视线挪到还有点延迟的电视新闻上。"大家开始这样想，"尼克在屏幕上像个教导主任，"对犯罪的构思，包括怎么把罪行掩盖起来，种种方法越来越精妙。七十年代这些方法纷纷出现，八十年代发展更甚。"画面跳跃了一下，估计摄影师都开始无聊了。"直到我们开始打击犯罪的斗争。那伟大的反犯罪之战。在胜利之前绝不罢休。所以这个案子很重要。尽管看起来好像是件小事。一定要在变成燎原大火之前浇灭火苗。"

你听到斯勒娃回到了家。她之前说过，今天要同医院的一位理疗师出去约会。你隔着墙向她问好，然后回到现实中。

"从根本上说，这个案子不是关于一个不起眼的男人犯了傻，"尼克继续说，"而是锁链中的一环松了。因为他，整条锁链的力量都被削减。所以我们要去调查如何避免这种问题再次发生。有没有人玩忽职守？"

没有明确的指控，但是明显是在说被告的眼睛，没有上报。女主播手一挥，暗示法官和检察官已经回来了。全体起立。他拿着话筒慢慢沿着主播的另一条腿向上滑动，她从话筒碰到大腿时，就压抑着自己的叫声。"我们非常感谢控方律师的参与。"她低声报告。"现在让我们来听审判结果。决定过程明显很简单。"

斯勒娃敲敲门。她进来把今晚的报告交给你。你切断了目镜的映像，但是让电视继续开着，声音放小。"那个奶油老婆的男人？"她看到尼克惊讶地说。你让她继续看了看她本已有所了解的案件，为自己现在是尼克的跟踪者而骄傲起来。

理疗师不是很有趣。他一直只谈足球。当时他也投了一票，保住了丹麦国家队。尽管这带来了那些严重的后果，违背了所有理性的思考。这几乎是他唯一能想到的话题。她暗示说就是因为他这样的人，她的拉脱维亚队才从来没能闯出小组赛，他听了之后甚至有些生气。

你在大课间发现，距离和卡蒂的约定还有四个小时。

我一直都在这里,总是在你身边。从某种程度上来说,这不一样,卡蒂。你的声音有点大,以至于乌拉好奇地看着你。"我脑子里的声音。"你解释道。乌拉理解地点点头,然后继续讲故事。她刚刚去了影院。

她讲的是个复杂的阴谋案。一名学生发现他监护的人想从公司挪用公款。电影的名字叫《只有眼睛作证》。这名学生,唯一知道这件事的人,拥护一种荒谬的理论,即只要不被揭发,犯罪就是被允许的。他在酒吧同另一位同学争论的时候,极力捍卫这种说法。他没有把骗局向上面报告,而是向自己监护的人寄去了一封威胁信。当然是为了不让别人发现,用了各种安全措施。在信中,他要求对方给自己寄来一半的赃款,这样他就封嘴。

然后学生的眼睛出现在了故事里。她当然发现了他写的信。但是她也没有报告,因为她被学生在酒吧争论中的那番言论说服了。最后,她要求得到他那份钱的一半。

锁链的反面教材。乌拉乐在其中,但是她讲得很混乱。酒吧里另一个男孩并没有对那荒谬的说法深究,可是他的眼睛有些起疑。可能那个学生表述得如此坚定,让他感觉到了坏事要发生?此时教室里大部分学生都已经分神了,开始低声讨论,或者在瞟桌子上的东西。乌拉看到了这些迹象,直接跳到结局,但是结局好像很好笑,以至于她乐个不停,结局到底是什么也没讲明白。

之后大家自由活动。只有你和约克还坐在办公室里。他在评论你的新夹克。你更想聊点别的。所以你把他也拽到你的计划里来,问他愿不愿意一起找你之前的老师乔安娜·弗如瑟。没人会比她更了解时间量化这个领域。你想被他认可。没人跟你讲话,卡蒂。约克当然听说过她。他对乔安娜的尊敬让你开始渲染你跟这位女教师的亲密关系。那个时候她还是个新来的，没什么名气。但是之后就步步高升。不久之后你就把自己引进了一个不得不去寻找她的境地，可能还得把约克介绍给她。

你想到一件想请教他的事情。在法庭上你再次注意到尼克身上的那枚红色方形徽章。在国家图书馆你也看到有个人别着一枚一样的徽章。不知道约克是否知道那徽章的意思。

约克的微笑好像别有意味。"你真的不知道？你还说自己喜欢数学。""方块A？还是啥？""那是虐恋派的徽章。""那跟数学有什么关系？""那个图案还可以叫什么？"

你又想了一分钟才明白。红A。

"三十天拘留。"尼克挥动球杆。球飞向空中，然后消失在探测器的探测范围之外。"还有每周几个小时的社会工作，为期三个月。"他很明显对自己上一个球不太满意。

卡尔看着球的轨迹，有些幸灾乐祸。他们一起往坡顶走去。"你觉得如何呢？"他一边说，一边努力想把这个比他健壮的朋友拉慢一些。"这个判决很合适。实际上黑格勒只是有些迷茫，难以接受这个社会已经改变。鉴于他之前没有前科，这也只是一点小事，拘留处理很合适。同时表明这种行为不被社会所接受也很重要。"

"我看了新闻直播。"卡尔说。"我就知道他们会采访你。有趣的女人。""对于我来说她太保守了。""她有点像我部里的一名护士。"

很快谈话就转向了一些闲谈，漫无目的的漫步，又击了几次球。感叹一下十月中旬的好天气之类的。卡尔的话断断续续,这个大个子在山坡正中停下,一边继续说,一边试图喘上气来。

"……最近一段时间发生了好几次。这回是个中年女人,得了病,卧床不起。她一直紧紧盯着自己监护的人……除了这个她也没别的事做。她跟踪那个人跟得太紧,以至于承接了那个人的品性。""就像一种虚拟现实游戏?"尼克打断他的话,把球击出去,然后没耐心地继续往前走。

"可以这么说吧。也能理解,她现在的日子有趣迷人,不再是自己那无以慰藉的生活。对了,她监护的是位女牧师,而且还是位相对有名的牧师。但是这点不是很重要,我们还有其他相似的案例。这病人跟踪牧师跟踪得太紧,以为自己就是她,没法再从角色中走出来,根本没办法做回自己,所以再次配对的时候就很奇怪。现在这位病人生理上要同她承接的身份说再见了。"

"牧师身份?"尼克开始往前走,把朋友也带上。"对啊。监视已经停止了,但是身份还留存在这个病人身上。她变成了另一个人,然后锁链当然新给了她一个人去监护,一位年轻的画家。她又开始全心融入这位画家的生活,除此之外对什么都不感兴趣。但是问题就在这里:其实不是这位病人在融入画家的生活,而是那位女牧师。"

卡尔提高了声调,来显示情况的戏剧性。"有什么区别?"尼克漫不经心地问。"比如这位病人牧师很担心画家,因为画家没有什么精神上的思考。他对信不信神的问题根本就不感兴趣。但是这个病人也是一样,至少在她接过牧师的人格之前。"

他们走到了草坪正中央的球前。"你是想说组合期限太长了吗?"尼克担忧地问。"以至于一个人可以继承到另一个人的人格？同另一个人亲密接触二十三天可能太久了？""组合的长度应该也给大家投入精力提供时间。要是太短了，就没人愿意真的用心去感受。但是我必须得说，现在的时长的确带来了一系列的问题。"

尼克已经站好了。他试着挥了几次球杆，最后击球。球在洞边三四米的位置停下，尼克对此很满意。

"我正在监护的那个女人是超市员工。其实非常有趣，比我预想的要好。至少能对那种生活有所了解，很有意思，尽管我等组合解散之后也绝不会想要继续跟踪她。她还有些让人惊讶的幻想。你会吓到的。"

"想吓到我可不容易。"卡尔笑了。"我的是学校老师。中年人，很可能是个漂亮但是有点无聊的男人，而在那外表下面……我的天啊。"

你感觉自己好像被扇了一巴掌。你也听说过这种现实关系过近的情况，但是同样的描述适用于太多人。这种事情只会在浪漫电影中出现，或者是像乌拉刚刚讲的那个滑稽剧里。那你和卡蒂的相见呢？那该算什么呢？那跟这没关系。

"他以为自己是个画家。"卡尔继续说，你悬着的心落了下来。这跟你可是一点都不匹配。"但是你该看看他的那些大作……""嘘……"尼克表示他的表述可能会伤害某位听众。

卡尔做了一个抱歉的手势，然后继续徒劳地朝滚下山坡的球走去。

"你听没听说海尔多回来了？""没啊，没听说。他回来干吗？""他已经在城里住下了。""我会好好调查一下。"尼克说着开始思考自己的下一球。

近了。

要是你看得见此时的自己，可能会以为自己正置身于之前看过的那些黑帮电影里：黑色的人影先把自行车推出来，然后想到之后可能需要迅速撤离，所以又把车塞回车架里。

离她住的地方很近了，就在穿过环路的时候，你感觉自己仿佛在冒充另一个人：一件不合体的夹克，新鞋让你走路的姿势颇为僵硬。可能你不该因为打折就买下它们。你几乎都认不出自己了。

靠近了她住的那栋高大的现代建筑，就在植物园对面。她，那个女人，卡蒂。你只是去跟她谈一下她儿子的适应障碍。可能她正在往外看，看到那个伪装起来的男人穿过停车场。你没有抬头，因为你没办法抵御她的目光。你步伐坚定地往前走。我倒是想说，你像个偷偷摸摸、惊恐的公猫。你怎么变得这么刻薄？卡蒂，你的任务不是支持我，给我打气吗？要是你可以做些什么能让自己正视自己的话。还能发生什么呢？我们一直都会有你和她的眼睛监视着。就是。你自己都说了，我是在保护你。好像我想要被保护一样。让我自己来吧。

更近了。走进电梯，里面很大，大到你的幽闭恐惧症都不会犯。直接到最顶层。你走过露天的走廊。门环是一只铜手。只有一只，没有加一只给那些可以看到女人们的亲密朋友。即使他把眼睛挖出来，这些女人还是被他的目光烙下了痕迹。你是不是想吓我？这是你的目的吗？我是不是该把这看作是个警告？

走上前。门牌已经换了：卡蒂·多克·霍格，海尔多·霍格，苔丝狄，斯威尔。你站了一会儿，还是没习惯你的名字现在同别人共享。一种困惑的感觉。我的名字怎么办？不要嫉妒，卡蒂。记得是你在借她的名字。

你在犹豫，这个门环是不是只是装饰？你是不是该按门铃？你听到门那边有些声响。头有点晕。然后是一声轻快的口哨。她在跟别人讲话？她家里有客人？不，当然了：孩子们在家。你怎么会这么失望？这只是例行的家长谈话，全程都会被监视。不，她不是在讲话，她在唱歌。窗帘后面应该是厨房。她边做家务边轻轻地哼着歌。

"我不知道发生了什么。"你想要在椅子上坐直，但还是让自己瘫了下去。"别起太快。"卡蒂关心地说。"我突然就没了知觉。""只是晕倒了，不是什么大事。"她安慰你。"还好我很快就发现了你，要不然你到现在还在外面躺着呢！然后我还会想你为什么没来，或者你们这里是不是总爱迟到。"

她看着你的表情，发现你没有跟上她的思路，赶紧解释道："倒是我有些难以适应你们。你们说下午两点的时候，就真的是两点，差不了几分钟。"

她穿着一件简单的黑色T恤，黑色的裤子，裤腿很宽。她没有因为要接待你而打扮一番，很得体，很有教养。就好像她现在照顾着你，同你聊天，让你有时间调整一番。你是不是太幸福了？切，一个大男人。

"你吃没吃东西？尝一块糖。现在得给脑子补充些卡路里才行。"她自己也拿了一块。家里做的，她承认自己很想念这种东西。实际上你现在才意识到你没吃东西，跳过了早饭，忘记了午餐。昨天晚上又吃了什么呢？糖对你来说太甜了，加了太多香料。可你还是夸赞了一番，现在必须得再吃一块。她稍皱起了鼻头，因为她也不情愿地多抓了一块给自己。

你很享受看着她忙来忙去。低矮的沙发桌上放着茶杯。她的动作轻盈又迅速，那两条露在外面的胳膊很细。身体灵活。可能你有点夸大了自己的虚弱程度，而且都不自知，因为这样你就可以正当地欣赏这副场景。屋子里还飘着那股淡淡的异域味道。香料，檀木和沉香？

"我现在知道是什么把你带到这里来了。"她微笑着说。"是吗？你知道？""是你的工作。其中的一部分。你不记得我们的约定了吗？"你还有点晕，对自己刚才无助的进门方式感到羞耻，没有明白她的意思。可以说你现在处在一种痴傻的状态。你点点头。

"我刚刚接到一个电话。是个断断续续的声音，我几乎没听明白，好像是一只青蛙。我开始以为是个恶作剧，就要挂了。但那个女人让我等一下，应该是个上了年纪的老太太。我很忙，还在为你来做准备。"她又微笑起来，别让你以为她对这次见面有什么期望。难道你没感觉到她也很紧张吗？不习惯和一个陌生男人单独在一起。想要通过讲话让自己淡定下来。不，我没想到。谢谢你，卡蒂。她这么多年都没有被陌生男人看过了。谢谢，我明白。

"断断续续地，她终于给我解释清楚了，说门外有个没气的人倒在地上。""卡蒂？"你惊讶的叫声吓得她站了起来。"嗯？""对不起，不是你。我发现了点事情。那只可能是我的眼睛。"她看着你，不再微笑。现在她好像在思考，很多念头闪过。"所以你们真的会给自己的眼睛起名字？我有所耳闻。"

她的声音很低，非常低。她的动作慢下来，好像被冻结了。她开始倒茶，茶壶停住，悬在半空。

"里面没掺杂任何情感。"你从回忆中走出来。"我只是觉得这个名字很好听。""但偏偏就是这个名字？在这么多年以后。十九年了。""还没走出来。"时间在打转。或者就停在了那个时候，再没向前。你还是有些晕，但是现在她也用双手遮住了脸。那美丽的、不曾改变的面庞。

"当然是我的眼睛。"你努力想把话题拉回到现在。"对，当然是。要不然你以为我怎么能这么快就找到你？外面躺着个没气儿的人，我差点都没敢开门。让我想起，在伊朗，没人会随便去捡毯子外面的东西。要是你知道……但是我决定破例一次。为了我儿子的老师。""谢谢你。"

你几乎还说不出话来，她就努力把空白填满。"一个念念叨叨、喘不上来气的老太婆，生气到几乎话都说不顺……""嘘。"你暗示她这个厌世的老巫婆可能此刻正在看着你们。不是可能，而是极有可能。她从来不会放下。永远都在你这里。

现在是她，卡蒂，这个年轻的卡蒂，变得困惑了。"眼睛！我总是忘了他们的存在。"她承认道。"而且一想到他们就浑身发抖。我现在说了什么，它又看见我做什么了？太可怕了。"

"你会习惯的，而且会比你想象的快。"你安慰着她，但是还没有从新获知的消息里反应过来：你的卡蒂，是个满腹牢骚的老太太。啊——这——简直——太过分——分——分了。对不起卡蒂。这个念头太难消除。

"我不确定自己能不能在这个体系下生活。我们在尝试，海尔多和我,还有孩子们。我刚刚说的你的工作就是这个。我们分开的时候,你承诺我会多告诉我一些系统的好处。至少当你放弃了名字和形体,躺倒在地毯边上的时候可以救你一命。"

"放弃名字和形体?""这是个印度的名言。散播名字和形体,代表着作为一个个体活着。当河流汇入大海,它就失去了名字和形态。我对东方宗教很感兴趣。《奥义书》。"她带着疑问看着你,你点点头。至少你以前听过这本书。她像印度的舞娘一样轻盈的动作,看着真是一种享受。

"你们在锁链开始实行的时候走的?""太恶心了,不管是海尔多还是我都没法想象一直住在监控下面……你们怎么能……?""那个时候也有反对运动。你都听说了吧?但是剩下的那些选择要更糟。"

"什么选择?""不法分子愈发猖狂。""因为欺诈案?""你在说什么?""当时揭露出来投票结果是假的。""我差点都忘了。你再给我描述一下?""联合政府。你真的不记得了?结果显示百分之五十六的人都赞成。但是之后就被曝出来,这些数字都是伪造的,实际上多数人都投了反对票。"

"我们已经向前走了。"你解释道,惊讶于她对细节的了解。"你是不是学了社会学?""才没有。但那就是在我们走之前发生的事,所以我们才记得这么清楚。当时所有人都在讨论这件事。你应该也……""那是八十年代中期?""一九八六。你没怎么关注新闻?我以为它改变了一切。确切日子是二月二十七日。"

你没有注意到自己被对话吞噬了。卡蒂歪了歪脑袋,盯着你的脸，不确定你是真的忘了这些事情，还是在演戏。你决定跟她把事情说开。

"你现在提起来，我倒是想起了一点。那个时候我们还是欧共体的成员国。支持者们篡改了选举结果，因为他们觉得这个决策对整个社会都好。但是那个时候发生了太多事情，都紧接在这事曝光之后。可能那些事情在我的脑子里占了更重的分量。"

"例如？""那个时候犯罪率大大提升……""根据政治家们的谎言？""我不这么想。可能里面也有谎言的成分，但至少有必要采取一些干预措施。""为了让人们忘记那个骗局？""我没有把两件事混在一起。那真的是一些严重的罪行，发生率大幅上涨，社会很恐慌。包括谋杀、强奸，还有抢劫。而这些罪行在那之前就已经惊人地普遍。相信我，我看过数据。"

她点点头。"为什么要打响这场反犯罪之战呢？""当时必须要采取一些强硬的干预措施。所以政府开始制定非常全面的法律，准许各种形式的监控行为。差不多可以说是你能想到的所有监控形式，基因注册、手机监察、芯片读取，还有好多我不知道的。这些建议引发了大规模的反对游行。还有同警方的严重冲突，纵火，抢劫，等等。"

"直到关于锁链的建议突然被提出来？"她表现出对这个词的抵触。"你不得不承认这是个简单又天才的解决办法。"你说。她没有看向你，而是盯着空中。

你需要她看着你，所以放慢语速（可能有些过虑了），告诉她当时的情形。人们是怎样发现日渐增长的监控最后将让相关机构承担不起。光是想想需要多少看着录像机屏幕的人就可以发现问题。这些相机当然要有人看着，要不然就没了意义。还要对各种事情进行注册,加密保险,确保信息不被滥用,这又会花掉一大笔钱。还需要大幅增加警方力量,监督机构的数量翻十倍,要建司法机构、监狱和其他惩罚形式。

尽管你切换到了小学教师的角色,她看起来好像真的在听。"直到关于锁链的建议突然被提出来。"你故意重复了她刚刚的话,来表示她说的没错。大家觉得公民有义务来监督彼此是常识。这样每一位公民都会被分配到一个监督对象,在一段时间内对此人的行为负责。

当然这里面有大家不得不去接受的东西:每一刻都会被另一个人监督。但是另一方面,由单一的一位公民默默看着你,不是比多个机构可以录像、得到关于你的一切信息要好吗?那样的话还有信息被滥用的危险。由此建立起一个机密的社会,而不是一个监控的社会,因为现在控制我们的不再是各种机构,而是对自我的尊重。我们的自我审判。

"为什么因为单独一个人监视你,信息滥用的危险就降低了?"你点了点头,这个问题提得好。"那个监督我的人,自己也在被监督。他或者是她——我们现在知道监督我的人是个老太太,声音嘶哑——她自己也在同样的监督之下。要是她滥用看到的信息,她的眼睛会马上注意到。而要是她的眼睛没有注意,眼睛的眼睛也有机会去报告。"

卡蒂不安地挪了挪身子,因为现在她知道了自己在锁链中的角色。你急着让她尽快地信任锁链系统,注意到它的优点。

"然后大家决定每次的组合时长为二十三天。这给了大家充足的时间去进入另一个人的生活,去想其所想,经历其日常的生活。这样大家就会有一个概念,这个人的生活是否顺利,是否有一些值得注意的问题,需不需要改变,是否会在未来出现不尽如人意的事情。归根到底是关于这个人是否过得好的问题。所以大家要有一段相处的时间。而从另一个角度讲,这段时间又不太长,两个人不会建立起太强的关联,从眼睛到映像。一般来说,一个人会对自己监护的人在三个星期之后产生强烈的同情。有很多人在组合解散的时候都眼含泪水,但也不是割舍不下,很少会有无法克服的困难。"

她一直在摇头,拒绝同这个系统妥协,但是你忽视掉她的反应,继续说下去:"开始时,我们只有一些相对原始的传感器。但是很快这方面的科技就飞速发展,改良成了极其清晰的影像。手机的网络就能承载信号。如果组合期间没有出现问题,这些影像就会被删除,确保其消失。只有一个人看过这段录像。而这些记忆一般很快就会被新的经历、新的生活代替,因为我们又要跟自己新的监护人生活在一起,把自己代入其中。你的眼睛看到的东西,在锁链组合切换之后不能被用来威胁你。"

那单薄的身体一抖,她突然站起来。你看着她,知道她必须接受,没有别的出路。她缓慢地走到窗边。这时你转过身,看到了窗外美丽的风景。开始是山坡和草坪,然后紧接着就是植物园。下面飞虫大小的一对情侣手拉着手在蜿蜒的小路上漫步。

在那延伸开的公园后面是城市,左边的尽头是海港,背景是延展开的森林。右边的尽头是布拉布兰湖。你之前要不是太专注,肯定会因为这番风景而激动起来。你没法停下想象自己的反应,你那欣喜的样子。

你站到颤抖的女孩身边,大概几厘米远的地方,这点距离很必要。"就好像外面有一个人一直拿着望远镜看着我,"她安静地说,"知道这一点,我还怎么生活?""不论一个人是如何的娇羞,都会光着身子站在医生面前,因为他知道医生是要帮他,对吧?"但这个念头还是让她不寒而栗。

"想象一下,不然的话,"你说,"你知道自己一直都在威胁之中,其他人可能会伤害你,随时可以殴打你,从你身上偷东西或者欺骗你,你又该怎么生活?这些想法就在你的脑子里。你刚才说害怕从地毯边上把我扶起来,我还发现你觉得有锁门的必要,这些你通通都接受。现在这些都没必要了,多好啊!要是有人接近你,想要伤害你,他的眼睛立刻就会对你发出警告。如果大家知道自己在被监视,又怎么会想去伤害别人呢?"

"可是,"她说着摇了摇头,"一对一直对准我的望远镜。"她沿着小路看出去,好像她知道那个人就在那儿。你的手指在燃烧,想要放到那颤抖的肩膀上。别这样做。"目镜在屋里,"你笨拙地想要用这来安慰她,"你是看不到的。"

她应该一直都知道,可是这一刻还是被你的话击中。她差点摔倒,直接伸出手想拉住你。你不得不退到一边,避免同她过多的接触。"不间断的监视?永远也不能自己待着?"她捕捉到你警告的眼神,问道。

"你哭了?"

她睁大了眼睛,摇了摇头,然后明白了你的话,她真的挤出一滴眼泪。你把手放到她的脖颈,然后把她的头埋进你的肩膀。现在她真的哭了。"人要对不幸福的人给予安慰,"你在她的耳边低语,"这一点连最无情的眼睛都知道。"你可以祈祷她的眼睛跟我一样好心,卡蒂用那新的声音说。这个泪光闪闪的女人。可别把这变成一种习惯。尽快结束掉。

门廊里传来些声音,又有人在地毯边上晕过去了吗?

"事实表明，系统带来了很多不可预见的好处。"你解释道。

你们走在小路上，就是从她家窗户里看过的那条路。斯威尔跑到一边，阅读一棵罕见的树上的标牌。那个年轻的斯威尔。要是他没有回家的话，你几乎都没有勇气停下你们之间的肢体接触，尽管那可能造成你以后再也没法同卡蒂交往。你的肩膀上，她的脸颊碰过的地方，还在发烫。

"我说的不只是大家计划中的那些效果。犯罪率的确大幅降低，那些罪犯在策划阶段就被抓住了。在他们把撬棍找出来的时候，开始留意银行的时候，练习假签名或者盯着一个女孩孤零零地走在偏僻的小路上的时候。"

"别别，别在大白天讲这种，"卡蒂可怜兮兮地打断你，"别在我那天真的儿子……"她无助地摆了摆手，然后被你的惊讶逗笑了。那孩子转过身，看到自己快乐的母亲，露出惊讶的表情。

"你有些不一样，妈妈。""怎么不一样？""你在家里的时候从来不这样。""大概是因为现在有人看着我。"她讽刺地说，然后往天上送去了个飞吻。

她在儿子走进来的时候迅速站直了身子。还好门锁了，他进来得慢了一些。当你从夹克上取下一根金色长发时，他们告诉你那男孩开始去上游泳课。在伊朗，就是男孩口中的"家里"，有很多泳池。但是所有的泳池都空着，干枯着，放在那里积灰。因为每次一用就会收到大家责备的眼神。所以斯威尔一回到丹麦就想学游泳。

这个明显对植物很感兴趣的男孩走到下一个灌木丛，

卡蒂问你："那反犯罪的战争胜利了吗？""差不多吧。偶尔还会有些小事发生，但是跟你刚走的时候相比都不算什么，感谢上天。"你考虑要不要把刚刚跟踪的案件告诉她，但是又不想突出系统的缺陷。

"过去十五年里从来没有发生一场谋杀，危险总是在片刻之间就被消除了。那种事情已经渐渐绝迹。之前大家称作冲动犯罪的事件，其实还是可以被提前制止：在开始的吵架期间，在复仇计划制订之前。但是最重要的当然还是那些日常生活中的小型犯罪。办公室里的小偷小摸，故意破坏，灰色收入，社会欺诈，保险陷阱，毒品交易，酒后驾车。我可以继续列举下去。但那都是过去时了。你不知道这给社会省掉了多少麻烦，都不去考虑这对人性的影响。"

卡蒂往后退了几步，离你远一些，以此来表示自己的不满。她不想被说服。但只要她还在听你的话，就不是满心拒绝。

"你们真是个奇怪的民族，我不想把自己也算在里面。你们消灭了犯罪，然后选出一名做账很有创意的首相，他之前还因为这个原因不能参加选举。"

"真的吗？我全忘了。""你们竟然能让自己这样被洗脑，真是让人大跌眼镜。可能是因为你们把自己的时间都放在窥探别人身上了。""有道理。这也是一类反对意见。时间的花费。但是我们很快就开发出了高效的搜索系统。你可以选择快进，却不会漏掉任何一个有意义的细节。然后还可以在本来就是浪费时间的地方看录像。你会发现很多人在等车的时候沉浸在他们的映像中，或者当你在听废话的时候。有的人把目镜设置好了，红灯一亮就可以看，甚至是上厕所的时候，这个大家都知道，因为系统引进之后人们上厕所的习惯一目了然。"

卡蒂气得发抖。她加快了速度,朝着坡顶的风车走去,想从那不适感中走出来。是她提议出来走走的,因为她需要运动一下。因为她觉得同时与你和儿子待在屋里有些尴尬。可能你是对的,卡蒂,你有旁观者清的优势。

"所以,不管怎么说,大家并没有在映像上花太长时间。电视少看了一点,因为现实更有意思,同时还能对这个社会的运作更加了解。这不仅仅是像看电影一样,能了解另一种环境或者参加一些特殊场合,还可以体验多种多样的他人的生活。""因为大家都在窥探彼此。""大家监护、支持彼此,两个方面都很重要。"

你跟斯威尔解释风车如何转动,整个建筑如何运转。卡蒂很不情愿,但是也很感兴趣。你们忽视掉围栏,直接走上那窄窄的楼梯。你们最好有个好理由。我也这样想。

"你不知道能经历到多少有趣的细节。你可以看到人们如何解决这样那样的问题,如何挤牙膏,如何在不同的岗位上工作,整个法律系统如何运行,我刚刚……"

"明白了!再也没有犯罪了!"她有些疯狂,甚至可以说是泼辣。"也有例外。根据以前的标准,很多都是鸡毛蒜皮的小事,但是现在这些小事也非常重要,因为我们想做得彻底,要完全杜绝犯罪。尽管这已经不再是系统唯一的目的。""对,因为你们已经转移了重心,全国都是窥探狂。"

她带着谴责看着你,好像你就是罪恶的代表。那男孩正全速朝那些异国的植物跑去。

"你要是说我们看上了瘾,也没错。锁链系统在除了杜绝犯罪之外还有更深远的影响,让所有人都很惊喜。实际上有利的副作用非常多。当你知道有人在看着你、评判你的时候，你就不会那么容易被引诱。所以大家发现戒烟变得轻而易举。还有减肥，因为每当你打开冰箱，脑子里的声音就会浮现。要见客户的时候，你也不再随随便便就喝上一杯酒。因为你一直都会想：我的眼睛会怎么看我？大家一般都说我们多了一种精神支撑。"

你们走到了石头小路上，小路太窄，你们不得不排成一列。卡蒂迈错了步子，差点摔倒，你赶紧抓住她的肩膀。她给你递来一个感激的眼神，但是里面也写满了困惑，不知道会不会得到眼睛的允许。"我的眼睛会怎么说？""这是我的义务，"你回答说，"防止一个女人摔倒。"你让手在她的肩膀上多放了一会儿，撒手之前按了按，那触感现在还留在你手上。

"请病假的频率也大大降低了。因为现在大家不再会没有什么理由就待在家里。而且眼睛在很多时候也会提醒你，让你来不及生病。告诉你别太忙，去找医生，记得吃药，去找人聊聊自己的问题。更别提那些孤单的人在自己的观察者那里得到的支持，大家总是愿意提供一些建议，在困难的时候给予支持。"

男孩终于完成了他的冒险。他读过了你们经过的每一株植物的介绍牌，现在他指着一棵干瘪的倒在地上的树苗。"生长地：伊朗北部。"卡蒂和男孩讨论他们之前有没有见过它。男孩记得之前在山上见过。

"很多人都发现大家的行为发生了改变，可能是因为感觉比以前自由，不再害怕其他人。可能是要感谢每个人心里都明白自己的动作会被看到，被评判。现在大家去开会的时候也不再拖拖拉拉，都是自愿的。同样，大家也对自己的举止更加注意，因为一个简单的理由：大家都不再是一个人了。"

"永不独身，"卡蒂耸了耸肩，"相反，我倒是知道另一种解放的感觉，当你一整天都同别人待在一起，终于回到家的时候。你终于可以把自己关在自己的世界里，就像你说的，允许自己拖拖拉拉，到处乱扔鞋子，瘫坐在沙发上，深呼吸，打嗝，放屁，挖鼻孔……"

愤怒让她提高了声音。但她优雅地跳过小路上的一块石头，结束了自己的话。你赞美她，说她就像个芭蕾舞者。"想象一下如果没人能看到刚刚那一跳，想想你的美丽没人发觉，没人珍惜，那会是多大的损失呀！"

"你别以为空洞的夸奖就可以说服我。"她说着举起手，好像要在你胳膊上打一下，但是还是停住了。

你们朝着老城博物馆走去。她注意到你乖乖地买了票，尽管那里没有标识，没有保安，没有查票员。你指了指天空，当作对她的解释。卡蒂老太太比保安还管用。或者准确点说是你对卡蒂可能在那里的意识。你这么说也可以。

"系统刚刚实行的时候，很多批评家都相信，这会引出很多心怀怨恨的人，会引出不忠、叛逆和焦虑。每个眼睛都会想尽一切办法来骚扰自己监护的人，利用一切可能的机会，去勒索，或者泄密。可能开始的时候的确有这种情况发生，但是没过多久就完全不同了，开始朝着相反的方向发展。"

你们走过石头铺成的小路。她不时就有些要给男孩展示的东西，他也总是很好奇，偶尔还有些勾起她回忆的东西。现在她把男孩举起来，这样他就可以看到老式印刷机里面的构造。你还是紧紧守着自己的职责。眼睛会为你骄傲的。别太自信。你尽自己最大的努力让她放松下来。你是不是已经注意到如果自己不能说服她,她就会继续远行?你把我的目的看得太低级了,卡蒂。你此刻真是一反常态的自律,是你在嫉妒。

"你永远都不会放下吗?"卡蒂问。她把男孩放下来,把头发拨到一边。"什么意思?""眼睛。你低声嘀咕,同它交流,这些我都注意到了。""别犯傻了。""你没必要感到尴尬。""我不知道你怎么会有这个念头。""好吧,那我们不谈这个。所以朝着相反的方向?"

"对,产生的不是抵触情绪,恰恰相反。大部分人对他们这三个星期来跟踪的人都会产生一种强烈的理解之情。一种共同的归属感、同情、兴趣和专注。这些感情如此强烈,到了该放手的时候反而很难。我自己也尝试过。当然不是每次都这样,不是每次都同样强烈。但是有的时候感情是如此真诚,放手的时候很痛苦。就好像失去了一个好朋友。"

"那肯定都是些年轻漂亮的女孩吧?"她漫不经心的语调让你微笑起来。"不一定。提前知道自己的下一个接管对象很难。可能是个上了年纪的女人,一位年轻的男士,或者中年人,没有什么规律。也发生过……""接管,你用的是这个词吗?"

"是,不过你说的好像这是什么麻烦事一样。一切其实不过是因为我们拥有强大的共情能力。大家都会站在另一个人的立场上,代入进去,如此融洽,最终你们的想法好像都是共享的。"她皱了皱鼻头。"呵!"她看起来如此迷人,你花了好大力气才忍住没说什么傻话。你把这些话都放在心里。想想也不用交钱。但是确保那些都保留在你脑子里。

"那是一种美妙的感觉。你可能从阅读中体验过这种感觉的弱化版本。或者当你看一部好电影的时候。一种共存。"

"你想推荐这种经历？""我自己至少很满意之前有过的恋情。尽管结束它们很痛苦。而且还要一直准备好迎接下一个，尽管知道要再经历一次。"你紧紧地盯着她的眼睛。控制一下你自己。这可有点不妥当。可能她的眼里有泪水，但是你不敢再越界放纵一次。你很聪明。"我想要……"她哽咽着，但是看到你在暗示性地摇头，又停住了。你在警告的边缘。

"还发生了一些更让人惊喜的变化，完全出乎意料。"你换了一个更正式的语调。斯威尔在前面，朝市长公园跑去。那里有很多游客，但是你觉得好像你们单独在一起，卡蒂和你，带着各自的眼睛。"是吗？"

"大家都假设，很快就会不可避免地出现因为被监视而触发的负面情绪、反抗情绪。因为这是一种约束，会限制个人的活动。结果恰恰相反，一个人同其眼睛之间常常会建立起一种强烈的羁绊。""我听说过，也很好奇。一个从来没见过、没听过的人，你们却还是会想象出个模样，同其对话。所有人都疯了吗？"

男孩已经没了耐心，开始朝出口走去。你们跟得更紧了。"你也可以这么说。但是至少这种疯对我们有好处。就好像我们一直都有精神上的支柱。同一个更明智的人交谈。""怎么会更明智？那只是你们自己衍生出来的东西。""可能吧，但是好处是能从旁观者的角度看问题。""但是……但……但……"她因为自己没法表达自己的异议而烦躁起来，说不出话。

你替她说了："对，你是想说眼睛不可能比我们自己更了解情况。但是你错了。我跟很多人都讨论过这个问题，结果越来越确定一点:我们认为眼睛一直都会跟着自己,这样就可以从他们的角度去观察问题。"说得有道理。"谢谢,卡蒂,不管你现在叫什么,"你高声地说,决定把这一切告诉真的卡蒂,"我的眼睛刚刚因为我的表述拍了拍我的肩膀,表示赞赏。"

"你疯了。"她的语气好像被惹恼了。她站在沃明路的中央。"但是你疯得很讨人喜欢。我们的眼睛不会反对我这么说吧?"她的嘴角微微抽动了一下。你慢慢地抬起手。但你不会这么做。

"绝对不会,我的眼睛喜欢被我表扬。你的眼睛也会为你开始承认他的存在而高兴的。"

斯威尔站在一个私人花园的灌木丛外,有些不耐烦地呼喊你们。卡蒂径直走过去。"这是什么?"她指着路上掉落的黄色水果问道。"我在家里……在德黑兰没见过。""一种木瓜。"你弯腰捡起一个,献殷勤般地递到她面前。"我愿献您木瓜。"

她那珍珠般的笑声让你这一路以来忍住的、想要抚摸她的欲望都得到了回报。她开始低声地哼唱小调,你在听那调是不是低了一点。

当你回到家的时候,信箱里躺着一封鼓鼓囊囊的信。上面是你不认识的颤抖的笔迹:斯威尔·富尔。弗雷德里克街。号码写错了,但是信还是送到了正确的信箱。没有邮票,应该是私人投寄来的。上面的粗体字不太清楚:**独处时打开!**

你走上楼,斯勒娃在家,但正要出门。信上没有写明寄信人,你能够感觉出里面有几个塑料盒子。你很好奇,忍不住想打开。很有可能是一个跟你开玩笑的学生。这个字迹值得尊重。我也还没打开呢。卡蒂，说话断断续续，喘不过来气的老卡蒂。

你决定给我一个新名字。毕竟卡蒂这个名字我只是借来用用。现在这个名字拥有了一个更重要的含义、更美丽的内容。我现在该叫你什么呢？你嘟囔着，但是没有得到任何回答。

你的肩膀上仿佛还能感觉到卡蒂，那个真正的、充满活力的女人。你让手指在她的发丝间划过，安慰她。你看着她，她还在为被迫加入的系统而生气，头歪着。你听见她的笑声。

你不知道她在对你做什么吗？我当然知道。把你的注意力从你们该干的事情上移开。那也没法摆脱你在嫉妒这个事实，卡蒂。我会把你的名字改掉。你们第一次在学校里见面的时候，她不是口若悬河吗？以至于你们都没机会讨论那个男孩的问题？是我问她要不要再见面的。这样你们就可以再见。我没有什么不情愿。今天她诱导你来讲锁链，讲啊讲。强迫你来维护它。我自己也想维护系统的名声。说服她为自己是人类锁链的一环而高兴。就这样，男孩在学校的困境永远不会被提及。我们会再见面。一次正式的会议。就像我预想的一样。这就是她想要的东西。不是的。你这样看她，只是因为她既年轻又漂亮。这不会有结果的。这一切禁止发生。这个我完全明白。我正要把她从脑子里忘掉。

尼克开始把皮带勒在妻子的大腿上。尤妮，丰满而有弹性，赤裸着身子，四肢支撑在床上。当她把腿支开，抗拒那根皮带的时候，屁股上挨了一巴掌。她低吟了一声。

另一只腿上的皮带已经绑好了。

你拿出一沓物理杂志,讽刺的是,主题正是时间研究。你拿出一根蓝色的圆珠笔,再加一根红色的。咖啡正在煮。你承诺约克会寻找乔安娜,问她关于时间量子的问题,但是根本不知道你要那答案干吗。

跟卡蒂聊天聊得很开心,你们一起愉快地散步。能再次拥有一些回忆真好。但是也没有别的什么了,结束了。你们有过你们的时光,现在她有她的,你也要找到你的。就是这样。

皮带系好了,尼克把它勒到妻子的双臀中间。左边的屁股蛋儿上已经有了两道红色的痕迹。

斯勒娃探进头来,嗨,然后猛地关上了门。你刚来得及喊道她今天看起来很漂亮,不确定她听没听见。她的确看起来很好看。

信封里有三盒磁带,上面贴着标签:一、二、三,字迹模糊。没有附信。你打开录音机,开始播放第一盒磁带。

开头一个深呼吸,然后是颤抖的声音:

我是卡蒂。

要是指明我是谁不多此一举的话。还有,我是你的眼睛,斯威尔。你给命名为卡蒂的这堆骨头。一副行尸走肉,监视着你,日夜不停。

毫无疑问,这就是真正的卡蒂描绘过的声音:含糊不清,仿佛这个人没办法把口水自然地咽下去。喘着粗气,停顿频繁,目的不明。一切都符合。

她已经揭露了你。她,这把佝偻的老骨头,因为你对哭泣的女人小心翼翼地安慰而生气。听到最后。现在不可能再跟卡蒂有任何联系了。你这个自欺自怜的可怜虫,为什么总是直接就想到最坏的结局？想告你需要录三大盘磁带吗？要不然你还能有什么意图？你往回倒一点，继续听下去：不管你是在撒尿还是在抠鼻屎。或者做更搞笑的事情（如果世间真有比正儿八经挖一会儿鼻屎更搞笑的事的话）。至少现在的你看起来很快乐，食指一大截都插在左边的鼻孔里。在你以为你一个人的时候。或者，你没这么以为，你一刻也不觉得自己是孤身一人。你当然清楚地知道我就在这里。一直知道，却仍然习惯在眼睛盯着你的时候不害臊地把手指戳在里面扭动，挖出那块顽固的鼻屎。一直就绪，随时准备把手指头抽出来。我不是在开玩笑，那可不是我干的事情。是语言在耍我。人可以一直把错怪到语言身上，它又不会反驳。

你现在听得很仔细。聚精会神，好像那些第一次看到关于自己的录像的人。但这不仅仅是你的外表的影像，还有你的内心。你看着你自己，从我的角度，听我的描述，从而旁观者清。

你成功地把第一盘磁带听完了，没有停顿，除去那些我喘气带来的间隙。你看着我看着你，然后在磁带放完之后一声不吭。需要缓过神来。我看着呢。

你对那段对自己的描述十分沉醉，却还是花时间做了个面包，之后再听下一盘。你听，被吸引，然后差不多忘记了吃东西。就这样，听到结尾的时候，面包还剩下几大口。

我几乎可以说，这是从我的人生经历、我的共情而来的一个想法。我想要走进你，斯威尔，像你一样活，像你一样思考，因为我就在那儿。当我可以控制你的时候，我也可以感受到恶魔的存在。也不算太糟，我没有恶意。这可能带给我更大的欢愉，因为可以感受到他那所谓的激动。成为那个恶魔，想出他最好的策略，或者再想一回，因为要假设他比我来得早。再次经历，因为我怀疑那就是他最坏的一面。这就是他们在电影里说的，躲避，让我们相信他并不存在。他完全可以做得更好。或者更坏。

还是没有电话打来。没有被打断。你跟眼睛单独在一起。那个可悲的老太婆肯定正坐在那儿享受这个画面，看别人听自己讲话，为此而眩晕：双卵晕眩[①]。那叫双胎晕眩，我的孩子。在我面前你不用假装自己的拉丁文很好。

但是为什么这么神秘？藏起来的录音器。这是个开放的社会，不是吗？我们已经抵达了一个开放的阶段，没人有秘密。继续听。你个没耐心的家伙。相信我，我知道自己在干吗。发抖的只是我的声音。

别浪费了机会。其实你已经开始与自己的信仰背道而驰。从某种程度上说，你在听我唠叨这件事就是不道德的。因为唯一能知道这件事的，就是我，这个录音的人。没人有控制权。只有我们俩。但你还是没法反抗，你想要继续听下去。好吧。

你拿出第三盘磁带，放进去，按下播放键。

---

① 原文为拉丁文。

我是卡蒂。

那具吱吱嘎嘎的尸体。可能我该腾地方，或者腾出这个名字。现在你已经找到了那瘦得像稻草人一样，头发垂到肚脐眼的女人。那个坚持要叫卡蒂的女人。

我，手无寸铁，被这铁架子捆着，被剥夺了拥有已久的名字，像胶水一样黏着我的名字。让我来告诉你，我的父母突发奇想，觉得叫他们无法反驳的女儿维塔[①]很搞笑。从那以后我都没有摆脱这个名字，尽管八十多年来生命都只是从我手中慢慢溜走。呵。你也觉得好笑吗？你也会叫我这个名字吗？但是只有我，你这个没创意的榆木脑袋。答应我，别等到下一个组合的时候，再把维塔顺给下一个，下一个的下一个。就像你在过去的十五年里管眼睛都叫卡蒂一样。你说这是因为忠诚，而不是纯粹情感上的懒惰。

所以让我做维塔吧。

我刚刚说到忠诚？你三个星期之后就会把我换掉，咱俩连认识的人都算不上，呵。我盯着你，你想象着我，多美好！但是就像我说的，每三个星期就会换一次守护天使，就连神灵们现在维持的时间都短了。我们背叛神灵。但是听着，我有重要的事情要告诉你。唉，是谁让我一张嘴就开始流口水？是我那讨人厌的眼睛？那个我全力拒绝、话都说不利索的人吗？讲话就像搓衣板，用她左边的嘴角一点点地把我磨灭，像白色的粉笔在黑板上惊叫。

[①] 维塔，寓意"生命"。

跑偏了。不想那个，还是说你。连你都比那好。因为我看着你，在另一边继续我每天的絮絮叨叨。你穿过环路，趿拉着那双你少付了一两百克朗的鞋，还不跟脚。你自己不承认，自欺欺人。就像我一样……

我，永远都在追踪恶魔的痕迹，看着你朝这位美人走去，而她心里对你只有卑鄙的计划。区别就是：你在被欺骗，而我正在摘掉眼前的罩子。要是我能成功地集齐证据，就能把你的耳塞摘掉。这个说法还有点新奇。把你的耳朵打开，因为我要往里面放些重要的话。

你闯进停车场，把自行车一把塞进架子。你希望她能把那长发抛下，这样你就可以直接爬上七楼了？一个声泪俱下的开场，她哭泣着自己悲苦的命运，只说道你现在太重了，不再能挂到她那少女的头发上咯。你把幽闭恐惧症抛在脑后，跟那些辛苦的台阶相比你还是更青睐电梯。

如果你一直这么活跃的话，给我的任务剩下的时间可不多了。你要知道，如果你对这个瘸腿的老太婆的发现感兴趣，我的目标就达成了，就成功了。我最终能干成的事就是发现恶魔，让我设身处地地思考他的策略，让他自己抓到自己。

我有大把时间可以用来站到他的位置上，尽管我在你身上浪费了很多个小时。但是还是有。（假如你知道无眠的夜有多长的话。）我不是抱怨。躺在黑暗里，浑身疼，无聊透顶，这也是一种生活。但不再如此。我是说不再无聊了。在我发现了自己的决定后。我站在恶魔的角度上想象他最佳的进攻方式。他怎么能给我们带来最大的伤害？怎样稍一动手指就能引起困惑、战争、分离、悲伤和哀痛？他很懒，这个我们可以猜到，不然他就会去干些别的事情，而不是来破坏我们的生活。

我只能说得这么明白了。

你站在门边，站在坏了的门阶上。恶魔的门铃，就像我要抓住那个恶魔一样，你在等着那个骗人的美人，听她在窗户后面哼歌，我都……叮咚。叮咚。

你到底在那里搞什么鬼？在门口的垫子上躺着。我一刻都没有移开视线。哦，对，这当然不是什么神秘的事情，你只有当这个被铁架子圈起来的女人在你脑子里喊话的时候，才能站起来。没必要的谜题已经够多了。赶紧找那个可爱女人的电话。

是伊亚在那里按门铃，叮咚。门铃。不，我的门没锁。你们的系统还算有点好处。但是这个吐字不清的老太婆没法忍受在她以为自己孤身一人时被突袭。呵。孤身一人！所以才规定这个小天使来的时候要敲门。

找到那个可恶的电话，提供信息。说门口的地毯上躺着一个昏倒的人。就在那里，等着她接收。她暗示说她听不懂我的话，但最终还是明白了。她在惊吓过后，慢慢把门打开一条缝。

你可能听到了背景里砰的一声，也可能没听到。这不重要，不过是愤怒的吸尘器的声音。在我预计的对地上的书的抱怨之后，伊亚用吸尘器来威胁我。不，不是要把它们放回去，而是把它们放到桌上，这样我就可以够得到。现在我不得不提高声音。我又不能给她解释我在找什么，在找谁。她会把我送进监狱。我，恶魔猎捕者。我装作她透过吸尘器的声音什么都听不到一样，她其实还把噪声调大了一些。现在大家都这样了吗？吸进垃圾，喷出愤怒。生活啊！

我太啰唆了。至少你肯定是这么想的，斯威尔。她话也不少。结结巴巴，气喘吁吁，她竟然这么说我，上帝啊，我现在明白你为什么眩晕了，斯威尔。是我，我那美妙的声音，或者说像海之女神忒提斯一样的声音。你跟自己崇拜的眼睛的首次见面。她也在想这件事吗？她就不能好心一些，把我描绘得好一点吗？稍微带点品位？也不是为了我，是为了你，好意美化一下这个刺激。

我还是吞下了你们的话。这个老废物眼睛都湿润了。现在口水不光是从嘴里流出来，眼睛里也是。你们突然明白了彼此，时间暂停。明白，天啊。你们浪费了一生，或者两个人的人生。就像你们此刻在浪费我的一样。我，这个精神上的吸尘器，把你们的垃圾吸进身体，然后脾气暴躁。

伊亚走进了下一个屋子，这样我就可以更自由地说了，就像我一个人的时候一样，就好像没人对我的滔滔不绝感兴趣一样。恶魔会怎样完成他的任务呢？怎么能不费吹灰之力就让生活在这片肮脏土地上的人们受罪呢？当然不是让大家相信他不存在。

伊亚说起她的命运。不是现在，而是在很多次吸尘之前。如果这不是神明们其实不怀好意的表示，我也找不出更好的例子了。假如你觉得我接下来的话很难消化，就把这个故事当作警告吧！

伊亚的男朋友，是叫图勒斯吗？是图勒斯，听起来好像腐化的棺材里面还有些出人意料的信息。（要是好心情也能保住就好了。）我跟他聊过天，他在自己愉快的青年时期，用游标尺测量过自己勃起的强度。我记得这件事，因为我家老头被这事逗乐了，他可不是个愉快的人。但那不是因为图勒斯需要测量自己的力量，而是因为他喜欢许各种奇怪的诺言。开始的时候还只是发誓，后来一个接一个，停不下来。他那摇摆不定的幽默感。在他还能讲话的时候，这个表达方式是他的，那个填满我一生的男人。一个总是说出名言的男人。

你是怎么让我跑偏的！是不是你那些兴奋的想法让我萎缩的肚皮皱成了一团？她站起来了，站到那扇硕大的全景窗边，望着公园的景色。天空多美呀，就像撒旦一样美，我不得不说。我得跟你描述他，撒旦，这个我不会忘记的。你跟上去，选择了一个合适的距离，然后散漫地讲着锁链的好处，那个恶魔的作品。"如果知道自己在持续的监视下，怎么还会有人去犯罪呢？"你深刻地说。

"可是，"这个想法让她摇起头来，长长的头发就要甩到你，"一对一直聚焦在我身上的望远镜。"你的手指仿佛着了火，想要放到那颤抖的肩膀上。那就放呀。我要是你，才不会犹豫。"目镜在屋里，"你傻乎乎地想要转移话题，"你看不到的。"

她自然地向你寻求帮助。你，这个瘫痪的清教徒，撒到一边避免同她肢体接触。我担的是什么责任啊！"不间断的监视？永远也不能自己待着？""你哭了？"终于有一点主动了。你可以祈祷她的眼睛比我天真。那双无助的大眼睛能让个老叟希望自己再次年轻。这可不是我说的，老天啊，放过我吧。跟无常出去走一趟就够了。我现在记起来，神明们是多么小气。回到伊亚的故事，但是她，面前这张精致苍白的脸，眼中真的饱含泪水。你有没有终于在我之前注意到什么？

你把她的头放到胸前。"人要对不幸福的人给予安慰。"

你在她的耳边低语,"就算是最恶毒的眼睛也知道。"你可别管我,继续这样,过你的生活。

我又跑偏了。这个可笑的、皮包骨头的老寡妇让自己的眼中泪水盈盈。呜呜。

锁链的创始人要是看见我的话,肯定会笑掉大牙(任何一个人看到我估计都会大笑几声)。想想,脾气最暴躁的老太太也开始感性了。我们是一体的,斯威尔。说起这个我自己都脸红,要是我的生命里还有可以用来脸红的东西的话。你这个固执的家伙,你的感情如此强烈,以至于超出了你自己,直接击中我身上最脆弱的部位。

那就让我(在我还记得的时候),告诉你伊亚的爱情故事。就像她告诉我的一样。就像神明,那些充满爱的家伙,呈现的一样。不,你会听到两个故事。因为伊亚的姐姐那时就像伊亚一样深陷其中,她们当时还是两个小女孩。伊亚有她的图勒斯,姐姐的那个我已经不记得了。你可别期待我的故事能讲得完美无瑕。

两个男孩兴高采烈地骑着摩托车。他们在什么夏令营,或者在出逃,我知道什么,你为什么要听所有的细节呢?那些东西重要吗?命运之神让这些女孩各自许一个愿望。伊亚那时还是个乐观的女孩,对,我说的就是现在给我的人生除尘的这个老母夜叉。但是那个时候,她想要幸福,她爱的人要开心,要愉悦,要无忧无虑,或者在上帝急着要答案的时候你会回答的那些词。她的姐姐,那个长得很漂亮的姑娘,低声下气地祈求(这只是我的想象),她低声下气地祈求神灵,让我的男友保持他英俊的外表吧!

结结巴巴,嘟嘟囔囔,有一个好处。没人会听。你在听吗，斯威尔？你当然不在。你只会想着那个又美丽又愉悦的尤物。卡蒂，而且说得还不是我，真是个例外。真期待这一刻可以一直持续下去。你们又推开了彼此，就像在学校教室里不小心撞到对方怀里一样心虚。那个男孩，一无所知，打开了门。为什么？真是太过分了！我一生中仅有的几个高光时刻，怎么会变成一出幼稚的喜剧？

你干掉了。不，我说的是你的咖啡。她给你讲关于儿子的记忆，你还记得花园里的墓吗？那个孩子还以为那是个陵。他没法想象要那么多水才能填满它，简直可以去游泳了。

你还是更想听伊亚和她姐姐的故事？再看到她们的男朋友是在事故之后。上帝听到了她们的祈祷。两个人的都听到了。图勒斯还是很开朗，无忧无虑，就是有点过头。他脑袋上的重击让他迅速变老。颅骨裂开一条缝，一点都不好玩，他老得比老头子还快。从那天开始就没有再明白别人的话，但他是快乐的，兴高采烈，几乎可以说是悲惨。

你们离开公寓，决定到花园里走走。为什么要这么着急呢？我在讲这么崇高的话题呢！不，另一个孩子当然没有得到更好的结局。一直昏迷，到现在还躺在那里。至少在我听故事的时候，我也没想到多问。他的美貌还在，面部光滑，一副孩子的样子，怎么可能已经四十了？英俊，但是神明不会满足我们一切，所以很遗憾，他英俊而无意识。神明们拥有恶魔一样的幽默感。

我就要讲到我的主题了。我派伊亚去，她没有绕很远的路，把装有磁带的信封投给了你。我有一种幼稚的迫切感，想要个听众，因为没人会听这个喃喃自语、腿脚不利索的老骨头架子说什么。一个听众，一个见证者，为了我能做的事。重要的是我的洞见，能这么说吗？我的启示？这我可不敢讲。我对恶魔罪恶的计划的紧密追踪有了结果。

他，对，我说的就是他，那个人们不能提起的他，那个没有完全消失的他，恰恰相反，他在灰暗的角落里扩张势力。他用他低沉的、雷鸣般的声音给选中的人以承诺。对，你们就是被选中的人，他深沉地说。你们要相信我，叫我耶和华。也可能是耶和威，他说得很模糊，相信我，这一点我太了解了。你们只应相信我，这样才能存活下去。给你们些吃的。他交谈过的人应该很多，其中有一些相信了他，响应他的召唤。在成功之后，他再去找另一帮人，那是几年之后，因为对他来说，几年的时间就是一瞬，就像我们喘气一样。另一群人，你们，只有你们，才是被选中的人，值得追随我。不久你们就会坐到我的身边，只有你们，有面包和酒。称我为神，广散消息，其他所有人都是异端，都是堕落之人。

我一直讲，他的闪电还没有击中我，他的权力也有界限。但是他的诡计，就是要让人类自相残杀，这样就没有必要行使他的权力。在还不够乱的时候，他又回来，找到第三群人，你们是被选中的人。我们都知道程序了。跪下，你们就能被保全。远离酒精，叫我安拉，其他所有人都犯了错误，应该被惩罚。

这样他就可以回到地狱里去，心满意足。回头看看，世界正在朝同一个方向走去。如此简单，只要七个不眠之夜。我走进恶魔的内心深处。一切如此明显，一个没知觉的老太太都能发现。他用的是诡辩，不是权力或者威胁，空洞的承诺效果最好。十字架，我们在下面蜷起身子。十字架，新月和星星，我们在下面嘲笑、痛恨、欺凌对方，受了他的骗。

一堆书，难闻的学术书籍，充满异端邪说，没有避开扫帚的袭击。现在掉下来了。暴脾气的伊亚，唰，唰。我开心地大笑。我在这儿的时候，您也要坐在这里驱魔吗？对老年人的尊重。我们还是得允许她说您。那个放屁虫会看到这些书的不幸遭遇。最大的羞辱是什么呢？是伊亚的扫帚还是我的亵渎？或者他会充满尊敬地躬下身来，我的妻子（他就是这样说话的），我的妻子在指引我？并不是。

你要做我的证人，斯威尔。卑微的、可怜的证人，跟他动用的摩西和其他那些高贵的人相比微不足道。但是你是我唯一的选择。所以接受吧。广散消息。

第四带

曾经每一个人都在孤独中出生，孤独中生活，孤独中死去。感谢锁链给这种生活画上了句点。

我们不再是单独的一个人，一个你，一个我。锁链把我们连成一个有机体，赋予我们共同的呼吸、共同的心跳。

那继续向我诉说，卡蒂，维塔，或者你真正的名字。

你知道我小心地跟随着你。维塔，你决定让我这样叫你。我很期待看你对我们之间这样直接的联系有什么反应。你有些傻眼。因为这个联系，但是更是因为这次联系的内容。

这件事的简单性毋庸置疑，你的洞见，维塔。世界上的很大一部分冲突和苦难都来源于信仰的不同。从恶魔的角度来说真是个简单的策略，这样让人类自相残杀。令人惊叹的想法。想得太多，你不得不按按太阳穴，因为想法互相冲撞，层出不穷。如果是我让你开始动脑子的话，我很高兴。但是与此同时这又违背所有的……违背所有的常识，是的。

你脑袋发晕，决定以后再想（当然了，你个懦夫。）因为这些磁带还有第三个后果。维塔,在这个时期,并不像你以为的那样紧紧地盯着你。你有点不确定,有点不相信自己。你怎么知道没了严厉的监视者,自己会干出什么事情。

你看着尼克,他一个人在办公室里,撸起袖子,在看一件很难的案子。他坐在电脑前面,屏幕上有张照片。当秘书进来传话的时候,他把她叫过来。"你来看,爱莎。"她别扭地穿着过高的高跟鞋,一点一点地走过来,他头都没抬。"好的。""你对这两张有什么想法?""恶心。"她看着那两张图片,上面是个小女孩,摆出挑逗的样子。"那当然,但是你看出区别了吗?""当然了,你为什么这么问?""其中一个是画,一个是照片。"

"妈呀。"爱莎弯下身子,好离屏幕再近一点。"这个应该是画的。"她指着左边那张。他咬住她送到嘴边的乳头。"正确,但是你不得不承认很难辨别。""令人惊叹。""恐怕咱们要撤回起诉书了,他很容易就可以说自己毫不知情。""至少他得到了一个警告。"她一扭一扭地往门边走去。

尼克继续专心致志地阅读另一份长文件,好几张照片都让他心生厌恶。

有几份物理学报道提出了关于量子时间的问题。乔安娜可以帮助你的那个问题。她现在多大了呢?应该刚到五十。你搜索了一下她的地址,确认她已经搬家了。很明显她成功地在霍勒森林正中央找到了一个住处,你还以为那里是强盗住的地方。你继续搜索,客车或者其他交通工具都不往那边开,太偏远了。你竟然有点想念起有车的日子。或者这可能只是个借口。你放弃了去找她的念头。

尼克阅读案件备忘录。嘴里重复着一句话:起诉驳回,证据不足。

在卫星频道播放的是一颗星球在零年时的图像，谁知道现在那里是什么年。你还是看物理报告吧。"时间量子串在空间里不存在，而是创造空间。时间是它们很有可能的冲撞的产物。"这个说法在正确的边缘，所以找不出一处错误，但也不够精确。你喝了一杯浓咖啡，给自己加把劲。

"……希望可以同外交部长的秘书通话。"尼克对着话筒说。"我是尼克·维尔德尔。"他等待的时候手里翻着一些明显是机密的文件。被问起密码时，他拿手遮着，确保你看不到。他孤身一人。

之前有过先例，一个位高权重的人很不谨慎，忘记了眼睛的存在，泄露了很重要的密码。尼克自己就是这个案子的起诉方律师。最后的判决是玩忽职守。

"我想得到一些关于海尔多·霍格的信息，是他在联合政府投票那段时期在外交部任职的信息。他的角色……好的，谢谢。对，那是伊亚曼时期。"那个听起来很干练的女性声音再次出现时，他已经把录音机设置好了。"你要的是关于海尔多·霍格的信息，阿斯特丽德和斯德拿·霍格的儿子？""是的，就是他。"

"这个描述很长。我通读一遍：一九八六年二月二十七日进行了关于欧洲联合政府，即欧联的公民投票，欧联系统能确保在共同体中开展进一步的合作，并以56.2%的选票优势通过提案。同一年十月，媒体报道说结果或许被篡改。接下来从一九八六年十一月到一九八七年四月揭露出了选举计票过程中的严重不寻常行为。内部信息显示真正的数据是大概55%的选民投票否决了该提案。真实的数据将永远不会公布，因为相关文件已被销毁。作为信息泄露的相关负责人之一,海尔多·霍格,一九五九年四月十四日出生,一九八七年七月迁住国外。正因如此,负责部门从未明确发声,外交部长自己那时也在调查中……"

"好的,非常感谢。我猜这些就够了。""不然的话你再打过来。""如果你这么乐于助人的话,能否行行好把这份报告加密发给我呢?内部文件也要。"就算是打电话,他的魅力都能穿透话筒。这个女人把话筒深情地埋进大腿。"那得明天了。""漂亮。我会记得你的,总是这么尽职。"

他把迷你磁带从录音机里取出来,在标签上写下一个数字,然后放到盒子里,塞进夹克的口袋。他呼叫爱莎,没过一会儿她就跌跌撞撞地走进来,脸上带着一个热情的微笑。

在这期间你意识到自己的交通问题可能有一个解决方法。你打过去,听到了她的声音:"卡蒂·霍格。"你什么话都没说,而是哼起了一支小曲,尾调上扬:"滴嗒滴滴嘟,嘟滴,嘟嘟嗒?[①]"

卡蒂笑了,她接过旋律继续唱下去:"好,我很愿意,对,我很愿意,我愿意跟你去森林里。"她的声音突然严肃起来(好像这会让计划泡汤一样),补充道:"但我可不是少女。"

"……突然对丹麦历史感兴趣了?"爱莎问。她把一大摞文件放到尼克面前。"我上高中的时候,不知道这些都是为了什么。"他说。"但是那个丑闻激起了我对法律的兴趣。"她点点头,往窗边走去。"我那个时候刚开始上学,只记得

---

① 应带有小曲《少女你要不要一起去森林》的曲调。

父亲十分愤怒。"

她看着窗外河边的人们。出于习惯她开始布置窗沿上的东西,一只大象,一只双颈瓶,形状像个望远镜,一只墨水瓶,一辆福特T型车模型。"谁会这么幸运,当上你的眼睛呢。"他暧昧地说。

她突然在那扇大窗户前定住,浑身都罩在阳光里,知道光线暴露了她的身材。她的脸红了,把摆件放下。当她离开办公室的时候,仿佛走着猫步的夏娃,身上只有几片叶子。

尼克的嘴中发出认可的声音,开始翻看《当代历史》。他徒劳地在名单中寻找海尔多·霍格。看到感兴趣的信息时,他就会在本子上把相关的地方记下来,写下笔记。

很妙的表述方式,夏娃的叶子。你进步了。谢谢,维塔。应该是尼克给了我灵感。我们都在充实彼此。谢谢。跟踪他之后我的念头才开始往那个方向走,走到那种程度。你自己对于那时候的事还记得什么?记忆很模糊。你不该再回顾一下?当然了。

你拿起手边那本很受欢迎的现代历史,想刷新一下记忆。你读到骗局被揭露出来,大家口中的艾尔门事件。这件事几乎被紧接着的动乱淹没了,犯罪率的大幅上涨带来严格的监察制度,制度引发了反抗和新的暴乱。反犯罪的战争由此打响,锁链系统建立,规则就是每个人都成为邻居的监护人。正面的影响让人出乎意料,而且不满很快消失,速度令人惊讶。一切都归于平静,只是第二次足球联赛的时候才又被一些骚乱打断。

"……说我会为了这个重新了解自己祖国的机会而喜出

望外。"你的司机说，她还在哼着《少女你要不要一起去森林》。"我很感激。"你说，她快速地向你递来一个微笑。"那个乔安娜是谁？"

你解释说那是你上学的时候一位很有启发性的老师。"如此有启发性以至于唤起了学生的欲望？"你说你们之间的关系很短、很匆忙。"那合法吗？""我们谁都没结婚，可以做我们想做的事。而且那是在锁链之前。没人看得到我们。没人八卦。""我的意思是：老师和学生？""我们都是成年人，不算什么。至少我们从来没有想过这个问题。"

你继续跟她讲，乔安娜是如何帮助那个害羞但是深陷其中的年轻人，怎样用一盘诱人的磁带帮你下定决心表白。那个故事你记得很清楚，但是那是真的，还是只不过是乔安娜对你施的骗局呢？

这个故事让她对你讲起了有一次在温室课上，老师想要勾引她的故事。那个老师给了她很大的压力，他威胁她说如果不答应就让她挂科。"禽兽！"你很生气。你是嫉妒。"那是在锁链之前吧？""当然了，我在锁链真正实施之前就走了。实际上就是因为你们在考虑那个系统。"她补充说自己最后设了个陷阱来揭露那个男人（她对此不是很自豪）。他因此被解雇了。"那是他自找的。""可能吧。你一直没有上完学？"

你告诉了她一件从未对别人说起的事情。你的眼睛有义务裁量。不是因为你对此感到羞耻，只是你搞不明白自己。学生时期你很长时间都花在物理学系的研读室里。一开始是一把扶手椅，坏了，你觉得反正是该扔的东西，不如带回家。所以你就把椅子拿了回去，修好了。但是其实你的房间里可以放下两把椅子。你是学生会的成员，有部里的钥匙。有一天你工作到很晚，然后就将另一把扶手椅放到行李箱里拉回了家。那是一段日常道德规范都在消失的日子。你觉得那只是对日常问题的一种解决方法。

再之后是一张小桌子。然后是办公椅。直到有一天晚上，一位老师很好奇，并且拒绝相信你的解释：你说你在遛椅子。事情友好地解决了，其实他们都算不上追究。但是你不得不放弃大学的学业。

"这也是体现锁链价值的一个很好的例子。"你用这来结束自己的故事。"那个时候，如果有锁链的话，我就会多一道自我约束，不受诱惑了。""因为自我约束力不够而放弃了一个很有前途的学业？"她的语气里充满同情，却又很沉重，好像脑子里在想些别的东西。

她的右手刚刚换完挡，放到了你的手上。接触时间不是很长，因为你的下巴突然奇痒无比。聪明。尽管你的眼睛已经表示会对你宽容，还有她的眼睛要考虑。

"说是有前途，我倒高兴能来这儿教书。我真的不是特别感兴趣，而且觉得大部分的功课都很繁重。唯一一个真正有趣的领域就是量子物理。""恰巧那就是乔安娜的领域？""就好像你能看透我似的。"

就在你讲述你那年轻又充满活力的老师时，更多的回忆涌现出来。她参与了一些实验，颇具争议。

"你看起来有点不确定。"卡蒂说。你倒是给她指出来她的车速马上就要超了。"记得有眼睛一直在看着你的车速表。""我给忘了，又忘了，唉……还好忘了。每次记起来我都浑身不舒服。"

你向她解释自己不确定的理由。你读到过一篇故事，是狄更斯的吗？反正讲的是一个老男人想要寻找以前的情人。在这些年里他经常会梦到那个女孩,但当他终于见到她的时候,却发现她已经变得粗鄙、庸俗、邋遢、无趣。最后老人伤心地回家了。

"所以你害怕我看到她会让你尴尬?"你又一次感觉到卡蒂直接看穿了你,比你喜欢的程度更深一些。"我想说的是:我害怕自己的梦都建立在假象之上。"

卡蒂害羞地说起她同使馆里一个男人有过的一段感情。"很虚幻,因为环境让人忘记肉体。很美妙,因为同周边的世界断绝了联系。"

"……或许你们制止了一位独裁者,"卡蒂的脾气上来了,"但是你们却为伊朗那位反对派的总理铺了路。""我们跟伊朗一点关系都没有。""你根本不知道,你们的行为引起了大家对西方多大的怨恨,或者说是一种恐惧,十分有理由的恐惧。本来关系在好转。但是你们给反对派打开了大门,以至于大家纷纷给那个烂人投票。所以我们才不得不从那里离开。"

她的怨恨溢于言表。你为什么没有说这也给了你们重逢的机会?她把那长长的金色秀发抛到后面。你没法不去看她,而她的注意力都放在路上。但是眼睛给了你力量。你们进了森林,现在你们寻找那条小路。你什么都没说,想要避开一触即发的争吵,但是她很明显有很多情感需要释放。

"我还不明白你们怎么能允许恋童癖合法。"她咧了咧嘴。"我们没有合法化恋童癖,正相反,我们削弱了其存在。""把国家变成拉皮条的,散发淫乱图片然后让群众坐下来一起撕毁……""你们那里是这么阐释的?""那你想怎么阐释？"

你想尽量冷静地把这件事描述得实事求是。因为这当然跟恋童癖没关系，而是关于那些在国内也引发了巨大争议的儿童不雅照。在锁链刚刚建立的时候，大家发现很多人，尤其是男人，喜欢或者说有看儿童不雅场面的需求。这对于男人们不会有什么损害，但是对那些做模特的孩子来说当然是毁灭性的。

卡蒂愤怒地点头，想要同你争论，但还是忍住了。后来大家就找到了国内最好的画家来画大量这方面的画像。当然不会用真正的模特，而是全凭想象画下来，最多会用一些已经存在的照片。

"就直说吧。把孩子们画成最低俗的样子，好色、淫秽、下贱、被嘲弄、被羞辱的样子。"她冷笑着。"让他们装出害怕的样子，备受折磨，或者极尽诱人，或者低声下气，骄傲，天真，只是为了让那些烂人获得最大的满足……"

"不知道的还以为你见过那些画儿呢！"你打断她。"我可没见过。""我读过相关的描述，对自己的祖国感到羞耻。你们真的会给申请的人寄去一沓画像？""他们会收到一些不一样的，这样就可以收集或者交换。要是有这样的需求的话。""你好像毫不在意。""这样的话有什么受害者呢？不会再有孩子去做摄影师的模特，这些照片不会再影响到他们。画家们因为这项令人恶心的工作也可以收到丰厚的报酬，没有怨言。那些蠢猪能够满足他们的需求，不用去犯罪。"

卡蒂坐在那里生闷气，没有回答，你正好可以继续往下说。"可能有过两三个特例，开始想要把自己的幻想应用于实际生活。但是他们都因为眼睛的存在，很早就被抓住了，感谢老天。而且毫无疑问这样的人要比以前少。所以这样做损害了谁的利益呢？"

卡蒂第一次无话可说，她的动作里充满了怒气。"可能对他们的灵魂有害！"她说，明显自己都觉得这个回答很牵强，所以没再继续，而只是气冲冲地说"所以你们已经魔法般地战胜了罪恶？""只是打赢了一仗。这场战役可是有很多个前线。"

你当然避开了从映像里看到的具体信息，但还是引用了尼克的一个论点"可能这个案例表明激起我们愤怒的根本不是对儿童的侵犯，而是我们自己的想象。想到丑陋的人坐在那里流口水——或者其他液体——面前摆着那种淫秽的画像。差不多像在旧时对儿童手淫的观点一样。人们并不会认为手淫会给他们的身体造成多大损害。但是大家却不能忍受那些天真的小孩子有如此污秽的想法。所以他们要把孩子吓退，要担任思想上的警察。"

"你们现在担任的是什么角色？"

你没来得及回答，因为她指向你们的目的地：一座田园诗般的小房子。

"老友来访！"这个满脸皱纹、披散着灰白头发的妇人重复道。"一个人住的时候，想到外面的世界还背着你运转，总是很困惑。"她仔仔细细地打量着你，好像在看一位曾经的爱人。

"你为什么住得这么偏？"你很难把这位老妇同自己曾经疯狂爱过的那位女教师联系起来。或者是她勾引了你？乔安娜面带微笑看着窗外。她暗示说，一切就在咫尺之外。"我的意思是：你在这儿进行一些有趣的研究？"

"监督系统实施之后，研究不得不进行了调整，那些时间实验。我不能忍受一直被一对眼睛盯着。理论上的考量当然没有放弃，而且我一个人完全可以独自实验。网络唾手可得，我还有那些功能强大的电脑，所以一存够钱我就搬到这里来了。你知道杰德教授死了吗？""部里的一个研究员。"你对卡蒂解释道。"不然他看起来好像永远也不会死。""可惜不是。不全是。我所有的一切都是从他那里继承来的。"

这个温和的女人感受到了你的反应，摇了摇头："不是，不是别的。我们差不多算是敌人。他想着我，我也很惊讶。他留给我一大笔钱。"她站在那间整齐的厨房里，开始准备一顿临时午餐。"杰德应该是觉得他的时间理论在我手里比较有前途，毕竟基础理论是他的。这些钱让我能够更深地往下挖。在这里，没有行政或者教学任务，还能远离年轻学生们电钻般的眼神。"

你开始摆桌子，这样卡蒂就不会感受到你的尴尬。"你是怎么开始对这个领域感兴趣的？时间研究？"幸好卡蒂开始问问题了。乔安娜谈起自己的哥哥,你之前从来没有听说过。他很年轻的时候遇到意外,一切都毁了。那个时候她只是一个小孩,崇拜着自己的大哥。他年轻,正在恋爱,对大自然里的一切都万分好奇,而且他总是那么风趣幽默。直到那场意外。那之后他就丧失了感觉和意识,天天像个老头一样闲逛。在摩托车飞出去的那一刻,就好像时间在那一刻把他生命中最美好的五十年一下子抽走了。

"图勒斯?"你脱口而出。"我跟你讲过他?"你想不起她什么时候告诉过你,但是立刻就想到了故事的出处。"没有,但是我见过他女朋友,伊亚。"你当然没有提起维塔的录音带。我十分感激。没人会揭发自己的眼睛。

"小时候我就想到了一个理论:应该有那么一个地方,藏着他被无情夺走的那些年。我就是想把它们找回来。""你还在寻找它们吗?"卡蒂小心地问。乔安娜惊讶地看着她。

"从某种程度上说是的,"她若有所思,"尽管我很久以前就放弃了。我现在研究的是另一些小插曲。""时间研究到底是什么?"

终于有人问这个问题了,乔安娜赶紧坐下来。"以前大家都以为可以直接按照直线的顺序回想过去,现在的时间是一个点,未来是延伸下去的一条线。你知道的。"她用牛奶在餐桌上画出一条直线,然后用一个点来代表现在。卡蒂点点头。"但是研究表明,一切并没有这么简单。时间其实是被量化的。"卡蒂摇了摇头,幼儿园老师马上就准备好了弥补她的无知。"时间是不连续的。也就是说是由极小的单位组成的,即时间量子。当人们开始测量一个普通的量子,或者说是粒子吧,这个时候就会发生坍塌。就好像这颗粒子在被测量的时候才决定它的位置。这个你以前可能听说过？人们在时间中也可能找到相似的坍塌。人们测量时间，以此来强迫时间选择一个位置，这样就可以改变时间的轨迹。一个非常小的偏差，但是足够让时间从直线延伸中偏离出去。或者说可以偏离出去。"

她用一根手指把那条牛奶画成的线慢慢扩散成一个范围。她把其中一条往上多画了一些，成了曲线。"我们现在暂且让过去摆在那里，但是未来是一条曲线。"她观察着听得很认真的卡蒂。"你们其实可以真实感受到这一点。"她说。"跟我来。"

她打开玄关处的一扇门。门后是一处台阶，通往地下室，你之前没有注意到。"请到我简陋的实验室来。"她说着开始往下走。

"我很高兴你找到了这样一位可爱的女性朋友，斯威尔。"她开着你的玩笑，然后打开楼梯上的灯。"不是女性朋友。"卡蒂赶紧说。"不是那种女性朋友。我是个正经的已婚女士。斯威尔只是好心，带我在祖国逛一逛。所幸锁链系统给了我们许可。"卡蒂微笑着，但是乔安娜那深邃的眼神还停留在她身上。

就连这个小实验室都很整洁，几乎一尘不染。床上小心叠起的被子让你想起乔安娜想问题的时候喜欢趴下来。那张硕大的桌子上，除了电脑外，只有几件不知做什么用的工具。

"我这里有三个完全精准的钟。"她解释道。"基于汞离子。让我们来叫它们甲和乙。"她指着墙上左边的两只钟。"然后这个我们称之为丙。"她继续像个幼儿园老师一样，指着最右边的那只。"现在！我开始给甲和丙读表。你们必须要相信我的话，这些表是十分精准的，而且完全同步。

现在它们要走上半个小时,差距才能显现出来。"

卡蒂对于参与这样一个真正的、高级的实验兴奋不已,这种情绪也传染到了你。她的双颊绯红,胸脯高耸。一撮头发挡住了她的视线,她立刻不耐烦地将其拨到一边。

"这期间请允许我离开。就像这些钟表一样,我这个老太太也需要规律作息。我在接下来的半个小时得出去走走,不然就没法享受午餐。而且我最喜欢一个人,这样可以保持头脑放松。你们肯定也能找到事做的。"

你迷茫地看着卡蒂,她正好奇地研究着桌子上的一个工具。

"首先我们要制造一个小的时间塌陷。我们在同一时刻停住甲的读表,然后看表乙。"乔安娜按下一个按钮,数字开始减少,一秒接一秒,毫秒指针飞快地转动。到零的时候灯闪了一下。被她称为甲的表上红色的标记熄灭,另一只上的则亮起。

"为了确保准确性,我不得不把这个地下室建得很私密,以防外界信号的干扰。"她解释说。"你自己可以试试,斯威尔。手机应该完全用不了了,没有任何信号。"

她把门关上的时候你才反应过来她话里的意思。你们听到她坚定的脚步声走上楼梯。

你感到眩晕。说出来……

没有支撑……

没有人在监督……

没人……

卡蒂到现在还没有明白……

你的身体现在是自己的……

只属于你。

你们时间观念很强的主人把你们带上台阶。她离开了正好半个小时。脸上带着散步之后的红晕,你们也不差。她身上带着三只表的数目,很快打印出来,你们刚来得及把毯子叠好。

"现在你把两个数字加起来,甲和乙。"乔安娜已经推开了一只盘子,这样她的老学生可以有地方做算数。她转向魅力四射的卡蒂。"你看得出来,我们用两种方法测量了时间。丙,一直都在走。算出来了吗,斯威尔?""三十二分钟四十七秒零……""我们关注的就是最后的小数。丙一直在走,甲走到时间被打断之前,乙在那之后继续。你发现了什么,斯威尔?""有零点一四纳米秒的差别。"你惊讶地说。"肯定是切换的时候不精确造成的。"

"我向你们保证,切换的时候没有任何不精确。这一点我已经试过无数次。没有任何中间的干扰性读取。要是时间是绝对线性的,那我们的丙肯定会同另两个相加得到的结果相同。因为乙在甲停下的时候就立刻开始计数。当甲乙相加比丙少不超过一百四十万亿分之一秒的时候,我们只能解释为时间跳跃了一丁点儿,就是因为我说的坍塌。不然结果肯定是一样的,甲加乙等于丙。你们要相信这一点,我已经做过最准确的实验。"

她哀求般地看着你们,请务必相信她,这是她作为研究员的尊严。"这样算的话我们每个小时都会有四分之一纳秒的不同步。当偏差为负的时候,即丙比甲乙相加大的时候时间线向内弯曲,形成一个双曲型的弧度。"

她在那条牛奶画成的线上演示起来,甲乙的线路走了个捷径，比丙那条线弯曲了一点。"如果差值为正，那么这个曲线为椭圆形。"她转向你，可惜你的眼里只有卡蒂。我有点担心你。我很好，维塔。简直太棒了。我看得出来。担心的就是这个。不是说你过得好，而是这一切太明显了。别人一打眼就看得出来。"非欧几里得空间很早之前就被发现了。"乔安娜继续说。她太兴奋，根本没有注意到客人之间发生的事。"但是我们现在才刚开始明白非欧几里得时间。"

她小心地把桌上的痕迹擦掉，然后邀请你们吃午饭。但是食物也没有打断她的论述。"我们刚刚见证的只是一个很小的时间坍塌，所以得到的也只是很微小的不同步，很快就会被均衡化。其实就算我们把实验再延长半个小时，结果也不会发生太大的变化。抱歉，要不然你们能探索的时间会更长。"

她冲着卡蒂微笑，而后者有点走神。但是你们的主人还是继续说："还有更加不同步的。通过对比不同但都精确的时间测量，我们可以往回看，找到曲线的规律。就好像冰川变化或者年轮一样。但是没法追溯很远，比冰川或年轮要短得多。我们能追踪到的最后一个大的时间灾难大概发生在二十年前。"

你终于醒了。"你是说在一九八五年发生了一次大的坍塌？""应该是八六年。""时间分为了两段？""严格来讲比两段要多。""那其他的不同步呢？我们没有感受到的？"乔安娜的笑声很有感染力。"你那些从来没有付诸实践的亲吻都哪里去了？"

卡蒂引用了一句比莉·荷莉戴的歌词，很类似，把你们俩都吓了一跳:"一个从未尝过的吻。被嗒嗒嗒①永远地浪费了。"那清亮的嗓音竟然可以变得如此低沉嘶哑,真是令人惊讶。就在短暂的一瞬间你突然听到了卡蒂,那个年老的、最初的卡蒂,或者说是维塔,那个腿脚不利索的维塔,声音在那个美丽的、双颊尚红的女孩身后响起。担当不起。收收你那到处乱飞的心。只是幻听。

午饭的时候,乔安娜谈起你上学时研究过的一个项目——指导老师就是她。你自己都忘了一大半。"举个例子,如果能找到一种方法把时间往回拨一周。完全删除在这七天里面发生的事,那该怎么证明这些事情真的发生过呢?""要是一切都被删除了,一干二净,当然就永远没法证明了。"

乔安娜有太多话要讲,不得不放下刀叉。"我本来也是这么想的。直到我发现了灵比方案。我这么叫它因为那是我在灵比图书馆做讲座之后想到的。一个男人出现,给我提出这个建议,然后在我找到他之前就消失了。""就像那七天一样无迹可寻?""下一段你可以不用听,卡蒂,你大概也不会感兴趣。"你们的主人礼貌地说,然后转向你:

"那个男人在他的日记里写道:每天十二点我会掷一次色子,而且只掷一次。第一次的时候是一月一日。那天如果我掷了个六,我就会在日记里写下:今天我扔了个六。然后他就过到了第二天。第二天中午他又掷,这次不是六了。那样的话他就把时间拨到下一周,少拨五分钟,然后再把时间拨回一周:删掉刚刚过去的那个星期,然后现在是一月二日差五分钟十二点。这样就正好有时间来准备掷

---

① 忘记歌词处的哼唱。

色子。如果还不是六,他就可以重复这个过程,往前拨一周差五分钟,然后再拨回来。直到终于成功了,这样他就可以写下:一月二日,我扔了个六。现在我们有了连续的两个,一日和二日。继续到第三天。还是一样的程序,直到出现一个六。今天,一月三日,我扔了个六。就这样,现在是七月二十日,他可以回看自己的日历,每一天,连着二百天,上面都写着他扔了六。没有撒谎,每一天也只掷了一次。连续两百个六。这不是什么证明,但是是发生了一连串时间回拨的有力证据。"

卡蒂看看你,又看看你们的主人。"我觉得我明白了。"她说。"但是这不是十分理论性的吗?"你的思绪还在别的地方,所以不得不承认这个案例没有给你提供什么线索。

剩下的午餐时间你们随意地聊着天。乔安娜说她实在不太适应有别人陪伴,所以你们的拜访让她有点累。她很直接,说自己需要睡午觉了。你在想要不要建议说你们可以去地下室里等,但是她好像不再那么热情。你们得走了。

"你不太记得那时的事了,对吧,斯威尔?"她在告别的时候说。"而且对这个也不再感兴趣了?"你不得不承认她说的对。

你在车里表现得肯定很疏远,因为卡蒂说:"你没理由觉得尴尬,斯威尔。她是个十分有魅力的女人,十分有趣而且专注。对那么多事情都感兴趣。而且很热情。"你感到她的脸稍稍红了一些。

你不如就承认吧。她反正会知道的。"我很震惊。"你说。"我没想到这件事会发展到这个地步。""我不明白你的意思。""你没看出她多么失望?想一想:她曾经爱过我,看到过我年轻又充满希望的样子。现在她发现我停滞不前,对什么都不感兴趣，空洞，无话可说，智商下降。我对她来说毫无价值。用她的眼睛看自己，我很不舒服。她有理由感到别扭。"

卡蒂沉默了，对你的话感到震惊。"你那个时候肯定是不同寻常的风趣，"她鼓励你，"如果我认识的你只是你真正人格的一部分反射的话，""是你人好，才这么说。"你回答道，急切地想要从她的身上寻求安慰。锁链又连起来了。你朝她伸出手去。如果你想要把一切毁了的话。

"你记得我们一起唱巴赫的时候吗？"你说。"我那个时候的位置可是比你逊色得多。"您除去世间的罪，她低声哼着。

"你说起一个男孩总是把调唱低八分之一。""对，我记得很清楚。"她笑起来。"听起来很糟糕。就在我后面，朝我的耳朵用假声嘶吼……""我就站在你的右后方……""……我永远也不会忘记他。个子很小，头发掉了一半。他大概是踮起脚才能凑到我的耳边……你说什么？"

你实际上站在右边，她就站在中间，你正要反驳。突然她的话传进耳朵，你开始明白了她的意思。她也明白了其中的意义："你以为……？斯威尔，你是不是总是妄自菲薄？"

呵！

"……我说的同情？""对。"她的目光没有从路上移开。"大家都在议论，最重要的原因是不是大家要把自己放到映像中……做那个自己追踪的人。或者是因为大家知道自己的眼睛一直在看着自己。实际上两部分都是前提。你有没有听说过人际交往障碍？"卡蒂摇了摇头，不想让自己被说服。她开着车,嘴巴抿成一条线。

"之前大家管这种人叫精神病,但感谢锁链的存在,现在国内已经几乎没有这种人了。因为大家现在不得不一直同自己的眼睛一起生活,活在自己的映像中,而且要设想眼睛一直看着自己。这让人收敛起来,知道自己永远是另一个人的观察对象,迫切地想要得到眼睛的认可,并通过这个学会了同情。尽管精神病是基因决定的,也可以纠正,因为现在大家都有了人工的脊柱支撑。锁链自行延伸。"

你停顿了一下,给她时间回答,但是她太专注于开车。"大家一直都知道,强烈粗暴的行恶之心不是突然形成的,一定需要时间来养成。开始的时候可能只是嘲笑别人,一些小恶,比如撒谎、欺诈和超速。如果能够及时抓住这些恶行,这些人永远也不会变成恶人。锁链给我们提供了在萌芽时期发现端倪的机会。制止他们,然后用一些积极的想法来替换行恶的念头,激发对别人的关心和对人类的兴趣。因为人们会逐渐把共情的能力用到周围环境中,不仅是只在锁链中来回穿梭。"

"所以还要感谢你的共情能力让你注意到乔安娜对你多失望?"她明显已经决定噤声了,却还是很友好地问。你抓住这个机会。"而且也是这种洞察力鞭策我改变,改善自我。"就像书上写的一样。说得很好。进步很快。

"……没有什么比看着自己监护的人遭遇不幸更痛苦的事了,就像自己做错了什么事情。因为本来应该是可以预见到的……共同世界的冲突……""共同世界?你不如直接跟我讲波斯语了。"

你现在讲得得心应手,因为你不久前刚读过一篇特写。

"大家没法再满足于把社会划分为社会领域和私人领域,在两者之间是我们所说的共同世界。那是我和维塔之间的一个空间,也是我和我的被监护人之间的。这加强了私人与共同的区别。"

"共同世界。"她又冷笑起来。"真是个优雅的词,来描述窥探者和被窥探者之间的关系。""你总是让这一切听起来这么消极。大家不会觉得这些眼睛的目光比体检时的医生更令人反感。""你以前提过这种说法……在自己的医生面前赤裸……"

"……想想我们是长锁链中的一节,多么神奇啊!所有人都联系在一起。"你和我,我们不可救药地捆绑在一起。"所以每次换组合的时候都好像一种国家节日。最后一天,有些悲伤的夜晚,大家会跟自己的旧眼睛和映像告别。第二天,当大家第一次看到自己新的密友时也一样。开始知道接下来的三个星期是什么在等着自己,一个节日,我们都在庆祝自己成为社会本身的一部分……"

"而不再有保持独立个体的需求?""这没有什么冲突。我们可以满足两面的需求……"继续。"你们都活在罩子里。"她继续愤怒地说。"因为你们知道每一个行为都会被捕捉到。每一个动作都被看到,被评论。这给生活加上了一层额外的意义,不再有无所谓的事情。"你在真理中沉溺。

"不再有真诚的、冲动的行为。"她抗议道,你没有注意到她声音中的迟疑。"永远都被那些睁大的眼睛盯着。""人变成了自己生活的演员……"

"……波及效应?""对,很多人都被自己的映像影响。

他们的品位，食物习惯，运动爱好，他们同人接触的模式。性爱模式也会传染，这个大家都知道。要是一个人的映像比较喜欢暴力性爱，那个人在那段时期也比较容易……"

"那我能推算出你目前的视线很……"她开始说。"嘘，别打断别人说话，"你抬高了声音，"我说的当然是夫妻之间或者自由无牵挂的人之间的性爱，那些自由的人，不会得罪眼睛。""我差点忘了。"她毫无戒备地低声说。"可能是因为我的眼睛一次也没有出现过……"谁想要在漫长无聊的路途中听单一的道德说教？

"我曾经，"你继续高声地讲话，"见过两个人好像喜欢同样的东西。可能是他们说话的方式一样，我确信他们一定在锁链中关系很近。可能没有直接的联系，但是从彼此那里得到了链接。""单一方向的传染？"卡蒂看起来已经从自己的错误中走了出来。"得到对方的启发。"

"……共同市场的问题解决了？"卡蒂问。"我在德黑兰听到的解释很奇怪。"你们之间的氛围放松下来，她还在开车，但是往后靠了一点。

"这样看的话很简单。我们成为一个共同体的话，当然要坚持同一个队伍。就像一九九〇年的世界杯足球赛，苏联队队员当时站在一面国旗下一样。那个时候就是如此，还有拉美共体。这样一来要求我们也选出一个代表、一个足球队当然是个合理要求。那些大国，像德国、英国、西班牙，当他们发现自己仅仅只能贡献一个队员，甚至可能一个都派不进国家队（或者叫联邦队）的时候，勃然大怒。这就是最后一根稻草。一切都土崩瓦解了。"

"所以我们得到的描述是正确的。是否还有别的原因?""当时国内有那场丑闻。就在投票前夕。""在乔安娜所说的那次时间塌陷之后?""对,在发现其他几个成员国的异常之后雪球越滚越大。""但……就因为一支足球队?""你自己也没法想象世界杯上没有一个意大利球员参加吧?试想一下……"

卡蒂开进了城里。你跟她解释说自己最好还是在这里下车,你的自行车还在学校里。你继续刚刚被打断的论述:"一种强烈的参与的需求。要被看到。被注意。""我们离开的时候大家都在讨论这件事。""现在的氛围要轻松得多。你能看到申请戏剧学院的人少了,很少有人想要表演,因为所有人都在台上,一直在。你能确定至少有一双眼睛注视着你。"卡蒂打了个冷战。

那深红色的丝绒晚礼服被尤妮穿得很美。紧致的身材扭动着穿过客厅。尼克拉上了窗帘。他那随意的慢跑服同女人的优雅形成了奇怪的对比。他小心地确保窗帘间没有缝隙，慢慢地调整边缘，直到他觉得不再有被偷窥的可能。他看都没看自己的妻子。

当尤妮想放音乐的时候，他摇摇头。她眼角的褶皱显示出对这次拒绝的困惑。她把那空空的播放器合上，机器发出失望的声音。小心盘起的头发让她的脖颈显露出来。她感受到他从后边打量着她，转过身来。

"我们可以谈谈。"她说，给尼克留下接话的机会。尼克把客厅的灯调暗。这时她在客厅中央站定，有点犹豫，好像一位不知道自己角色的演员。就在男人专注于调整灯光时，她理了理胸部紧绷的裙子。

他发现朝向公园的窗帘又露出一条缝隙，马上动作缓慢地又整理了一番。"不能让别人看到我们。"他没必要地加了一句。她对着自己想象中的观众轻轻地、犹豫地摆了摆手。

"你遇见他了？"他继续说。"没有。""我知道你找过他。"他的语调下滑，表示他没有想得到任何回答。"你想喝点什么吗？""不了，谢谢。""多蠢呀！你会需要喝点什么的。"

他拧开那盏聚光灯，灯光几乎就打在她站的地方。调整了光线之后他到厨房拿了一罐啤酒。回来的时候，她还站在原地，站在那被照亮的圆斑边缘。

"给你一杯水。你会喜欢的。"他说着把杯子放到她够得到的地方。他给自己倒上啤酒，擦掉嘴边的泡沫，满意地哼了一声。可能是对她外表的赞赏，因为他喝酒的时候一直用评判的眼光看着面前这丰满的躯体。

他又慢慢走到窗边，拖鞋嗒嗒地响。他若有所思，轻声哼着歌曲，打量着一群仙人掌。他拿起来的那盆很大，刺很长。他没有察觉，尤妮倒吸了一口气。当他把仙人掌拿进那片光斑的时候，她退到一边。"内裤脱掉了吗？"他一边问，一遍估摸着仙人掌的高度。明显太高了，他从扶手椅边拿过来一只低矮的马扎，放到光斑里，植物的正前面。

"还是脱了吧，"他看她没说话，"没理由把那漂亮的蕾丝染红了。"他要跪在地上才能把手伸到裙子下面。尤妮没有动，她那绷紧的腮部是唯一能表明她感受得到他的手的象征。这个跪姿费了他不少力气，起来之后甚至有点喘不过气。他不得不把另一只手也用上，她的嘴角抽动了一下，表明他的手已经到了地方。他站起来的时候脚都快抬不起来了。他尝试着嗅了嗅那和裙子颜色相搭的红色内裤，发出赞赏的声音，就好像品酒师刚刚闻到好酒一样。

他举起她的手，好像同她跳舞般地把她引到马扎上。他们现在四目相对。尽管他把脸挪到她的面前，她也没有眨眼。"那个好人海尔多说了什么？""我没有跟他……""唉。"他打断她的话，对他们接下来要经历的事情好像很厌倦。

他走到她的身后，把裙子掀起来，小心地把裙摆放到仙人掌的后面。"坐吧。"他殷勤地说。她咬着嘴唇，还是站着。"我让你坐下。"尽管语气强硬，尼克还是伸出手去给她支撑。她闭上了眼睛，慢慢弯下腿，为了在遇到阻碍的时候快速停下。但是真发生的时候她的脸还是痛苦地抽搐着。与此同时他专心于摆弄裙摆，让下摆装饰性地垂下来，完全藏住那盆植物。他冷漠地预估着她在这个紧绷的姿势上可以坚持多久。

"你去找海尔多，是想告诉他我们在调查他的案子？""没有。"他倒酒的时候啤酒的泡沫溢了出来，沿着杯壁滴下来，他厌烦地抱怨了一声，然后挑剔地用手帕把茶几上的几滴啤酒擦去。

汗滴在她的脖颈上凝成了珍珠状。"你坐着舒服吗？这可要花上些时辰。舒适性很重要。你去找他了吗？""我是正巧碰上他的。""海尔多？""海尔多。"他想用手帕擦掉她脖子上的汗珠。她不由自主地把头偏向一边。这样一动，她就有点失去腿部的平衡。往下坐了一点，她的眼角抽动起来。"哦对。你可不想沾上啤酒味，对吧？"

尼克对现在的结果非常满意，确信时间是最有效的手法。他慢慢走过去拿餐巾纸，撕下一张，充满关心地擦掉她脖子上的汗珠。

"你遇上了海尔多，对他说：'嗨，海尔多，多有趣啊，我丈夫正要调查你的案子。'""没有，我为什么要……？""我们完全不考虑你的动机。谁知道呢？我们只想知道你说了什么，做了什么。"尤妮的腿在发抖，她小心地往下蹲了一点。

"喝点水，"他注意到了，"我说过你会想喝的。"他把那杯满满的水递过去，这足以让她失去平衡。她接过来，但是他显然碰到了什么痛处，让她一下子反弹起来。"坐下。"他命令道。

她尝试着往下蹲，呻吟着，闭上眼睛，到了一个她能忍受的位置。现在她的太阳穴上都是汗。一滴滑过她精致的妆容。他小心地把那滴汗擦掉，然后走到另一侧，发现另一边也一样。他抹去那滴汗，没把这边的妆也弄花。

"我是按你说的去找他的。""我让你去了吗？"他惊讶地说。"你暗示说这是个好主意。""难以置信。你是怎么得到这个暗示的？""你担心他在搅什么浑水。""但是教唆你去找他？这我怎么也不可能答应。这可能会犯法。"

她的姿势还是太不方便，挪了挪，但只是变得更糟。他看着她的难处，然后伸出手想帮她调整到一个更能忍受的位置。她误会了他的意思，以为可以起身，他立刻愤怒地把手抽回来。没了他的支撑，她一屁股坐了下去，伴着压抑的尖叫声。"我的眼睛就是我的证人。"她低声道。

"你的眼睛。你们可能已经商量过了。""还有他的。海尔多的。""但是海尔多刚刚回国。你知道的。在组合形成之后。你不可能忘了吧？"

他充满爱意地把手放到她裸露的肩膀上。但是没有想到自己在上面使了太大劲。她低声地抱怨着。现在她的眼里充满了泪水。"你的眼睛，"她声音哽咽，"你的眼睛会看到这一幕。在某个时候。看到……上报……""我的眼睛有他自己的理解。"

他没有把手从尤妮的肩膀上挪开，相反，他似乎在拿走之前加重了手劲。与此同时，尤妮做了一个调侃的手部动作，你可以解读成两种意思。一种是她可以自己来处理，另一种是她在暗示这一切只是个游戏，你要是插进来就会出洋相，落成笑柄。

除非是他逼着她做的。他走向啤酒杯，喝了一大口，然后又充满活力地转身朝向自己的妻子。他注意到她的泪水，把水杯递过去。可就在她伸手去接的时候，他突然想起一件事，又把杯子抽了回来。"你是自己主动去找海尔多的？""我自己主动去找海尔多的。"她承认道。他奖励了她一口水。

他转身扯下几张餐巾纸。"我帮你把血擦一下吧？你会生气吗？""不用了，谢谢。""不行，让我擦干净。"他把膝盖跪在她的马扎上。当他拿着纸的手伸到裙子下面的时候，她不由得挪动了一下，伴着一声长长的低吟。他看不到目的地，只能伸出手蹭着她，她的皮肤明显变得很敏感。"这里也有？"他努力想把各处都擦干净，脸都憋红了。

纸上是大片鲜红的血迹，他稍犹豫了一下，把纸放到茶几上。她抗议般地扭开头，不看那个方向。"然后问他他在干什么？"他一边问一边整理裙摆，确保每一处都贴在地面上。之后他评判着，好像一位苛刻的舞台总监，想确定一切都赏心悦目。那被染得鲜红的纸显得格格不入，他把它扔进纸篓。"对了，这是在哪儿？我都不知道事发地点。"他漫不经心地说。

"在老城博物馆。我跟克姆在博物馆里逛，看到海尔多，我认出了他。我们点了点头。他说他就住在附近。""他点点头，二十年过去了，对你说我就住在附近？"尤妮直了直身子，明显是想要从一根恼人的刺上移开。他的手平稳地把她按下去。"那是后来，我们到游乐场去的时候。""我以为海尔多不再那么爱玩儿了？""我和克姆去的。他吃完了冰激凌，到过山车上坐了几圈。海尔多走过来，坐到我身边。""真是奇怪的场合。"

她恳求地看着他。"这有必要吗？"她低声说。"没有，但如果你的屁股一直疼的话，我建议你坦白。""我已经把一切都告诉你了。"

尼克打开抽屉,略加思索,拿起一把小剪刀。他现在散发出同在法庭上一样的精力。"你在公开的游乐场上,那么多人在身边,寻找一个你几乎不认识的人,然后把你丈夫正在进行的对他的私密调查告诉他,这不奇怪吗?"

他把剪刀拿到啤酒罐的旁边,又从那抽屉里选了一根针。打量之后又换了一根粗一点的。"不是这样的。不是的。"尤妮看着他的准备工作,低语道。她往下蹲了蹲,脸上几乎看不出痕迹。

他又从抽屉里拿出针和线,小心地把抽屉推进去。"我想要帮你。"她继续说。"我想知道他的计划是什么,会不会伤害你。伤害我们。"尼克专心地在穿线,都不一定在听。

"他会不会伤害我们?"他在妻子静默的时候问道。"你们那个时候把他逐出了国。""那个时候?""他带着对你们不利的信息,关于投票,关于造假。"线不肯听话。他带着一个抱歉的微笑——男人和针——把针线递给妻子:"你来?""有必……"她想说,但还是伸手接了过来。同时努力想要维持平衡,双腿颤抖,结果也没法把线穿过那小小的针孔。

"你要说?"她默默把针递给他。他又递过来一把剪刀,让她把线剪断。她不由得往前探出身子,发出一声忍痛的呻吟。"再长一点。"他命令道。尤妮的嘴唇在颤抖,却没有声音。

他把所有东西放到针旁,开始做总结。"你找到你年轻时的情人……""我那时只是个孩子。""我以为那是大学时期?""我刚上大学,崇拜他,但根本不认识他。""你找到你深爱过的老师:国内关于那次投票的材料很早以前就被销毁了。你应该没有从伊朗带回来什么会对我丈夫不利的材料吧?"

"不是这样的,你扭曲……"他向她伸出一只手,她感激地接过来,就在她寻求支撑的时候,他一脚把矮凳踢开,让她一屁股坐到那扎人的座垫上。尤妮已经放弃了表达自己的痛楚,发出一声怒吼。

"现在告诉我……"

"肯定特别有趣,"斯勒娃嫉妒地把一个包裹递给你。"包里的东西,给你的。**独处时打开**。你有什么秘密?"

你不情愿地关上映像,对包里装的是什么毫不怀疑。一双同样颤抖的手。"一个秘密的仰慕者。"你开玩笑道。"卡蒂对此怎么看?"

你很渴望谈论这件事。你承认自己陷得很深,眼前总是浮现她的身影。在车里,你汗如雨下,想触碰她的渴望就是如此强烈。她坐在那里,光彩照人,触不可及。你不得不一直讲话,分散自己的注意力。因为她已经结婚了,你们之间是不可能的。无望,无望,无望,可你还是忘不了她。

斯勒娃认真地听着。"你陷得太深。"她感同身受地说,在你身边坐下来,叹了一口气。"今天过得不好?"你问,然后朝她的胸口摸去。她拒绝了你。你又试着靠近她,"我说不。"她高声道,对你也是对自己的眼睛。

你当然撤了回来。"又开始了?"她瞥了一眼你的目镜,想缓解一下气氛。"你太疯狂了。"你点点头,承认她说的对。问问她监护的那个人,那个孤独的女孩。"你的……米切勒……怎么样了?""好些了。好多了。她安上了主天线之后一下就好多了，几乎一直开着，但是对我来说就没那么有意思。"

她还是很难过。你要帮她。"是工作不顺吗？""真是太不公平了。"她说。"我们今天接到了一个病人，吃了太多安眠药。要不是她的眼睛在……"

她在思考。最终决定可以告诉你事实，认为这不会违反沉默义务。"那个女孩赌输了。她醒过来之后告诉我的，她要同一个叙利亚男人结婚，伟大的爱情，决定试试运气。结果现在她不得不搬到叙利亚去！她对那里一无所知。太不公平了！"

"真倒霉，"你表示赞同，"但是这个秩序运行得不错。""是的，我知道，有效地限制了同居人数，但是……""她去试运气，因为他们真的想要搬到一起。这样就有一半的可能性是可以留在这里。""一半的风险去那荒野里结束生命。"

斯勒娃没办法接受这个想法。你们又探讨了一番，直到她疲惫地不愿再多谈。"你还是接受仰慕者的崇拜吧。"她说。

这次的包裹里只有一盘磁带。尽管已经很晚了，你还是决定听一听。

我是你口中的维塔。

你，这个可悲的四处爬行的斯威尔。就是你得到了我的消息，得到了我深远的见识，被我清晰的推理打败。把你的耳朵开了光。这些画面感，去他的吧，它们永远都在游荡，散发恶臭。你发现这见识如此简单，如此有力（你自己都这么说）。宗教是被创造出来的。创造之后，那个好人（或者我该说他是坏人），就安宁地离开了我们。让我们在自己的烂泥（还有他的唾液）中挣扎。

你看到了。你明白了。然后统统忘掉！

你就是我的命脉。只要这个铁架子还支撑着我，我就是幸福的。幸福，呵，我也听听这个词。我这个差劲、嘟嘟囔囔、浑身抽搐、无助、戴着假肢的人：幸福？这是从我大脑的垃圾场里拉出来的词。没了行动能力，我不抱怨，那不是我的使命。那样的话，我就不会来找你了。但是就算我动不了，我也要让你动起来，努力让你去交易。我带给你的，不会是短暂的经历。你睁大眼睛：多有趣啊，恶魔卑劣地在我们之间制造裂缝，真是搞笑。然后继续向前走，因为女人们排着队想要讨好你。在车里、在森林里同那位美人一起。你能这么做，是因为我给了你许可。记得。一切都是因为我闭上了眼睛，因为我，你的放纵才得以继续。你以为我看不到你在做什么？

你们找到的那个女人在桌子上用牛奶画着神秘的符号。多有趣。你在有趣的经历中徘徊。你们听着，偷瞄着对方。那长着小鹿般眼睛的长发女人（你的眼则像猎人一般，像初月一样）。在我的恩赐下。"时间是不连续的。"你们找到的预言家说,努力想让它听起来深刻一点。你们从这个虚假的先知身上吸吮金块。我,维塔,你的眼睛,也是不连续的。不然你早就遭殃了。但是我选中了你……

妈呀。我为什么就是走不出这片老生常谈的沼泽地呢?是谁在嘲笑我,让语言玩弄我?那就让我在这里跺脚,直到恶心得我把话喊出来为止。跺脚?我这双止不住颤抖的腿,跺脚?呵,真是新鲜玩意儿。奶奶的,你应该确保我的见识传播出去。明白吗?!

斯威尔,听好了。把你那些儿女情长忘掉一会儿。这件事很严肃。我动不了,比你还可怜。靠在七根绿色的金属条上。我已经找到了真理,能够拯救世界。对对对,我听得到。我的年龄让我有种愚笨的敏感。帮帮它。这很重要。你还在听吗?你们要是听我的话,正视我现在告诉你的,就会好受一点。地狱欺骗了你们。要是你听我的话,就把我放出来的废气传播开来。别去理会这些夸夸其谈,是语言在耍弄我。它们老旧了,所以到我嘴里的时候吱嘎作响。

动不了。我能怎么办?写下来?你也看到了我在信封上幼稚的笔迹,把我的真理清晰地用清秀的字迹写下来,呵!现在应该写了一行半了:拒绝。胡言乱语的老妇。请明白我现在很绝望,斯威尔。我的情形很绝望。所以我向你提出这个请求:我闭上眼睛,你打开耳朵——同我交易。我差点想说看在上帝的分上。看在这件事本身的分上。

现在那灰白头发的女人站起身(你们拜访的那个)。你们就在我的映像里。未来扭曲,她宣称。跟着她,她会给你们证明一切是怎么回事。非常……有趣……非常……有趣。

对不起，我那不能控制的腿兴奋地颤抖起来。碰到了按钮。打断了我们的对话。呵。我的独白。我的训导。

但还是听着。你们能省去半个世纪的战乱。我不知道那是多少暴力冲突。要是你听着，散播我的……呵，没词了，呵。没关系。几百次的争吵，上千次的冲突，乱石大战，焚烧女巫，焚烧猫，焚烧可疑之人，或者你们被恶魔诱导去干的那些事情。为了这个目标，你还不能把那些小姑娘的乐趣放一放吗？

走下台阶。幸好锁链让这一切可以实现，那个拿走我名字的卡蒂说。走到地下室里，有些眩晕……映像有些乱。这里有三只表。话也听不清楚。是我的行为产生了后果？锁链断开了？信号消失了。一片光亮。断开的声音还在屋里回荡：时间塌陷……精确的计算……

叮咚。叮咚。不是伊亚，不是伊亚的时间。叮咚。很不耐烦。叮。

有人来访。真是少有的荣幸，我不禁激动起来，很不习惯。跟个不会回答的磁带还可以相处。可他又回答我了。一个男人的身形，头发很乱，是我的七倍大。他说他只为了自己的兴趣做事。一进来就说。

一共两个人。另一个是我的眼睛。灰白头发，平淡无奇，只在眼镜片里有点光。她现在在听。但是完全能忍受听到关于自己的真相，如果听到真正丑陋的东西就闭上耳朵。她十分友好，甚至有点过了头。当然她现在也听得到我，而且明白我，这个年迈丧失了一半感知的我，需要重复讲述这次会面。我们欢庆的相聚。我不得不把发生的事给自己讲一遍，以便能明白发生了什么。重复三次，才能进到我的耳朵里。反正除此之外也没别的事可做，只能去研究生命中发生的那些小事。呼，唉，呜呜。

我当然没有放下映像。你们走上了台阶，女主人双颊绯红，你也是，卡蒂也是。女主人手里拿着一张纸。现在你集中精力，坐到餐桌旁。时间的谜团。我不在的时候发生了什么？你们欺骗了真知，我的图像。

我应该很孤独，她说，她想，那个灰白头发的女人。我应该梦想着有人来看我，所以她就来了。带来了一位朋友。哦，不是那种朋友，她赶紧补充说，好像我马上会误会她生活不检点一样。她的朋友，石头脸的肌肉男。应该是她的牧师。他们没有说明。但是语气如此。他们对那个占满了我的床的男人印象深刻。他的书籍，混乱地堆在我身边。她，面颊苍白，当时看到了我暴力地用拐杖把最上面的那些书扫荡下来。他的藏书，我说的是那个爱放屁的家伙，还提到了他的名字，那个肌肉脑袋知道他，说他很有名。十分荣幸。

讲了很多无关紧要的话，我跌跌撞撞，控制不住腿，嘟嘟囔囔，没有知觉的嘴。担起彼此的重负，看到别人受难、自己处优的开心，坐到这里来帮那些只能坐在这里寻求帮助的人。全是老生常谈，他坐在那里听，对，阿门。他想要双手紧握，可惜手指太粗，插不到一块儿。我一个人待着的时候就更唠叨了。

我关于那些重大事件的念头，不小心泄露了秘密。能做个探索的人真好，她的手伸向一摞书，尽管在这样一个年龄……本该躺在床上的年龄？我有些恼了。

探索，正是意义。但是也要在找到丑陋的事情时学会闭上眼睛。我，在寻找。我这小脑袋里有什么重要的想法？

瞎了的老母鸡，她可没这么说。一直嘟嘟囔囔，听起来好像讲的是真事，却会让旁人困惑起来。灰女士明白我已经迷失了。没有迷失，我从来没有这么清醒过，真相的瞬间——这个老不死的好得很呢。

肌肉脸插进来，缓慢地，盯着我的眼睛：信仰帮助了我们，支撑着人类，我们是如此弱小，一定要站在一起，不要决裂，那样会带来不幸，要一起建设。这样，这样，这样，他讲话就是如此，这个菜墩子。

拆穿谎言，我尖声道，被他的语言传染了。要坚持我们的基本思想，民主的思想，知道其他人也可能是对的。没有这个认知，给别人留空间听起来就很不合理，如果一个人片面地相信自己的观点，就不可能让别人参与进来。我就这样高声地背叛了自己。不知道他们听没听我的话，但是我知道他们没明白。

我在发抖。激动让我浑身都在发抖。再次激动起来。所以还是来看你吧，斯威尔。从我的伟大的事业，转到你的那些琐碎小事上。"如果差值为正，就叫椭圆形曲率。"那个女人解释道。她的手指穿过桌子上那条牛奶画成的线，改变了线的走向。

一定发生了什么。你看卡蒂的样子，她避开你目光的样子，不只是微不足道的欲望。是爱。货真价实，实打实的爱。没有什么能避开这堆老骨头锐利的目光。如此厚重清楚的爱，她的眼睛，卡蒂的还有乔安娜的，都不会忽视。有他们会叫来警卫的危险。你要学着去隐藏，斯威尔。隐藏，就是道理。在这个世界上。

你们在我不在的时候干了那件事！

回到我的客人身上。信仰，封闭，我说。信仰，不管自身是多么不堪一击,都会说:我相信我的信仰是唯一的真理。对这个世界是毁灭性的,或者我说的是社会?如此刺耳,我都没听清自己在说什么。但是这很必要。我是不是还希望自己的理论能说服他们?我说,每一种信仰都觉得有必要(不管是哪一种),强调其他所有的信仰是虚伪的,毫无根据的,是盲目崇拜,异端,异教徒,迷路之人,邪教。死亡,地狱还有放逐。

现在我们在对话,一点点地,平静地,没有激动,听着对方,听着我,思考,让自己被指引。还是倾听好,有价值的人在对话。继续下去。

我,这堆老骨头,已经找到了一个我觉得很重要的真理。相信我,这不是什么一闪而过的念头。斯威尔,你要做我的助手。过不了多久他们就会把我的力量收去。给我下药或者把我关起来,我知道什么。让我的毁灭性降低,别去摧毁别人的心灵。

我只有你。求求你,把其他的事情都放到一边吧。我当然知道(我不是自私的人,而且认为这是个很高的要求),你有别的事情去想。但是我已经揭发了恶魔,找到了恶魔的行径。这没有给你留下些印象吗?想要唤醒你还需要别的东西吗?

应该是把你们给忘了,她突然打断我,那个引着你的女人,突然唱起歌来。从未尝过的吻。她的声音变得苍老,颤抖着。时间跳跃?发生了什么?

把录像往回播一点"……较大的时间坍塌。通过保持不同的……"嘟嘟嘟,快进。你说:"那其他的不同步呢?我们没有感受到的?"乔安娜笑起来,变得年轻:"你那些从来没有付诸实践的亲吻都哪里去了？"另一个，卡蒂，自然显得老了，颤抖着："一个从未尝过……"哦，是这样。你痴迷地盯着她。你们被遗忘，你幻想着同她一起度过一生，看着她慢慢变老。你相信她的美如此惊艳，将永远不朽。对，早上好啊，斯威尔。

你很快从幻想中撤出来。继续，回到现在，你们的现在。我更喜欢看直播，在事情发生的时候跟踪你们。这里。你们的主人，她好像计划好的一样，说要把时间往回拨。扔色子。回拨。再扔。她要讲多久呢？

疙瘩头，又称菜墩子，还站在我面前。平静，安详，没有加快语速。还是平易近人，思维清晰。

现在面粉脸掺了进来。那是一个我们没法避开的重要导师。没有它，我们的人生会空洞无物。我们要携起手来，这总不会是错的。放弃信仰是一种堕落。就在她绞尽脑汁的时候，她的眼镜片一直冲我闪着光。

她成功地——这肯定不是她的目的，可能正相反——但是她成功地让我又一次放弃了。我低声地把自己心里的意见说了出来：这是最可怕的两面派。人们嘴上说着：要爱彼此，所有人都是一样的，基层最伟大。而在心里却想着：我的看法是对的，不赞同的人都是异端，堕落，邪教，虚假。诅咒，辱骂。双面的伪君子。

我又说了一遍吗？全是冗长的废话，还是我在这里才开始讲这些东西？我的胡言合集。但是不管怎样，这还是会让我激动起来，唤醒我沉睡的兴奋。你们的伪善：要善待彼此，要是你不相信同我一样的东西：永远被火烧，被咒骂，咬牙切齿。真是为善的一种好方法。

我把他们赶了出去，从对屈辱语言的自我救赎中赶了出去。但是他们恐怕不再好心，不再像他们来的时候那样善意，那两个好人。拒绝听你的胡言，那个面粉脸尖着嗓子喊道，拒绝让耳朵被那种东西污染。愿她心中安定。我害怕时间不多了，斯威尔，你听到了吗？

你在车里。没有把眼睛从开车的她身上移开。你如此心焦，不得不通过说话来制止自己。讲假唱。她笑起来，说曾经知道一个男孩如此。

当然这对你来说很重要，斯威尔。你要过你的生活。但是你那空空如也的脑袋里真的塞不下一些更重要的事情吗？更伟大的事情。之后我再不会打扰你。跑到山上，吼出来。上帝未死，就像他们说的。他是化了妆的恶魔。呵，这话。

斯威尔，榆木脑袋，听好了。我闭上我的眼睛，如果你愿意开启你的力量，这是我们的约定。在他们来打断我，切断我们之间的一切联系之前。

"踮着脚尖靠近我……"她说，这个无法抗拒的女人。"你说什么？"她说，这个诱人的女人。"斯威尔，你是不是总是妄自菲薄？"呵。

斯威尔，一切在你的手上。

第五带

我不再是一个我,而是一个我们中的一分子。因为在我的前面是锁链,在我的后面也是锁链。只要每个人都参与,眼睛积极地看着自己的映像,映像努力为自己的眼睛变得有趣,我们就会组成一条切不断的集合。

卡蒂,维塔,你有很多名字,但是你也不是一个我,而是庞大的我们中的一员。让我们一起消灭我们中间的那些癌细胞,制止那些异常。

每次她走进自己那狭小却异常温馨的公寓,都会感激锁链,因为它,她的门不再需要装上三重保险,之前犯罪分子无法无天的时候,那可是十分必要的。作为感激,她会向屋子里送出一个友好的手势,朝那个她确认眼睛能捕捉到的地方,那个没有去打击罪恶,却能保证她安全的眼睛。她不知道现在是谁在担任她的眼睛,但是她喜欢把那个人想象成一位和善的老人,就像她那乐于助人却已去世的舅舅。

她把夹克挂到玄关的衣架上,然后直接把注意力转向目镜,以确保那孤独的老妇已经从不速之客引起的癫疯中恢复过来。看到她站着,或者更准确地说是挂在那设计巧妙的手推椅上,她平静下来。就是这把手推椅,让老妇能够慢慢地在那硕大的公寓里游走。

幸好在她同温文尔雅的霍宁森先生提起这位无助的女士后,他坚持要同她一起去。因为她不得不承认,这位老妇可不是个话少的人。但这远远不足以让她生气,只是老妇的言语远不像一位受人敬仰的教授的遗孀(霍宁森先生提到他的名字时都充满尊重),倒是更像个伙夫。在几个组合之前,她曾有幸跟踪过一位泥水匠,不是伙夫,但他的语言倒是同眼前这位残疾的女士有些相似。如此不幸,这个女人应该已经刀枪不入了。所以最后她不再说话,觉得自己有理由保护耳膜不受那些脏话的污染,更别提那些话中涵盖的污秽思想。

尽管有区别,她和那个泥水匠之间还是建立了强烈的联系,锁链又一次开阔了她的眼界,丰富了她的经历。这是她很珍惜的一种对比。她在一个小城长大的童年回忆常常被唤起,那是一个连县城都称不上的地方,就在德国人占领丹麦之后。有的时候,她觉得自己童年时那种对别人的信任之心,还有对不同的社会群体的尊重和感同身受,都要感谢锁链才回到了自己身上。

但愿她的来访在开始的激动过去之后,也丰富了那位无助的老妇的生活。其实老妇很符合她那特殊的新工作。永远都在嘟囔,有的时候她那可怜的身体状况不可避免会带来一些特殊词汇,也可以理解。老妇在一沓像信件的纸中寻找。这个行为因为她严重受限的行动范围变得更加困难。

……恐怕他的回答充满了蔑视。不,别以为我变得卑躬屈膝了。我可不怕搅乱他的睡眠,他大可因为我而睁大眼睛直到半夜。但是我害怕绊倒自己。呵呵,如果你看到我这双不受控制的腿,你就会赞美我的幽默了。

他蔑视地说他会丢下我。不是这个词,我怕他从字面上理解。他和他的使者们,我就是说那种人,正在把我们的生活变成一份硕大的烂周报。本周最幸福的残疾人,我!来世还在做冥想。呵!剪成一份,通通扔了吧!全是闪着珠光的假话!

监视我。他在监视我。那是春天的事了。三月。四月?要不是我把那本日历扔了,肯定可以找到到底是什么时候。有什么用?你们的组合,当时应该是第四个或者第五个。一封信,上面的字很工整,应该就在这里,我从不扔信。很荣幸当时能够做我的眼睛。就是这种话。感觉有趣,什么当地的广播台,亲民电台,就是这个名字。让我的人生故事得以流传,呵。用我那令人流口水的命运来充实听众。呵!

你躺在床上。没有什么生命迹象,至少没有喘气的迹象。你听了我的磁带之后跳了起来?准备好回应我那谦卑的祷告?不,是要求,我那令人无法抗拒的要求。你转到另一边:阿门,永远。哦,你开始打哈欠,恶魔统治着我们,哈,多有趣。她是这么说的,那个老废物。然后继续睡,梦着那金色头发不可触及的天使。

你不管怎样至少可以给我一些联系。你没力气。我意识到自己选了一个错误的人,高估了你,给你的任务太重。如此愚蠢,以为你的能力足够。给我一些联系,在那灰白头发的女人在我嘴上贴上胶布之前。她觉得这是为了我好,因为这样口水就不会再流下来了,一条胶带就能管住这个只会抱怨的抖腿老太太。

你，你终于站起来了。那两条腿还能支撑你，真好。站到设备前面。你永远都不会厌烦窥视别人的人生吗？不如过过自己的？对对，我也一样，半斤八两，半斤八两。看看我的腿，你个懦夫。我要是有你的力气，呵，不是象征，要是腿上真还有一点血的话，一切都会大不一样。

站定，搬进另一个人的生活，这就是你干的事情。

你的脑子里一团乱麻，几乎都掌控不住了。卡蒂一刻也没有离开你，尽管你一直想把她从脑子里赶出去。你们分别的时候没有肢体接触，只有她那含蓄的微笑，好像在乔安娜家发生的事情已经被删除了，因为你们即使是握手都会暴露在那里发生的一切。

永远不去联系她。太危险，太明显，会毁掉一切。永不再见卡蒂。你们没有出路。从大脑中删除。乔安娜的地下室，那天堂里的半个时辰。半个小时没有陌生人看着的时间，没有陌生的眼睛盯着。那不道德的幸福。从脑中删除。

乔安娜的地下室。她关于时间塌陷的解释，时间分解，她是这么说的吗？约克会需要一个明确的解释。你还是对她犀利的目光感到羞辱。就好像她看穿了你，难以找到当初她爱上的那个人。因为他已经不在了。有什么时间坍塌能解释面前这个懦夫的形成呢？

你的眼睛应该一直是这样看你的吧？一棵没精神的白菜。你不明白这有多重要吗？我会明白的，你低声说。但是还有些别的事情。还有比找到真相更重要的事情？每件事都需要时间。维塔说的是一个重要的真相：民主的思想和宗教信仰之间可怕的差异。前者的基础是：其他人的意见可能是对的，所以他的声音也应该被听到。信仰，却不可避免地得出结论：其他人肯定错了，是异端，是堕落，是邪教。几乎比我的表述还好。谢谢，维塔。这个想法十分惊人。但是还有别的……

还有你的映像要关心。你把尤妮留在了一个完全可以说是痛苦的情景中。这个记忆让你起了床。你本来躺在那里，享受着想象自己是锁链里离你最近的邻居，同时听着磁带。但是对尤妮命运的担忧让你起身。

卡尔难以置信地盯着自己的球杆。

尼克背对着他。他看着天边，低声地吹着口哨。"海勒对取消这事很遗憾。"卡尔说。但是尼克已经开始往前走。"尤妮的情况严重吗？""我猜是大腿拉伤了。你懂的。"

尤妮赤裸的臀部袒露在他眼前。他拿着镊子小心地把一根离敏感地带很近的刺拔掉。尤妮低声呻吟着。"海勒打不成羽毛球很懊恼。"卡尔一直落在朋友后面几步。"她的身材其实保持得不错。""她"上面多加了一些分量。

又是一个美丽的早晨，今年的夏天迟迟不肯离去。"她碰上了海尔多。"尼克继续说，脑中仍是妻子那不舒服的姿势。应该很锻炼大腿肌肉吧。

"海尔多？"卡尔终于听清了名字。他努力想让朋友注意到他总是走在前面几米，还一直面朝前方讲话的坏习惯。他自己不得不一直支着耳朵，才听得见尼克的话。

"海尔多。"尼克头都没转，确认道。"有趣。""她上大学的时候跟他在一起。"卡尔点点头，好像这就解释了整个巧合。"他暗示说他还没完事。"尼克终于有些同情这位大块头的朋友,停下来等他。卡尔的脸开始变红了。

"他暗示要继续。""他的眼睛怎么说?""他的眼睛?""他手里有材料?""他的眼睛?他可是刚刚回来。""哦,对。"卡尔点点头,好像一切都解释清了。"他才回来。"

卡尔转身朝向太阳。一边喘着粗气,一边夸张地享受着阳光。"我的映像让我睡不着觉,"他的朋友已经继续往前,"你每天花多长时间啊?"

"看我的映像?啊,那不一定。"尼克无奈地站到朋友身边,吸收着阳光。"我现在的是个年轻女士。第三代或者第四代。在超市上货。她管自己叫货架补货员。""没什么意思?""唉,我不知道。看得很快。但是有种真实的生活感,不像我自己。"

卡尔还站在泛光机般投射出来的阳光中。"所以你也知道那种好像自己是演员的感觉?""当然了。我认识的所有人都知道。""跟她的不同,是吗?你的货架补货员。""至少她的丰富很让人吃惊。我是说她的想象力。""听起来很振奋人心。""怎么说也是一种经历。一种强大的设身处地的能力。行了,我们现在又不是躺在沙滩上。"

尼克用球杆拍打了几次自己的腿。朋友好几次都暗示说这个游戏不该带来压力。但是他们的姿势渐渐变得有些矫情。尼克开始走的时候,卡尔试着赶上他:"那老婆呢?""老婆?你说海尔多的?""他的小娇妻。她的眼睛呢?""她和他一起回来的。"卡尔明白了,点点头。"能不能威胁她?我的意思是从她嘴里套出什么话?"

尼克耸了耸肩。他开始看自己的映像。那种能够控制她的感觉还是会让他难以相信。就好像他掌控着她。很不起眼,很乏味,但是他(几乎可以说是很不情愿地)还是对她产生了浓烈的兴趣。可能就是因为她如此普通。在表面上。

她差点疯掉。

八罐低脂牛奶,四罐白脱牛奶,四瓶果味酸奶。如此不同,却仍然不出意外。有时是六罐低脂,有时是九罐。但是不会发生太大的变动。如此不同,却还是猜得八九不离十。没什么大的改变。当然到了节假日的时候,或者在暖和的日子里会卖掉更多的牛奶甜点。不过还是令人惊讶,因为就连这都是可以预测的。只要抬头看一下货架:外面应该阳光明媚。为什么呢?四罐牛奶甜点已经卖掉了。

那高大的、走路摇摇晃晃的老人肯定是跟老婆吵架了。他友善地点点头。今天格外的友善。他要证明他不是一个臭脾气的老男人。不是为了老婆,她没来。她几乎从来都不一起来,尤其不会在周日。她在家里看报纸填猜词游戏。所以是为了向他自己证明。看看:一点脾气都没有。

推着婴儿车的年轻夫妇。孩子两岁,最多三岁。小孩的年龄总是难猜。他们没有任何目光交流。但是也没有什么隔阂。不是因为吵了架,但也不是那种"晨间散步真是美好啊"的感觉。是另一种氛围。他觉得她考虑得太久。有些不耐烦,但并不是因为这个。她心知肚明,却还是把冷冻鸡肉又翻看了一遍,其实心里早已经决定了。她应该是在给他施压,想逼他上床。他晚上看了色情电影,一个人,所以不是很有兴趣。而当他终于被点燃的时候,孩子来了,搅黄了。又烦又松了一口气。她都知道。或者不确定,但是知道应该是这种事情。

疯掉，她这样描述自己。其实更多的是惊讶。人们心里怀着那么多事情，由不同部分组成，希望，恐惧，没有人脑子里是完全空白的，都是令人震惊的想法。

是锁链让她认识到这一点。之前大家看不到彼此，所有人都这么说。年老的一辈尝试过那种感觉。那么多客人，每个人都有整整一辈子，但同时也被自己的眼睛影响。这点她毫不怀疑。之前她看到过他们争吵，是谁先发火，或者像大家说的丧失了理智。是谁总是嘲讽对方。

这段时间更多的是他们的性爱。好像他们的性思想控制住了大脑，显露出来。还有多少人脑子里一直是这些东西？肯定受到了眼睛的压力，或者被眼睛影响。

一位漂亮的金发女郎。她就算不打招呼也不显得鲁莽。她在够货架最上面的一层，一条腿翘了起来。燕麦不应该放得那么高。她在想着自己的眼睛。腿翘起来，也是为了她的眼睛。他们有联系，希望关系能进一步加深。生活在想象之中。

美妙的经历。你是尼克。你在她的体内。通过你的感同身受，你是她，那个超市里的女孩。你在她体内。继续，通过她你能接触到更多的人，她的顾客。你在很长一段美妙时光里不再是你自己。你是一个硕大的有机体里渺小却充满意义的一分子。

其他的一切都是噪声，都是叨扰。躲起来的那些因素，是抑制有机体发展的陌生机体。乔安娜，还有她那可怕的地下室，带着蔑视看着现在的你的乔安娜。她不过是一个麻烦的因素，应该被消灭或者同化。维塔想要破坏锁链，有害，但应该可以被制止，没法引发伤害。卡蒂，系统的陌生人，进来之后拒绝成为有机体的一部分，是陌生细胞，有破坏性、溶解性。应该被驱逐。

一个念头在你的脑子里觉醒。其实它一直都在，只是你沉浸在自己的幻想之中。况且你还在试图忘掉她，忘掉卡蒂，知道一切不会有结果。把她赶出去。从这个反正她拒绝融入的社会中赶出去。一个累赘。

脑子中的这个想法让你头晕起来。你能感觉到她也很兴奋，那个住进来的女孩，她也没有反对你脑子里的想法。你跳起来的时候腿有些软。手指抖到差点按不出正确的号码。

"卡蒂·霍格。""卡蒂，是我。斯威尔。你在家吗？"笑声，她的笑声。"你觉得你是给哪里打的？""哦对，你当然在家。你一个人吗？""我们……应该努力忘记……对，海尔多和孩子们去哥本哈根了。""留在那里。待在家。一个人……等一下。"

你疯跑上山坡的时候，之前听到的那句话又回到脑中。她和他一起到的。卡尔点了点头，明白了尼克的话。他明白了什么？那她的眼睛呢？是这句话。之前还有个暗示，在前一个晚上，那个时候你还蒙在鼓里。你知道海尔多是在我们换了组合之后才回来的。就在尼克对妻子说的那句话里。就在他进行那场尴尬的审问的时候。你没有多想，而是被他们的游戏深深吸引。

这条路从来没有这么漫长。你不会做什么冲动的事情吧？维塔，相信我。你要相信我，我要去做的事情，是我最有理由去做的事情。你突发奇想做的事情很少有好结果。维塔，老骨头，这不是手推椅，这是自行车。上面坐的是个强壮的年轻（比你年轻）的人。气喘吁吁。

你上楼梯的时候眩晕感又回来了。电梯对你的幽闭恐惧症来说难以承受,但是台阶对你刚获得的自由来说也同样沉重。没有支撑你的东西。走在走廊上,朝向她的门,你的双腿在颤抖。不要倒下。要是再被发现晕倒在门口就太傻了。坏习惯。我这次不会再给她打电话告诉她了。

她打开门的时候,你的手正放在门把手上,喘着粗气。她应该看到了你来。还是那么让你措手不及的美丽。"卡蒂。""斯威尔。不会成功的……这太引人注意了……我们两个。我们说好了的……你要不要进来,别让人看到……"她本来要说看到我们。想到关上门也没有避开别人的目光,她咬住了嘴唇。

"谢谢,卡蒂。就告诉我一件事,你的映像怎么样?"她的目光表明她明白你来干什么了。她被抓疼了,但你就要发疯。"你被安排去跟踪的。"你看到她疑惑的样子,解释道。"你在目镜里看到的那个。你的映像。"

她摇了摇头,但是微笑显示她又一次有点明白了你的目的。"我还没适应你们的用语。我的映像。我以为这些不能跟别人说。""可以说得普遍一些。只要不透露私人信息就可以。""所以你的意思是说……一个中年男人,比我们大一点。某种办公室的工作。短发,戴眼镜……我几乎没有跟踪他。我没法接受。我总是感觉自己像个便宜的妓女……偷窥狂……"

"你跟踪他的时候有没有发生什么?他有没有跟自己的眼睛联系?""他自己的眼睛?但那就是我啊。对,哦对。有一天他忘了一些文件。一个很重要的文件夹,要用的时候却找不到了。所以他就请自己的眼睛回看录像去找。他知道自己前一天还拿出来看了那些文件。"卡蒂还是不知道你想听的是什么，但是被你的目光激励着继续说："我不知道怎么……科技太新了。但是他的眼睛，他的另一只眼睛过一会儿给他打了电话。一位老太太，偷笑着。说他把写字板放到文件上面了……"

"卡蒂，卡蒂。"你把头埋进她的脖颈。她反抗着，已经开始害怕不合适的接触。你双手捧着她的脸颊。她的嘴唇抽动着，想要挣脱，别让这给人看见。但是你把她拥入怀里。亲吻她。

没过多久，反正也无力回天了，她选择顺从，回应你的爱抚。不只是个吻。不只是……

"你不能再这样给我惊喜了，"卡蒂说。你不能再这样给我惊喜了。她在床上伸展着身子。"不过也行。如果你下次还这么好的话。"我是不是回来得太早了？维塔，没关系。至少这一次。你应该告诉我一声的。我差点没像我承诺的那样闭上眼睛，差点打个电话来打扰你们，然后自责。这一次你终于比我这个多话的老太太快了一步。我以为你就要为了自己不顾一切了。

"你在想什么，斯威尔？我能感觉到你在想它。你跟我躺在床上却在跟眼睛聊天？进入你们被诅咒的羁绊中？你是想让我嫉妒吗？"卡蒂没有多想，掀开被子，好像古典电影中的一帧。"她答应我闭上眼睛的。"

"你跟她有过联系吗？我是说真正的联系。还是这也是你想象出来的？"卡蒂的语气变得不确定起来。"她答应我，不管怎样，对我们的关系闭上眼睛。这就是原因……我能够触摸你、亲吻你，把你扑倒，扔到床上的其中一个原因……"

"你不用继续说细节了。我很喜欢。但是别讲出来。我还没有习惯过去的二十年间变得常用的那个词。其中一个原因？"你打量着她。现在那个陡峭的山坡不再是让你眩晕的理由，也不是那种突然丧失支撑的奇怪感觉，而是她的目光。很警觉，因为她不知道发生了什么，很深情，因为她单独同你在一起。同你！

单独。

"当你回来的时候，我们刚开始了这次组合。也就是说锁链已经连接好了。每个人都得到了自己的映像，也匹配到了眼睛。现在你从外国回来。""进到了组合里。"

"并没有。新加进一节对于锁链系统来说干扰性太大。那两个被拆散的组合会感觉迷失,或者感觉自己被欺骗,因为他们要放弃已经建立起来的联系。所以问题的解决方法就是把你,这个新来的,放到已有的一个组合中。所以你的映像其实本来已经有了自己的眼睛。通常来说大家不会感觉到异常。"

"我的眼睛之前也已经在跟踪别的人了?""这个没办法达成。因为要是同时跟踪两个人的话就无法达到正常的跟踪效果。""所以……没人?没有人在监视我?""不过足以让你相信有一个人。""所以?"卡蒂开始明白了自己的自由,"所以现在你接到的吻都只属于你一个人。"

她再次喘过气来的时候,继续说:"假设她会有时间闭上眼睛的话。那个老卡蒂,你走来走去背着我跟她低声细语的老卡蒂。要是她像你说的那么老,那么谨慎的话,她现在至少已经得到了一个信号,如果看到了什么让她睡不着的事情,就是她自己的问题了。"她慢慢地,慢慢地贴近你的身子,在你身上瘫软下来。你任由一切发生。呵。

你在阳台上坐下来,享受着植物园的景色,城市在植物园后面铺展开来。卡蒂穿着一件无趣的浴袍。所有人都看得到你们,毫无遮拦。没有人能看到你们。

"这真令人震惊,"你说,"一次无法描述的经历。你还记得我们见面的时候你说的话吗?"卡蒂抿起嘴巴,她或许知道答案,但是更想听它从你的嘴里说出来。你看着她陷进座椅里,选择让句子在你们中间缓缓飘荡。正看着一个十五年来都没被陌生男人看过的女人。

"现在我也能说出同样的惊人之语了,"你补充道,"十五年来我第一次同别人亲密地交谈。第一次知道没有陌生人听得到的交谈。十五年来我第一次同另一个女人待在一起,没有别人的监视。我不该觉得头晕目眩吗?"

她把手放到你的手上。你的身体僵硬了几秒,然后接受了这爱的表示。可能这次接触会被公园里一位视力很好的男人看到。如果这接触不被允许,他会觉得眼睛应该介入,但这几乎不可能发生。他才不会知道卡蒂只是松散的一环,还没有被加到锁链里来,没有人监视。而且他也不会知道,那个老太太维塔,诅咒同锁链有关的一切,她才不会去报告这件事,因为那样她就会被判定为精神不正常,被关起来。她痛恨系统,准备好了破坏它。迄今为止,能给自己的念头留些空间还是很让你兴奋。因为以前你知道自己一直被监视的时候,总会记得把自己的念头挤开一样。对我来说也一样无比轻松。我现在才意识到我们一直在怎样的束缚中生活。

"就好像我终于脱下了束身衣。"你边说边感受自己是否能够承受自由的感觉。"你知道当你跟一群人待在一起,然后终于回到家关上门,一个人时的那种轻松感吗?你知道,我却差不多不记得了。因为我十五年都住在一个被打劫的房子里。每天。"

卡蒂皱起眉头。就连这个姿势,这美丽的皱眉,都是你的,只属于你。这一刻,没有人可以从你这里夺走。

"我记得曾经认识的一个人被入室抢劫。"你解释说。"那还是在锁链之前,犯罪分子猖狂的时候。朋友给我描述他的感受,给我留下了很深的印象。他说他的私人空间被侵犯了,不是因为小偷偷走了什么特别的东西,而是破坏了他的家。那种感觉在很久之后都还在。讽刺的是我一直在歌颂锁链这一点：预防入室抢劫。我现在才知道自己十五年里一直都住在那个被抢了的家里。眼睛一直都在。一直都在侵犯它。"对不起。

你们两个靠在栏杆上，让目光顺着风景延展。背景是森林，是布拉布兰湖。但是感觉最强烈的还是身边人的亲密。

"我一直宣称锁链给了我们精神上的支撑，"你慢慢地说，"我一直是相信的。我们一定要一直感受到另一个人的目光，才能确保行为正当。我真心地害怕没有了这个网络的支撑，自己会松散地倒下去。"

你转过身，在全世界的注视下，亲吻她。卡蒂还是很不习惯，她犹豫了一下，想要撤开，但最后终于放弃，承认了自己的渴望。

"这一切可能会完全不同，"你更多是说给自己听，或者给你那根本不感兴趣的眼睛，"这一切可能会是另一种结局。"你们回到了躺椅上。那简单的黑色毛衣显得卡蒂的头发颜色格外的浅。躺倒在椅子上，放轻松，让所有的声音穿过自己的身体。

"今天早上我还差点要去举报你。""举报我？""或者海尔多。因为你们的拒绝融入降低了有机体的效率。""有机体？""整个社会系统，那么有效率，我想要帮着清除那些影响整体的细胞，那些病菌。这是我们每个人的职责。不只是举报你们，还有维塔，她拒绝遵守规则，闭上了眼睛，让我成了松散的一环。还有乔安娜和她的地下室。真的。

我准备好了去举报你们所有人，清理系统。跟锁链完美的成就相比你们微不足道。"

"被锁链迷惑了？"这个念头对她来说如此陌生，她的语气低沉。"把责任推给锁链总是最简单的。我一直都是自己在做选择。我没有被绑起来。也没有被强迫吸毒然后上瘾。""没有吗？"

你在思考她的问题。真的吗？那样的话戒掉这种瘾还真是惊人的简单。"你这么觉得？不管怎么说，这一切也快结束了。我已经决定放弃，回归我那被保护起来的美好生活。"

她明显在努力，想走进你的脑袋，尽管里面的东西她并不理解："你在发现没有人站在我们身后的那一刻成了一个更好的人。""怎么个更好法？""不是背叛。""我变得不一样了。开始欺骗系统。""我觉得这更好。好多了。""可能是维塔，我的眼睛教给我的。"我的荣幸。"你又开始了？你不感谢系统就什么都做不了？"

"我们还剩多长时间？"

卡蒂努力让自己听起来很轻松，漫不经心，但是她的声音几乎在颤抖。"还剩？""到下一个周期。""九天。""还有九天我就会得到一个眼睛，不论什么场合都会跟着我。还有九天你就换眼睛了，不会再是个像维塔一样友好的人。""我们要抓紧享受我们的自由。"你的手去搜寻她的，但她却把手移开。

"九天之后我们就又走了。"

你差点蹦起来。但这不是为了装给别人看，因为现在没有别人在跟踪你，她也知道你的心思。"我们没办法融入这里。不管是海尔多还是我。他去哥本哈根就是为了这个。为了安排他的离职。""回德黑兰?""德黑兰已经排除了。但是在考虑迪拜。公司的总部在那里,海尔多应该很合适。我在考虑找另一个地方。没有罩袍、没有锁链的地方。"

她等着你把这些信息都吸收掉,然后继续用深沉的声音说,"海尔多回到丹麦之后也变了。或者可能是我看他的方式变了。"

八层楼下面一只奇怪的四条腿动物穿过公园。实在太模糊了,得眯起眼睛才看得出那是一对紧紧拥在一起的情侣。旁边是一只更小的四肢动物,拴着链子,在情侣身边嗅着,跑向路过的灌木丛或者大树。卡蒂不由得同你拉开了些距离,不想被你的亲昵打断思路。

"我之前在国内几乎不认识他。那个时候,海尔多很快就得到了我。他比我大一些。我只是一个大孩子,而他是个满世界游走的男人。强势,有力。我感觉自己就像跟着暴风一路向前。在伊朗的时候他也一直如此。一个有大局观的男人,果断、自信、有魅力。我已经告诉你我们为什么被迫回来。可能这对海尔多是个更大的改变。他变得不确定,同时又很固执。自言自语,牢骚不断。我不想跟他去迪拜,把东西再打包起来。但我也没办法忍受留在这里,被监视。"

她缓缓地摇着头,很丧气。但是你还是得提起那个话题:"那孩子呢?"卡蒂叹了口气:"最糟糕的就是这个家要被一分为三。苔丝狄和斯威尔两个都更想留下来。唉,老天啊!他们开始觉得这里变得有趣起来。现在他们待在哥本哈根海尔多的姐姐家。我只要……只要给自己找到出路就行。"

她没法完全控制自己的声音。但是在你靠近她的时候,她给出一个不要碰她的手势。"我什么都没搞明白，真的，"她的语调变了，"锁链对于孩子是怎么设置的？"

"这要分成两类。孩子们管它叫第一环和第二环。十岁的时候会进入第一环。""十岁之前是自由的？""对，这有点像是准备练习，不是特别全面。大部分孩子都是自愿的。然后到十四岁的时候进入第二环。升入第二环的时候很隆重。就好像进入锁链时一样，大家会庆祝一番。那是十八岁的时候。大部分孩子都觉得十分好玩。十分荣耀。开始的时候可能会出现一些滥用，有一点玩闹的意味。然后就会慢慢变得认真起来。事实表明这会帮助他们很快成熟起来。"

"你别又开始美化它。我不感兴趣。""对不起。我已经养成习惯了。其实还有一个好处就是……"她的目光制止了你。

"我还没完全明白。"她说。"我试着闭上眼睛。但是如果别人一直盯着我，那又有什么用？所以斯威尔在第一环里？苔丝狄应该在第二环？还要多久？""直到她十八岁进入锁链。"卡蒂浑身起了鸡皮疙瘩。"真应该为他们开始喜欢这里而高兴，"她无奈地说。"我以为到了这个国家就会有人来给你解释关于系统的一切？""我一生气把材料给扔了，所有关于……"

你们沉默地坐了一会儿。毫无疑问，卡蒂在努力消化这些信息，但是她叹了一口气，说明她对此是多么头疼。你试着把对话转向另一个敏感话题："海尔多怎么想？"她苦笑着。"我终于到了那个点，觉得他说什么都不再重要，重要的是我自己怎么想。你别来搞破坏。""我的意思是……""另外我猜他已经开始找自己的出路了。海尔多总是能找到一种办法。可能我们回来的时候他就已经想好了出路。谁知道呢？我也没有一直看着他。或者像你们说的，没有准备好进入他的角色。"

"他自己的出路？""那得从年轻的时候说起。我从哪里听说的？我们离开的时候她还是一个年轻的学生。她深爱着他。现在他想再续前缘。他们在见面，我不知道在你们的系统里他们怎么会希望把这一切保密。可能她比我要好控制吧。""尤妮？"你脱口而出。

"你怎么知道……"卡蒂跳了起来，"你们都知道？！……只有我是个瞎子！你们怎么能……？""我就是猜的。我也说不出怎么就……""所有人！你们合起伙来！监视着一切！你走吧。"她面色苍白，摔上阳台的门。"我们得珍惜现在，在那之前我们还不能……"

你站起来，靠着门。中途你做了一个企图安慰她的手势，但是那只会让她更加愤怒。"你别操心了，别再联系我！还有你那肮脏的……"卡蒂对着屋子做了一个好似威胁的手势，对着维塔，对着跟踪你们每一个微小动作的眼睛。"别来打扰我！让我一个人待着！"

"卡蒂，我可以解释……"她降低了声音，十分认真地，不想被反驳。"斯威尔，你能不能离开？什么都别说。消失！从我的生命里消失！"

第一瓶啤酒下肚之后你终于开始嗅到维塔的理论。终于——因为在现实中，是你被选中，要去宣传她的理念，是你接到了传播其真理的任务。

你从恶魔蒙骗我们，让大家相信他并不存在开始。约克在电影中看过这种骗法。"让我们假设他是存在的，那这会是他最有力的进攻方法吗？"你问。约克这个玩家接受了挑战：把自己放进敌方的脑袋里。

你回到正常的生活中，两人刚刚走进一家酒吧。你再没有联系卡蒂——她也没有联系你。自从被卡蒂羞辱地赶出门之后，你还放弃了自己的映像，一次也没有跟踪过尼克。如果忽视了一些重要信息，那就接受惩罚吧。你不想再跟这些事情发生任何联系，系统，背叛，监视。只有生活。当下就是你的啤酒，约克，桌游，还有身边这些吵吵闹闹的客人。

现在，此刻，你在介绍那个老骨头的真理。恶魔先找到一小群人，告诉他们是他创造了他们，他们被选中，其他所有人都是敌人。之后又找到另一小群人，用另一些道德和真理控制他们，然后给他们灌输所有不遵循这些真理的人，都是他们的敌人，都是堕落之人。

"天才。"约克承认，你还没来得及提到第三群和第四群人。"当然了。然后游戏就开始了。多简单。"他在脑子里想着所有场景：争吵，辱骂，对先知的胡子形状争论不休，异端，然后加速直接到大屠杀。"除非这里面有双重设计。"他若有所思地说。"怎么会？""就是恶魔给了你这个理论让你来搅和。"

"怎么可能？如果这个理论能战胜其他观点，就一下子结束了人类所有的异议。"约克喝了一口酒，赞同地点了点头。就好像这是场扑克，他在考虑不同的策略。"够聪明，"他得出结论，"这么简单就成。当然了，这要确保前提存在。""前提？""你忘了？如果他存在的话，那个恶魔。你刚刚自己说的。"你有一会儿不知道该说什么。如果他不存在的话，那各种宗教就都是谎言。谢谢，维塔，你救了我，声音已经有点嘶哑。刚喝了一瓶。

你开始引用刚刚进入脑海的这个念头，加了一点装饰：所有互相竞争着的宗教都要求恶魔的存在。如果他不存在，那这些宗教都错了。"双重反击。"约克对各个宗教的了解甚少，接受了你的反驳。

啤酒喝光之后，你又点了一瓶，幻想着世界在你们废除了各大宗教之后，至少那些唯我独尊、到处传播的宗教之后，会变成什么样子。"很多事情就不存在了。"约克若有所思。"圣诞赞歌，尼姑庵，哭墙，洗礼。这些事情其实也挺温馨的。"你想起来他刚刚去过南部，不知道是哪里。"所以巫术，还有出轨时的乱石刑也没有了？"你的脑子里闪现出卡蒂的影子，但是幸好很快就消失了。"好的坏的都得接受啊……"

像在所有小酒吧里的谈话一样，你们很快就把这个有意义的话题推到一边，开始探讨乔安娜的时间理论，这时他的手机响了。你不可能听不见那入木三分的男低音。他想就刚刚你们探讨的理论警告约克。约克，这个叛徒，把一切都忘了，说那不过是关于宗教的嘻嘻哈哈，根本没个正经。可是所有谈话都要负责任，约克要想到如果这种理论传播开来会造成多大的影响。想想有百万人因为他们的信仰而幸福。如果他们发现自己生活的根本出了错误，会带来怎样的灾难。

这个男人没有做自我介绍，声称是约克的眼睛，表明他们以前应该联系过。约克被这个呆子惹恼了：如果百万人的幸福都建立在迷信和荒芜之上，那也是时候打扫一下了。呆子：如果约克坚持这个观点，就要负起巨大的责任，他应该想想自己在威胁多少人的福祉。约克道了声再见然后直接挂断。

约克直接回到了对话中："我不明白，她说能确定一九八六年的时间坍塌，是什么意思？真想亲自问问她。"你自己也不确定瑞内·托马斯的塌陷模型是否在拓扑斯理论之前。约克瞥了你一眼，表示他已经懂了，可是你没注意到。你用啤酒画了一条模糊的线。为了明显一点，你在上面撒了点盐，这样就更清晰些。你用手指把线扩展成一个范围。

"你的意思是如果这条线弯曲程度足够的话，我们可以回到时间分段的那个点？""如果我们现在的时间同塌陷发生的时间之间的阻力达到最小，应该是可能的。"

约克看着你。"你想回到年轻时的那个春天把你的错误改正？"他的话勾起了你的回忆。卡蒂回来了。她一点没变，就站在乐团的前面唱歌。你，站在边上一点，被她迷得差点失声。你带着这个椅子要去哪里，小鬼？那在你无数个梦里折磨着你的教员，乐呵呵地指着你手中的椅子问。

约克很明显也走了神，应该是顺着类似的思路。"那是联合政府提案被否决的时候？"他问。"那个时候我应该在上幼儿园。""第一次投票其实没有否决，后来揭露了一些骗局。""清白的日子呀！"他嘟囔着点了点头，指着你空空的啤酒杯，疑惑地看着你。

"你的意思是黑进去之后给自己找一个和善的眼睛？"约克说，他兴高采烈地用手指着空中，这段对话变得更可悲了。"或者确保自己的目镜里出现个色情片女星？"

你明显是暗指之前学校里发生的事情。粗心的乌拉忘记了自己账号的密码，约克没费什么力气就黑进系统把密码找了回来。一大帮老师全程盯着他，大为惊叹。老索尔森对这件事情的评论如下："我真庆幸一直有只警惕的眼睛看着你。不然的话你可是个危险人物，可以胡作非为。"

约克很深沉，他喝了一口啤酒，然后坐在那里研究杯中的东西。"系统肯定保护得很好，"他欲言又止，"为了安全。而且很明显那暴脾气又固执的眼睛总是盯着人。"他讽刺性地问候对方，指着自己还放在桌子上的手机。

几秒钟之后手机真的响了。约克拿起电话，那眼睛还是没有给约克时间，也没介绍自己："你什么意思？真的可以黑进锁链系统然后给自己找个好点的眼睛吗？"那冰冷的声音是不会错的。他一点也不觉得好笑，这不是什么可以开玩笑的事情。约克狡辩说每个人都有责任去思考什么地方会出错，只有这样我们才能确保犯罪不再出现。

这让那个声音改变了看法。他在认真思考这个问题，其实在这个领域他倒有些经验。不是他本人，而是之前他跟踪过的行政部员工。在你起身去上厕所的时候，约克正和他进行一场针对锁链结构的深刻探讨。

某种程度的裁量权。最细心的人都会对这种东西闭上眼睛。

你回来的时候，约克刚刚结束讨论。"可怜人坐在玻璃板后面，"他解释说，"在根本没人理的信息部值晚班……

对不起，我不是笑话你。"

你看了看表，该回家了，但是自从退出系统之后，你就没了精神支柱。转过身去，忽略它，尽管一直都很想回头。就最后一瓶。该回家了。

"这个男人无聊得要死，"约克继续说，"我答应给他点乐子。但是时间长了真受不了。"朝空中做了一个和解的手势。"我不是在抱怨。"然后他又转过身朝向你。"我跟他约好了，我讲他的事也没关系。你的呢？她想不想也参加我们的谈话？"

"一个睡不着觉的老太婆。我猜她可不喝酒。对吧，维塔？"你朝我做了一个轻佻的手势。"而且我已经放弃了，"你没多想就承认道，"整个系统。不愿意再参与了。退出。然后就混日子呗。"

约克比你还多点自制力，把手放到你的胳膊上安慰你。就在这时他看到了自己认识的一个女孩，招招手让她过来。她跟朋友告别，来到你们身边，很漂亮，穿着耀眼的红色漆皮夹克。"这是送你的礼物。"约克低声对着玻璃板后面的男人说。"这说不定是个温馨的夜晚。"

这终于给了你回家的力量。一个人，完全一个人。为了让两人还有他们的眼睛独自待着。

又来了一个包裹，毫无疑问又是一盘磁带。你考虑要不要不听就把它毁掉，但最终还是选择把它放到写字桌上，让它成为眼睛的眼中刺。你不能就这样忽略我。我怎么不能！我可受够了你们，还有你们的诱惑。

你同下晚班回来的斯勒娃交谈了几句。她告诉你她昨天又给了理疗师一次机会，事实证明他脑子里也不只有足球。她的脸红起来。你满心地祝福她,然后满足地告诉她你一点都不想念卡蒂,甚至都没想起她。

第二天清晨,你头昏脑涨,对自己发誓说一定要开始学着控制自己,现在可没有别人看着你了。那盘磁带还放在写字桌上,尖叫着:"可能我带着一些非常重要的信息!你一定得知道的信息!"你已经翻篇了。可以自己照顾自己。

你在河边大道上骑自行车的时候,好像看到了尼克同一个女人一起坐进车里。那可能是他的秘书。他很快就向她伸出了手。你立刻刹住自己的好奇。他可以按自己的兴趣生活。你没有兴趣去评判他,或者活在他的想象里。尽管有那些不可否认的……可能那根本就不是他。

就因为没有眼睛看着你,你骑车上坡的时候都费力了很多,真的吗?就是因为你退出了系统?没意思。没必要留在那愚蠢的系统里。

你专注于对年轻人说狠话。是因为宿醉还是有个人看着你真的那么重要?你一个人可以的。

在部门的教师会上你突然感觉空虚,感觉孤独。其他人都有自己的映像去填充生活。有个大我支撑着,给予他们安全感和动力。嫉妒。你有意识地不去想卡蒂,远远地绕开你第一次再见她时的会议室。你是斯威尔,你自己就已足够。

这真的就像卡蒂说的,是一种疯狂。你对锁链的依赖,对活到别人生命里的渴望,对来自想象中的卡蒂的支持的需求。写字桌上的日历在倒计时,计算你最终解放的日子。不同的周期用不同颜色标记出来。现在的周期,第十三个,是浅蓝色的，还剩下五天。不用一周的时间，尼克和他那些病态的想法就会被另一个人取代。那个时候你就不会再向自己的好奇心低头，不再去看接下来你会跟谁分享人生。结束了，不管代价是什么。

五天之后，那个嘟嘟囔囔的维塔还有她反神的思想都会从你的系统里消失。然后她可以考虑要不要去说服自己的下一个映像。你面前的磁带可能包含很重要的信息。听听也不会有什么害处。从某种角度来讲，她甚至都不是系统的一部分，位置不佳，却试图去破坏它。第十三个周期的第十八天，也是旧时日历上的十月二十七日，就要结束了。不到一周之后，卡蒂就会离开这个国家，找到一处更适合她的地方。就算你可以同她和解，她也不会同系统和解，这一点你没有办法改变。

尽管很累，昨晚也只是浅浅地睡了一会儿。一个想法闯进脑海。你能不能跟着她去另一个地方呢？一起找到一个两人都喜欢的地方？你没有继续想下去。你马上就四十岁了。在外国凭着一个小学教师的工作经历找不到什么工作。没有收入，学新的东西又已经太老，没有办法给她什么。她一个人会更好。

只剩下五天难以忍受的日子了。你是不是应该每日酗酒，等着周期结束？这像戒烟之后的混沌日子会结束。你会把对她强烈反应的疑惑抛到脑后。她把你赶出去的时候，为什么那么愤怒？那么突然？消失！从我的生命里消失！别再联系我！一定是发生了什么你没注意到的事情。你能不能……

你可以！你可以再看一次！

没有早点想到这个念头真是可笑。*磁带*。维塔很有可能在那个时候跟踪了你,看到你和卡蒂在阳台上,看到你们的温馨时光突然变了味。可能她在磁带里描述了过程。谁知道呢?她可能还给了评论。可能她感受到了一些你没注意到的事情。

你可别再给我这样的惊吓了。

我是维塔。心大的父母给刚降临世界的孩子起这么个像玩笑一样的名字。那个之前是卡蒂的维塔。你肯定已经不记得了,斯威尔。所有东西都像一阵风穿过你的脑袋。什么印象都不留。但是让我耐心一些,反正我这个慢慢腐烂的人也没有别的事做。已经侵入我四肢的蠕虫一点点把骨头蚀成软胶。让我耐心地把记忆再装回你的脑袋。你管我叫卡蒂,只是为了抓住年轻时没有抓牢的那个尤物,直到那个狡猾的女人出现之后你放弃了我。

我是卡蒂,我是维塔,听起来像一首磕磕绊绊的烂儿歌,又不是我的错,或者说得更糟一点,就像是什么魔法咒语。我的名字,就是对魔法的无力召唤。呵!真是神圣的讽刺。呵呵。尽管我是那个想要把话灌进你脑子里,让你往前挪动几步的卡蒂-维塔,也无济于事。

来看看会不会起作用。在你的脑子里只有那个假的卡蒂,那个把我赶出去的年轻女人。那个在你身边像蛇一样缠绕的女人,我看得到。她穿着一件也不怎么好看的浴袍。对,我说你让我吓了一跳,这应该也算是一种经历吧。我身体里仅剩的几种机能,心脏少跳了一两下。

你站在门口,或者说是靠在屋子边上。让她说起一个男人还有什么文件夹的故事。然后突然扑向她。像个猛兽。实在对不住,得用这么老套的比喻,我这半条腿已经进了棺材的老骨头也没有什么新鲜玩意儿。就像交配期的猛兽刚刚扯断了锁链。不会比这个更好了。亲吻她,这个已婚的女人,手无寸铁,无助至极。热切地亲吻她,真诚地爱抚她,我也没必要隐藏这些词汇,反正我永远也不会再用到它们。

我坦白我拿起了电话,不过不是为了举报你,我才没有那么卑鄙。我们有言在先,我是为了警告你。在她的眼睛介入、把你带到法庭之前。闻所未闻的对手无寸铁的已婚妇女的暴力袭击。我手里拿着话筒,意识到你已经超越了我。我不得不说这真是场意外。

你一直在问她,关于那个拿文件夹的男人,那些毫无意义的对话,都是为了我。为了让我知道没有任何威胁。整个周期里这个小女孩都没有人来监视。上天啊,还好我没有忽略掉你的重点。我差点就打电话,让人笑掉大牙了。

"十五年来我第一次同别人亲密地交谈。"你说,老天作证,我差点笑死。"第一次我知道没有陌生人听得到的交谈。十五年来我第一次同另一个女人待在一起,没有别人的监视。"这个正在听着的老太太就要哭出来,还有浴袍的那一端一只手放到你手上的时候也是。你不用去移开手。我这老命哦。

"我不应该感到头晕目眩吗?"你继续说。我手里的钢架子都在颤抖。

"这一点都不好玩,维塔。"你生气地暂停了磁带。"你是在过我的生活,嘲笑我生命中最宝贵的时刻。"你给自己倒了一杯牛奶,来缓解宿醉。一杯没喝完你的好奇心就占了上风,回到磁带中。

"就好像我终于脱下了束身衣。"你慢慢地说,生怕把目光移到那美人身上。害怕这个场景会把力量从你身上抽走。"你知道当你跟一群人待在一起,然后终于回到家关上门一个人时的那种轻松感吗?"这是我的话,斯威尔。之前我用过无数次的话。在他们想把锁链套到我们脖子上的时候。你终于达到了我的境界,你这个非锁链不从的人。"我十五年来都住在一个被打劫的屋子里。每天。"继续,斯威尔。让我沉醉在自己曾经的语言中,在太晚之前。

"我记得曾经认识的一个人遭入室抢劫。"你向卡蒂讲述。你得到了我的词汇,你在借用我的语言,真的。"那还是在锁链之前,犯罪分子猖狂的时候。朋友给我描述他的感受,给我留下了很深的印象。他说他的私人空间被侵犯了,不是因为小偷偷走了什么特别的东西,而是破坏了他的家。那种感觉在很久之后都还在。讽刺的是我一直在歌颂锁链这一点:预防入室抢劫。我现在才知道自己十五年里一直都住在那个被抢了的家里。眼睛一直都在。一直都在侵犯它。"

上帝啊。成功了。锁链显示了它的威力。

那天是一个惊吓接一个惊吓。我这把老骨头走进了你。这以前也发生过,我在今天之前也被锁链抓住过。那次也有反作用。我的语言从你的嘴中流露出来。我听到了,完完全全是我的话。你又让我活了过来,我这具木乃伊,在一个年轻的身体里。我不是说年轻,也不是中年,只是比我现在拥有的这具永恒的身体要年轻。永恒,听起来有些太崇高了,我忘了时间的威力。被时间挂在钩子上,挂到架子上,因为它的牙齿没法在里面找到美味,再怎么嚼也没有乐趣。

你以为是你在思考,是在说自己的话,但是你错了。你是在为我发声,你被启发了,这词太过了,我还是闭嘴吧,在我的口水变成金子之前,你被我的想法传染了,弄脏了,同化了。现在你充满了能量,要去对抗肮脏。这当然是最重要的。兴奋,信念,火花,现在你可以讲我的语言。我们在前进,斯威尔,我们联起手来可以完成……吸气……把一切污点消除。

从前,对我在讲从前,所以听好。那个时候我反对我学到的最好的一切。已经上了年纪,但是别人还在听我的话。我还没有完全语无伦次,逻辑清晰,能说出完整的句子。这应该很难想象,但是尝试一下,斯威尔。如果我可以借给你我的语言,你应该也可以想象我的情况。一物换一物。如果我没记错的话,如果我真的敢给自己突然冒出来的回忆盖上盖子的话,那个被抢劫的朋友,是个谎言。彻头彻尾的谎话,但是图像感不错。被感动了。我相信我靠着这个例子说服了不少人。没有很多,不然你肯定会知道我的名字。锁链在缩紧。我几乎可以说自己获得了一种满足。满足什么?一切都错了,哪里会有满足感?

还是回到阳台边上。说啊说啊说啊。一个词多说了,我知道,你们不知道。接下来是寂静,寂静,寂静。掷地有声的寂静。回到躺椅上。在你举起大旗之前,你们有权利去享受你们的田园风光。画面感很差,因为你的大旗正对着十字架。你被那必要的愤怒所支配,开启对锁链和恶魔领地的反抗。听那个老人的话,那个挂着钢铁架子的老人。

因为这其实是一样的事情,被迫的捆绑。听听,现在发生了什么？她跳起来。很生气，拉开门，十分暴躁地指着你。她愤怒地指着你。你站起身，溜出去。你气喘吁吁。回放，立刻回放，因为这里发生了一件瘸腿老太太没预见的事。

时间倒流。谁能做到。算了，都是傻话，不多谈。你们舒坦地坐着。她在讲话，这个明媚的女子，但是不再那么明媚了，心中有些黑暗，她在讲海尔多有了办法。他回到家里就是为了这个方法。"他自己的出路？"你傻头傻脑地问，没有抓住明显的东西。"回到少年。"她低声说，我之前在哪里听过？"我之前在哪里听过。"她现在也开始用我的话了。我的那些老生常谈现在竟然这么受欢迎！

"尤妮！"你脱口而出，没有注意到自己把一切都搞砸了。你怎么能反应这么迟钝呢？说漏了自己对她的隐秘生活的认知。她那么惧怕系统，我懂她的心情，对所有人知道所有人的秘密甚为恐慌。只有她不知道。所以她才跳了起来。所以她才打开了门。所以她才把自己的愤怒都发泄在你的身上，唯一一个同她亲密的人。她把自己的愤怒，或者说是对系统的焦虑，对被锁链捆绑的恐惧，把内心的一切压抑都瞄准了不知何去何从的你。

你像一只夹着尾巴的狗，一头雾水，开始害怕。一只被抽打的落水狗，冲着门汪汪地叫，别管画面感了，你笨拙地朝着门走去。你没有要求解释，没有试图消除误会。天啊，我给自己选了一位怎样的大英雄！或者说是锁链强加给我的……砰砰。

被击倒的人不是我。如果你真的听过我的独白的话。现在的你带着那种态度，就差给自己的脑袋来一枪了。我说了，被击倒的人不是我。你能听到的隆隆的声音，只是磁带罢了。我臭着脾气还是成功地……

"你别来嘲笑我，维塔。用你那些自以为是的胡言乱语。"如果真有人脾气臭的话，也是突然打断那吱吱嘎嘎的录音带的你。"妈的，她把我赶出来了。大喊大叫。让我从她的生活中消失。"因为她碰巧喜欢你。因为她找不到一条你们的出路。"那个自以为是的女人，我说的不是……你这么觉得？你真的觉得是因为这个？"你犹豫起来，尽管愤怒，你还是继续听了下去。

……把一沓书弄到了地上。书卷都破了，伊亚小心地收好叠起来的书，她可受不了我到处乱放。叠放整齐，放到我够不到的地方。你溜走了，斯威尔，几乎是一路跪着。嘿，你的软弱让我生气地甩起胳膊，现在是这堆书来受罪。

快进。像个孤独的人一样走回家。双倍快进。你别出去喝酒。老天啊！打断我的骨头吧，如果我还剩几根完整的的话。你竟然出去喝酒。双手放在膝盖上，那是最好的地方。我，天真又抱着希望的老太太，本以为你终于准备好了开战。我这个愚蠢、可怜、放弃了生活、匍匐前进的奴隶，坐在这里等着你。我坐在这里等着你同我交易。你却坐在这里喝酒，拒绝跟踪映像。这是怎样的英雄气概！夹着尾巴，就像上次你让自己倒下时一样。那甚至可能都不是你的八分之一调？这恶魔般的锁链每一次都会派给我一个懦夫，扶不起来，唯唯诺诺，像木偶一样任人摆弄的家伙。我终于建立了一些信心的时候，他们就垮了。哭泣着的、可怜的、没力气的我啊！我，这个被困在扶手椅里无望的人都比你们更有意志力……

"真的？你真的这么以为？你等着瞧……"

第六带

卡蒂-维塔,你启发着我,你带领我前进。你又一次给予了我生活的勇气、理解和动力。没有你,我就是一堆面团,一个没有方向的哀求者。

只有接受着来自眼睛的论述,我才能向前。只有跟踪着映像,我才能找到目标。

你之前从来没有把陡峭的鹿巷当作一个游戏。……比锁链给我绑起来的那些怪物还要有意志力。应该是目的地那强大的吸铁石拉着你,挂在身上的随身听好像就是你的马达。可怜的放弃了生活的人,我知道我颠三倒四。但这个词实在太准确。换上新电池之后你继续听那个救了你一命的老巫婆寄来的磁带,她想向你证明你在重复人生中的重大错误时,你打断了她。我得再说一次。给我一个有行动力的人吧!我的要求真的太高了吗?在这老太婆的两处停顿之间你得空唱起了弥撒小调。精心为我设计的把戏,给我这些最软的柿子。斯威尔,你在听吗?你到底听过吗?

这个场景让你想起曾经的一盘磁带给你的艳遇。形象一点,我的话从来都很形象,没有别的。现在也是你得做点什么的时候了。只是那时是乔安娜那诱人的声音吸引了你。相信我,我没有在开玩笑。就像我那幸福的母亲说的,人世没有什么可开玩笑的事情。那是在她死的时候。而现在是那嘟嚷的老太太鞭打着你，让你往上坡骑。

我告诉你，你要去对抗。呵，新的老生常谈，这些话都是从哪里来的呢？你已经上路了。不能骑得再快了。维塔的声音应该不会想让你因为气短而倒下吧？这对你来说很重要。长岛路。你能看到她站在那里等你。卡蒂。别误会了，斯威尔。

你要是再不打起精神的话，我就要惩罚你了。哈哈，我听得到你那邪恶的笑声。我为什么要笑？你已经成功地激发了我。她能把我怎么样，这个依靠着钢铁架子才得以存活的蠕虫？你想的太少了，斯威尔。卡蒂，是你充斥着我的脑袋。你那欲言又止的微笑，好像有人在上面放了一个消声器。你要记得我知道你的事情。同一个已婚妇女缠绵在床上。咱俩可没完，我告诉你。

就好像微笑后面藏有更多的东西，可能是一个更热情的微笑。你几乎没有在听磁带。那只是一段毫无意义把你往前推的声音。这不是结束。如果你不自己站起来的话。我向你保证我会到处乱说。你应该刚刚创下了骑车上坡的新世界纪录。根本没有什么可以到处乱讲的事情。你会看到严重的后果。对，你会说我们有言在先。你感觉这绝对不是你需要的东西。那个老家伙错了。你是为了她才出来的。我保证会闭上眼睛。但是我们的约定是怎么说的？你很久以前就超越她了，把她甩在后面。我闭上眼睛，如果你开始行动的话。记得吗？你当然记得。你怎么会忘记这是你能同卡蒂接触的前提？

你可能已经开始行动了？是你破坏了约定。你到了楼前的停车场。可能她正在上面看着你。你看起来就像一只慌张的昆虫。你破坏了约定我还要……咦。什么声音？有人在公寓里？你低声说，维塔，你可以闭嘴了。你，还有你的那些威胁的话。有人进来了。斯威尔，你是我的……你关上了录音机。你可以看到磁带还剩下一截。走上楼梯的时候你在幻想你们的会面。把误会都清除，然后紧紧拥抱。

你走在那条已经走过很多次的露天走廊上，从未如此渴望。你站在外面地毯上的时候，几乎就在等着门自行打开。你确信她已经感受到了你。但是你按了门铃之后门也还是关着。你敲门，等待，再按门铃，叩响门上的环。

是一种不祥的预感促使你推开了门？你小心地走进去，仿佛突然闯进了你放映过的那些恐怖电影里。客厅空无一人，很明显有打斗的痕迹。一把椅子倒在地上，地毯上躺着一把刀。阳台上没有任何异常，没有东西被扔出去的痕迹。但是地板上是鞋子摩擦留下的痕迹。

这不是真的。这种事情已经不会发生了。不会再发生。锁链保护你们不受威胁。

你走出那空空的公寓，关上门，一屁股坐在走廊上，没了力气。所有的理解都消失了，所有的动力都被吸光。锁链不许这种事情发生，你们已经成功地战胜了犯罪，没人再攻击别人。锁链制止了……

锁链的作用建立在每一环之上。所以她才没有被保护，卡蒂，她没有眼睛，只是吊在锁链外面。你们所利用的锁链的缺陷，也给她带来了风险。假设，再假设那个攻击她的人也不在监视中。但是这怎么可能呢？对，比如一个像卡蒂一样也是在锁链建成之后才抵达这里的人！那样的话，他也是松散的！没有眼睛监视。海尔多！但是她的丈夫为什么要袭击她呢？

你开始颤抖。因为这个时候你发现自己也身处危险之中，锁链不再保护你。你的假设哪里出了错。你的推理应该漏掉了什么。海尔多可能对你们的关系有所耳闻。但怎么会呢？是乔安娜的眼睛说的吗？因为应该不是你，维塔，不是你打破了我们的约定吧？你怎么可以这样误会我？

不管怎样，你坐在这里很危险。你从那些无用的影片里学到的一点就是犯罪分子总是会回到事发地点。你站起来。走下楼梯，骑上自行车。下坡的时候好像比上坡的时候还要沉重，一切自然的法则都失了效。

你把自己关在屋子里。门当然锁不上，但是你用椅子紧紧翘住门把手。你又一次用到了在那些虚幻电影中学到的知识。你感觉自己迫切地想要交易，但是你能做什么呢？你最直接的反应是联系系统：你找不到那个同你一起欺骗组织的女人了。不怎么样。叫警察：你巧合地走进了一个陌生人的公寓，发现了搏斗的痕迹，现在想要申请追查。更差。

你本能地想要在维塔那里寻求帮助。不是精神上的维塔，以前曾经帮助过你，但现在你没法联系上的那个维塔。你在磁带中寻找她。什么时候打断她的呢？你往回播了一点。

……你可能已经开始行动了？是你破坏了约定。你破坏了约定我还要……咦。什么声音？有人在公寓里？有人进来了，我能感觉到。斯威尔，你是我的证人。在我把这个假正经的不堪一击的家伙吓走之后，你要做我的证人。谁会闯进一个手无寸铁的老太太家里，门铃都不按呢？我要继续，假装漠不关心，要装成不关心的样子，继续我嘟嘟囔囔的谈话，直到我明白其中的联系。明白联系，这些话可能有些夸大了，明白和联系。

"你现在说完了……"

咦？"怎么……你，卡蒂？"

你没有听错！

那个在维塔的话中插进来的声音。你认得。它不应该在那里，但是你认得，能从其他声音中辨识出来。那是卡蒂的声音。怎么会……你同维塔一样惊讶。卡蒂，不仅仅是因为她总在你眼前，你总是听到她的声音。你现在说完了，她说。卡蒂走进了你的眼睛的公寓。如此的不真实，错误，反转。

你能听出磁带中间被暂停过，那个声音，那个正常的、断断续续、颠三倒四的声音回到磁带中。

最后那部分不是特意给你听的，斯威尔。对，我没想到。她吓了我一跳。我，这个准备一切的人，连最好的结局都准备好了。我已经认识她，知道她的弱点，因为我们一起度过了那么多个小时，我们三个。我、你和她，就是这个体面的顺序。关注着她，用清醒的眼睛看着她。呵。清醒的。在你烂醉的时候。

当然了，我想。对，我说我在思考，而且并不害臊。当然，我想到，是她在控制着你。她狡猾地拴住了你，斯威尔。巧合太多，你应该已经误会了。但是你什么都没看到。只记得她那美丽的眼睛。她利用你的痴情，滥用了你，愚弄了你，现在她终于发现这个无能为力的眼睛，这个步履蹒跚的老太太，可能会让她暴露。她很狡猾。所以她一定要到我的洞穴里来叫嚷。

这只是我的第一个想法。放轻松，斯威尔，现在你在我的掌握之中。现在你终于一定在听了。那是第一个想法，后面还有，我向你保证。那个老太婆还得以有想法。到底是从哪里来的呢？呵。

下一个？是我本应该早就有的想法。但是我怎么可能在看到你，这个平庸的、无力的、总是放弃的你之后，还能看错呢？你成功地骗了我。你知道我手里一直有一把钳子夹着你，我对你们可以造成威胁。就像别人说的，你们的——呵——幸福。我跟踪着你们，知道你们的秘密，会很危险，所以一定要抹杀。可能不是字面上的抹杀。所以你，在我看着你的时候。这个表述太难了，重来。在这个老太婆沉浸在跟踪你的时候，你把选中的人插到我身后。你是怎么跟她约好的呢？你明明一直都在我的映像中？

所以最后真正的解决办法终于出现了。你感觉到我是怎么讲这句话的吗，斯威尔？就像你让我做的那样。拐弯抹角。把你吸引住。那种期待，就像你对着那些天真的学生讲课时一样，有一种你拒不承认的激动。你认出这个讲述人的力量了吗？我也有我的骄傲。我也需要兴趣和专注。所以听好了，你这个无赖。记得你在听这盘磁带的时候我也在看着你。你快进的时候我能看到。你不敢。你要是不耐烦了我也能看到。我能看到你挖鼻孔，这个从控制你以来早就出现的行为。

可能你会想这就是我唯一的目的。永不停歇的、颠三倒四的嘟嘟囔囔，唯一的目的就是想找到一个更好的论述。我说这一切的目的，就是抓住你，勾起你的兴趣。你大概会想，这一切可能都是老太婆的设计，想要被听见，却不被看到，上帝闭上眼睛，因为我们已经被看得够多了，太多了。但是有一种引起别人兴趣的希望，她，可怜的人，除此以外别无所求。你会这样想，她站在这里也这样想。

她站在我面前，吃惊地盯着这软绵绵好像睡着了一样、瘫在手推椅上的人。这可能是某种讽刺：她以为自己面临着巨大的威胁呢。她没有显示出厌恶，因为她有足够的修养，但是她没有办法停止凝视，盯着这个被时间拿着棒子追赶的干瘪的昆虫。

她控制住想呕吐的感觉，低声说，所以是真的。所以是真的，她竟然敢这么说。我没办法反驳。我身边的并不是垃圾，地上是开线的书，吸食瓶像往常一样倒在地上，还有剩饭，如果那也能叫作饭的话。肯定还有味道。这是上帝赦免了我的领域，气味。我的嗅觉很早以前就丧失了。不然的话，剩下的四种感知都还齐全，要是让我自己来定的话。说好一点甚至算是四个半。

这就是我的对手？她问，这个想要呕吐的金发女人。对，她说的就是我。她听到你对着发誓、讲话、争论的我。就是在你们最亲密的时候我也会闯进你的脑海。我的荣幸，卡蒂。我保证那完全是柏拉图式的联系。我从来没有见过这个男人，除了在目镜里。我们之间完全是精神上的，如果我可以这么说的话。单纯的，臆想出来的，毫无意义，如果我可以对你坦诚相待。但是最罪过的还是误会。我都不知道误会到底来源于哪条裂缝。裂缝实在太多了。我的语言里几乎没有其他。

那是一场非常温馨的对话。我管它叫对话，但是其实只是她用连贯的声音咽下想要呕吐的感觉，而我发出咕噜咕噜的声音作为回答。拉倒吧，别管那些画面了，反正也不会挂到墙上。如果不看那些口水和不情愿的口部动作，我其实很容易交谈。她有一些非常理智的观点，这个美人。

非常理智。跟我的一样。可能你有兴趣,斯威尔?因为我在听。她的话,我的话。

她说想到被日夜监控就惊恐万分。妄想症,这是她的词,我才不会把新词往自己身上贴,尽管这是个三个字的好词。感觉所有人都知道彼此的秘密。鸡皮疙瘩,词是我的,想法是她的。其实词也是她的。当她在外面的时候,钩心斗角。不只是她的丈夫,明显有事瞒着。当你,斯威尔,我说的是你,这样可以引起你的注意力。我们聊的是你。当你暴露了自己对她丈夫的了解时(她一提起那个名字就炸毛了)。现在我说的是她,卡蒂,现在你可以不听了。

渐渐地没法再忍受,偷听,背叛,到处都是眼睛。把你赶出去。我看到了,精彩的场景。我们从系统开始之后都变成了更好的演员。也要给大家演戏的许可。不是我,这个半吊子的角色,在生与死之间吊着,我说的是你们其他人。知道自己该怎么在眼睛面前表现。她提到锁链时总是加重语气,好像这个词很难理解。

对,她也不像个演员。她现在还没有进入系统。只是坐在那里,等着你带回来一个解决办法。你,这个能解释一切的人。就好像我坐在这里等着你来交易,去反抗那些虚伪的神(所有的神都虚伪)。反抗那些旧神,也反对他们介绍的新神。锁链,系统,有机体,天啊。因为当然最后要击中的就是它,那个没人可以指摘的东西。等待,你听见了吗?她,眼里带着泪水,我,嘴里含着哈喇子,等待,等待。

就在你从酒中寻求安慰,同随机挑选的人无意义地聊天时,我看到了你,心怀怨恨。她看不到,什么都不懂。她真的就这样让自己被骗吗?双重骗局,不只是被她丈夫,还被你，这个事实上最热爱系统的人。你精神上的卡蒂-维塔，你对着各种发誓、各种调情的人。她应该是这样想的。她，坐在这里徒劳地等待，直到决定做些什么，闯进了虎穴。呵！然后找到这个牙都掉光了的老鬼！

出发吧，意志坚定，双臂拥在胸前的骑士。她在等你。

真希望如此。就在这之间她被带走了，因为你，孩子气地不想跟眼睛或者映像有任何联系，各种抵触。现在什么都晚了。我该怎么办，维塔，帮帮我？你低声说。但是没有回答。你承认你软弱了，动摇了，大意了，自暴自弃。但是你现在已经悔悟，哀求着援助。

没有声音。连接断了。没有反应，没有回答。你打了好多次，但是卡蒂的电话没人接。你走上楼，敲门，按门铃，还是没人回应。你鼓起勇气打开了门。往里面看了一眼，自你走后没有任何改变。然后你又溜回了家。

如果你看过更多电影（你板着脸给孩子们展示的那种），会更有准备吗？那些殴打罪犯的英雄会给予你灵感，让你开始行动吗？什么行动呢？尼克在法庭上运筹帷幄的片段此时对你来说有些启发。他会怎么处理这个案件呢？来了一个灵感。

你打去电话，谎称是局里的尼克·维尔德尔。你的眼睛会原谅你的，就是她直接命令你采取行动。你要求得到卡蒂·多克·霍格的信息。最近没有任何变化，没有信息添加。你突然又灵机一动。"我需要在联合政府投票期间在外交部任职的海尔多·霍格的一些信息。"

等了很久，你感到自己的手在颤抖。原来走在犯罪的路上就是这种感觉。你已经越界了，就要在这个没有犯罪、纯净的社会中做违法的事。你给自己辩解说，一切都是为了崇高的目标。他们所有人都这么说。我们所有人。

那个声音回到话筒中的时候你差点就坦白了，想熬过这一切。海尔多·霍格已经撤销注册。他已经走了。她说可以把他在迪拜的新地址给你。你仔细地记下来，为了不让她起疑，还让她重复了一下邮编。她还有一个哥本哈根的联系地址。逊女吾·霍格。对，谢谢，电话号码也需要。你对自己撒谎的能力有些惊讶。但她还是产生了疑问："你之前不是已经要过相同的信息了吗？""我？……不可能！""我这里有记录。""哦，对。我把它们搞丢了。这里乱七八糟的。真不好意思。"

你给哥本哈根打去电话，是斯威尔接的。他不知道自己的妈妈在哪里。他和苔丝狄在爸爸出差的时候一直住在姑姑逊女吾家。

有点进展。或者准确地说是更加无措。维塔？一个无助的手势。当然没有回答。我已经切断了连接。我不再一直带着你。我已经丧失了对你的信任。

你开始可以在脑中想象那个场景。海尔多和卡蒂在你熟悉的公寓里。他发现她不想跟随他去迪拜生活，十分愤怒，但她也没有服从。他们开始争吵，可能他还知道她背叛了他。最后他开始使用暴力。没人看到，他和卡蒂都没有眼睛在监视。把她打倒，然后把她拖走。他是怎么成功地把她带出去的呢？他把她说服了吗？通过威胁？或者？

如果你及时听了那盘磁带，会把一切停在哪一刻吗？或者假设你在被拒绝之后回到了卡蒂身边，并没有假装生气的话？不管怎么说，现在的你都无力回天。骑着一头奔驰的骆驼飞奔到迪拜把你的爱人从闺房中抢回来吗？她很有可能已经适应了那里，跟男人达成了一致，开始适应新的异域风情，披着罩袍（不知道那里是不是叫别的名字），不被陌生男人的目光侵犯。

十月三十一日周一，在组合切换的倒数第二天，你请了病假。没有想过维塔，不管她是不是觉得你慵懒犯困，你选择打开目镜。这么久都在忽视映像，你会不会也错过了同样多的事情？

他把胡萝卜切成小块，动作熟练迅速。然后把切好的胡萝卜直接从菜板上推到咕噜咕噜的锅里。切得很精致的蘑菇也加进去，然后俯身闻了闻，小心地搅动着锅里的东西。

他能感觉到那个女人。透过墙，尼克能够感觉到隔壁客厅里的女人。他小心地把配料搅开，温度调低。感觉他有意识地在降低速度，好像决定了要负起责任，给食物充足的时间。

走向卧室的路上，他往半暗的客厅里瞥了一眼，看那个女人。他从卧室里找出一件细条纹的衬衫、一条纯色领带。客厅里的女人不是尤妮，她坐得笔直。他没有花时间去看她，心知她还在那个地方等着他。看她的那一眼太快，不足以揭露她的模样。屋里太暗了，她不可能在看书，身体挺得笔直，坐在椅子上。

尼克盯着镜子中的自己。他转动镜子，从不同的角度打量自己，把夹克往下拉了拉。最后充满仪式感地理了理领结。走到厨房的路上他没有打开通往卧室的门，而是很快地走过，但还能感觉到她。感觉到她的恐惧？他在小桌板上放上两个信封、几张餐巾纸和酒杯。他不时地打开锅盖，调整温度，或者打开烤箱，闻一闻味道。

朝地下室的台阶走去的时候，他把客厅的门小心地打开了一条缝。"饭马上就好了。"他没有提高音量。那个女人肯定不是尤妮。更高，头发颜色更浅。"你不期待晚宴吗？"尤妮，他的老婆，小而丰满。他没有得到任何回答，只好说："你应该也快想吃点东西了。"

他从地下室的酒架上找出一瓶红酒,小心地放到台阶上。然后从杂物间里取出一些器械,把松散的电线绕到设备上。

他用脚踹开客厅门的时候女人没有改变姿势。酒瓶放在架子上,所以半躺着。他把电器放到门边。那个女人的坐姿很僵硬,好像被绑了起来。她的确被绑了起来。

他又检查了一次食物,理理衣服。真应该在换衣服之前去取设备的。他把袖口挽上去,明显为自己搞错了顺序而烦躁。

女人穿着深色的衣服,金色头发。你从各个角度看着她,总觉得有点眼熟。他打开酒瓶,嗅嗅瓶口,在杯中倒了一点,边轻轻摇晃边继续闻。把最终享受的时间慢慢地往后推。他小心地抿了一口,然后含在嘴里,闭上眼睛,把所有的感觉都集中到一处。他终于咽下了第一口酒,微微地点点头。

然后他把酒瓶放到小桌板上,端进客厅,朝那个动不得的女人很快地瞥了一眼。"现在是时候得到你需要的东西了。"故意地,暧昧地,把自己逗乐了。那个女人没有回答。因为她的嘴被封上了!

把小桌板放下之后,尼克转向自己的设备,抽出电线。女人还坐在暗处,只是面对着紧紧拉起的窗帘的一个黑色身影。但是那细长的脖子,那发型。这不可能。

他正在打开的是一部相机,手忙脚乱,不过打开聚光灯的时候倒是快。光线直接打在卡蒂身上。她把眼睛眯起来抵挡那刺眼的光线,低下头。从她的动作能看出她想要用手把脸挡起来,但是双手都被绑在椅子后面。双腿也被绑起来,绑在椅子腿上。

你一下子跳起来。怎么会？这怎么可能呢？尼克正在把相机立在卡蒂的面前。他要确保这双手被绑住的女人在镜框里面。他小心地设置着相机。"这种录像很有价值，"他有条不紊地解释道，"难以预估的价值。"

你打去电话，是一个女人接的。"我要跟尼克·维尔德尔讲话。马上。""维尔德尔先生正在准备一个案件，不想被打扰。""那我就叫警察了。""我都不知道我在跟谁说话。""我是他的眼睛。""哦。好的。叫警察也没有用。维尔德尔先生有豁免权，以便调查案子。""我要求取消。""这个你要跟警察去说。""那可能要花上好几个小时。""轻而易举。"她的语调显示那完全可能会花上更久。

尼克挪动着水平躺在桌边的长颈鹿。他继续摆桌子，动作冷静、小心。同时你找到了那位很闲的女士。她说锁链转换期间的忙碌已经开始了，想要通过电话预定到出租车根本不可能。你还是去街上试一试，可能会有点运气。她建议你不要抱太大的希望。

卡蒂想要反抗，但是聚光灯暴露了她的疲倦。尼克点燃了一些茶蜡，放在桌下面端进来。酒精灯也点燃了，放到能够到的地方，卡蒂的身旁。他找来一些细长的针，放到火边。卡蒂假装没有看到他的动作。但是当他聚精会神地调整她黑色的上衣时，卡蒂皱起了眉头。上衣的领子划开了一道小口。

你跑到车流的角落试图叫车，可只有几位司机友好地冲你摆了摆手。两辆出租车开过，都有人，你没了耐心，跑回去找到自己的自行车。但是就在你坐到车座上从人行道上滑下去的时候，你突然停下，又跑回楼上去取目镜。

"……你会熬不住的，"尼克说。"最后你反正会熬不住的。"卡蒂嘴上的封条撕下来了。从她的面部表情可以看到她的嘴角很痛,那封条明显已经粘了很久。你一边看,一边卸下支撑架。尼克拿出一根细细的针,放到酒精火焰中。他转动着针管,等着鲜红的颜色褪去。然后他靠近卡蒂,她不由得往后扭头。这时针掉到了地上。他懊恼地改变了自己的方法,走近卡蒂,左手一把抓住她的头。

你把目镜卸了下来,现在可以带在身上。就是下楼梯的时候你都没有停止跟踪映像。卡蒂的脸被有力地按住,扭曲着。她的眼睛瞥向一侧。看着尼克用右手把第二根针放到火焰中。他拿着针在卡蒂的面前晃了晃,直到颜色褪去,然后在耳垂上找到一点,扎了下去。他不得不加大手劲,才能把她完全按住。

"你不会有好结果的。"卡蒂低声说。她的声音就要崩坏了。"噢,你能说话呀?"他满意地说。他指着窗帘,讽刺道:"谁看得到我们?你知道你到现在还没有分配到眼睛。你已经利用了这一点。而我的眼睛一本正经地发誓说他要离系统远远的。"

他是怎么知道的?你那忽视目镜的决定?不会是维塔,她是唯一一个……约克,有一次在酒吧里聊过,但是他可不会到处乱说。你信任约克。可是他的眼睛,那个在玻璃后面的热心人士,他可能已经把你扬扬得意的样子举报了上去。当然。

你坐到自行车上,差点绊倒,就因为你一刻也不想错过映像。你没有放下目镜,一路骑过步行街,尽管看过那些吓人的广告,你还是选择继续看。

"而且我有特权。"尼克解释道。"你可能带有十分关键的信息。在这种情况下是允许使用特殊手段的。"他抱歉地打量着剩下的针。

"我说过,我什么都不知道。""对,你是这么说的。你现在这么说。让我们看看你过一会儿怎么说。"他抓住她的脖子,用另一只手的两根手指掐住针头,前后来回移动。卡蒂压抑着自己的尖叫。他放开手,她把脖子扭向左边的胸脯,他没有碰过的地方。

"好的,有连接。"他严肃地说。他重复着刚才的动作,让她又一次浑身发抖,目光盯着自己的胸脯。"连接。"他重复道,指着卡蒂,好像这样就解释了一切。

"基于怀疑你藏有能引导我们找到消失的、很有可能被绑架的尤妮·维尔德尔的信息,我可以使用特殊的审讯手段。希望能够制止即将发生的罪行。我遵守着反犯罪运动法中第十四条款中第二例的特殊条例。"

他又拿起一根针,放到火焰中。卡蒂假装没看到。"我不知道关于你老婆的任何事情。"她安静地说。"我不知道她在哪里。不知道是谁绑架了她。"她察觉到他的反应,纠正道:"我都不知道她是不是被绑架了。"

他还是把她的脸紧紧掐住,掐到变形,然后精准地在第一根针旁边找到一个地方,把第二根插进去。她尖叫起来。当他对位置感到满意之后,重复之前的动作。用食指和拇指夹住,来回摩擦。卡蒂呻吟着、挣扎着。这次她的目光转向了右边的胸膛。毫无疑问,如果她双手自由的话一定会想要护住那里。

"联系建立完毕。"他乐呵呵地说,然后挑了挑针的末尾。卡蒂蜷成一团,她的胸部紧绷。

你好几次都差点撞到其他人,因为注意力都放在了映像上。在东边广场,你差点酿成大错。一个小女孩头上顶着天线，沉浸在自己的映像里。你之前诅咒这种人怎么可以自由地走在路上，但是现在你比他们还不负责任。你刚来得及刹车，而她根本就没察觉到可能存在的危险。

你认识那个女孩。差点跟她打了招呼，但是车停下来的时候，你意识到那是斯勒娃的映像。米切勒，那个抑郁到出去喝酒的孩子。现在你的问候应该会在某个时候出现在斯勒娃的映像里，一个手忙脚乱的自行车手。你指了指自己要去的方向。

尼克又一次紧紧抓住卡蒂的脸。他已经热好了针，插进找好的位置时，一股淡淡的烟冒了出来。这次是在右耳。前两根还插在左耳上。卡蒂喘着粗气，扭动着想要挣脱。

尼克往后退了几步，满意地看着自己的作品。女人愤怒地看着他。"你不会的，"她低声说，"你不敢。"他面无表情地抓住她的头发，用一只手固定住她的头，用另一只手来回捻着针。卡蒂想要压住自己的哀号，但是实在做不到。她的大腿随着尼克的动作快速地颤动，直到他住手之后才停下来。他的脸上带着嘲讽的微笑，重复着刚才的动作，加快了速度，她的大腿快速地抖动。

"连接不错，"他注明说，"我们理解彼此。我们与彼此共情。"他确保相机把这一切都记录下来。从通红的脸到拴在椅子上的腿。他往前回放，给她看自己的大腿扭曲着想要摆脱的片段。"我们管这个叫备选策略。"他专业地解释。

卡蒂想要把头扭开，但还是看到了那些羞辱的图像。尼克小心地将相机设置好，确保她可以在相机中看到自己的动作。但是更吸引她注意的是他手里正在摆弄的电池。他连接上三根细细的电线。然后把电线的另一端缠到针上。为了确保连接有效，他打开了开关，卡蒂扭成一团。他马上又关掉。

他继续连接上第二根和第三根电线。"你放心。开始的时候我们用的电流很弱。"这不寻常的工作让他喘起气来。他拍了拍肚子,来掩盖自己发福的身体。"饿了,"他解释道,"整整一天一夜了,可是忙呀。你也知道。"

他测试了所有的连接,然后满意地点点头。"我们可以在加热的时候吃点东西。你应该也饿了。哦,对了。你不愿意开口。食物可得等到你告诉我你知道的事情之后。"

"我已经告诉你了。"卡蒂的声音中听得出惊吓,她摇着头。电线在颤动,但还是紧紧缠在针上。

这一切是怎么到了这个地步的?你已经骑到了花园边的自行车道上。这里没有别的车,你大胆地把录像往回拨了一段,这可需要极大的专注力。中间发生了什么?你是怎么变成了一部低成本的烂电影里一个可笑的、匆忙的英雄?

你一直往回拨到了一个昼夜之前。一点五倍速播放。尼克到了家。喊着走过所有的门。没有得到回答。地下室也没有。寻找尤妮,然后找她留下的字条。厨房的桌子上,餐桌上。他打电话。问她去了哪里,两个,三个电话。

然后他变得不安,或者说是愤怒。他走进换衣间,一把拉开衣柜。然后走进杂物间。很明显在寻找她带走的东西。背包、行李,之前都规整地摆着,现在他把它们都翻倒,然后任由它们堆在地上。

他没有想到去联系失踪人的眼睛。他应该是知道那不过是徒劳。为什么不问呢?

打更多的电话。其中一个是给朋友卡尔的。他解释说他们的高尔夫打不成了。并没有提到尤妮的失踪。他突然想起了什么，赶紧回到尤妮的衣物间。之前漏下了一个柜子，把门拽开，发现了一些空的衣架。柜子里都是轻便的裙子。剩下的，还有消失的，都是夏天的衣服、鞋子，你看得太快，有些难以看出他到底发现了什么。

又一个电话。问关于海尔多的信息。跟你之前得到的信息一样。或者说是之后。海尔多撤销了注册。尼克记下迪拜和哥本哈根的地址。

现在他离开了家，车开得很快。家里被翻得一团糟也不管。路上他在找不同的信息。各种地址。

你认出了那栋楼前的停车场，他匆匆在那里停了车。是卡蒂的公寓。为了不错过任何细节，你调回到正常的速度。如果你当时在跟踪他，就可以打电话警告她。如果你没有那么孩子气地拒绝一切的话。或者你可以来帮忙，在那个时候，在那个还来得及的时候。

他乘电梯上楼，穿过你熟悉得不能再熟悉的走廊，走向卡蒂的公寓。你被尖叫声打断。

你本来正要骑过浴场，这下赶紧刹住车。你会不会是因为注意力分散把别人撞倒了？你赶紧回到现实中，却发觉尖叫声是从直播的映像中传来的。你赶紧切换回到现在。

卡蒂那惊恐的眼神，就映在屏幕正中央。她直直地盯着自己的恐惧，变得更加害怕。

往回一点。尼克坐在那里吃饭，细嚼慢咽，甚是享受。他察觉到其中一根电线可能没有连接好，起身，手里拿着叉子，调整连接。然后用叉子触碰电线。明显短路了，在震动。卡蒂的尖叫声再次响起。

现在："你有兴趣告诉我了吗？"他用一根手指玩弄着叉子，威胁地靠近电线。"我不知道……我能告诉你什么？""你知道我想要什么。""我怎么会……？"

尼克无奈地耸了耸肩。慢慢地坐下来，坐到信封旁边。他的一举一动都说明他有大把的时间，他在享受。她不用着急，还是好好想一想。

过去：他走在走廊上，停在那扇你曾经晕倒过的门前。他敲门，没等多久就推开门，卡蒂直接撞上他。他走进去，没有停下。很快，对话，质疑，接近争吵，询问海尔多的信息。卡蒂对她丈夫的行为不负责任。尤妮，哪里去了？这个问题像个炸弹，卡蒂的反应很激烈。因为她知道一些她不愿意透露的信息？因为这个问题出乎她的意料？出国了？他问。什么时候？卡蒂不确定。

突然他开始威胁她。刀子是从哪里来的呢？回拨。不，是她在威胁他。他把刀拨到一边，抓住她的头发。这不算是什么打斗，他拽着她的头发，把她的胳膊别到背后。拖着她，鞋子在地上留下划痕。她被迫像钳子一样走过露天的走廊，乘电梯下楼。他们在停车场遇见了小区的一个居民。他加大力度，卡蒂保持沉默。

你突然翻滚下来。注意力根本没放在路上，你撞上了马路牙子，摔到了肩膀。但是目镜仍然完好。尼克在环路上开车，卡蒂被绑在后座上。再骑上自行车。前屏摔了一下，有些闪烁。你浪费了很重要的几秒钟来调整它。再次骑上车，为了确认错误已排除，你对着屏幕踹了几脚，有些松，但是画面还稳定。

没时间再摔一次了，继续前进的时候你更加注意保护目镜，确保自己看着路。回到家，尼克把卡蒂放到客厅的椅子上。她想要跑，但是被一捆沉重的胶带击中了头部，倒在地上。这方便了他绑住她的手。

你经过老火车站。上了路才发现这段路比想象中要长。不仅仅是因为你要一边放着回播一边注意车道，姿势很不舒服。一声微弱的哀号迫使你切换回现时直播。卡蒂想要表现得满不在乎，但是却忍不住眼中的泪水。尼克感觉到一根针明显已经变热，他抽回手指，但是卡蒂的身体已经做出了反应，猛地一抽。他掏出一张手帕，夹在手指和针之间，有节奏地捻着针转动。卡蒂张开嘴，压着自己的声音，最后发出嘶哑的尖叫声。她不安地扭动着。

"你自己决定咱们要进行到什么步骤，"他说，"你不必为了我着急。"为了证明自己的耐心，他继续吃饭。

维塔，我还要被吊多久的胃口？你大声说道。你到了贝尔维尤。一对年轻人在过马路，你不得不停下车，利用这个时机设置回放按钮，刚刚摔倒的时候也擦坏了。

尼克开车进城，车里没有别的，卡蒂应该被留在了家里。他径直走向办公室。应该是周日，你没费时间去看日期。他走进空荡荡的建筑。那是你第一次同他见面的地方。这一切真的只是一个组合之前吗？

你小心地骑在自行车道上，还好人不多。他在办公室的电脑上搜索，然后开始打电话。现在的他坐在那里吃饭，假装对卡蒂没有兴趣。她坐在那里，双手小心翼翼地想要解开绑带。

回到过去，快放。他在申请一个许可。周日明显让这个过程慢了许多。

维塔，可怜可怜我吧，你感叹道，尽管当初是你先抛弃了她。我还要像个模仿英雄的小丑一样骑多久呢？我玩弄那种事情，不是已经被严惩了吗？我以为我们已经绝交了。

快进。你在海滩公园。谢谢。

过去：尼克就要失去耐心了，对电话里的女人发脾气。现在：卡蒂明显已经放弃了给自己松绑的想法。可能是因为尼克再次把注意力转移到了她身上。

我放弃了，维塔，快点吧。又是一次快进。你路过码头，谢谢，维塔。为什么不直接切换到重要的地方呢？

突然，就好像维塔有些不乐意了，一切开始变慢。你的腿很酸，自行车好像没有前进。在办公室里，尼克不耐烦地敲着桌子，继续敲，好像他加入了一个乐队。现在电话里的是爱莎，秘书。还没有出现，他问她能不能照顾一下小孩？一阵假笑声，暗示她会得到她应得的奖励。现在：尼克在逗卡蒂，手里拿着一满勺食物，举到卡蒂面前，晃动着，卡蒂不想碰到它。图像定住了。维塔！你发现是回放键卡死了。赶紧调试。

你按了好几次之后发现自己突然停在一个岔路口。这就是组合刚开始时，尼克某一天差点开错的那个地方，那条你跟随着尼克经常开过的路。你很快就认出了他家的房子。窗帘拉着。

你尽可能安静地走过花园里的小路。但还是没法像个英雄一样，悄无声息地跃过一个又一个灌木丛。你正要打开门，幸好往目镜里看了一眼。尼克已经起身。他可能听到了外面的动静，应该是在你停自行车的时候。走向大门时他抄起玄关的一根木棍。你放下尊严，藏到杉木后面。他打开门。你在目镜里看到他的画面，把音量调到最低，他才没听到自己的声音："嗨？有人吗？"

他放下心，又关上了门。你再次站到门前，又往目镜里看了一眼。他就站在门的另一边，棍子举在空中。你的手已经放到了门把手上，又抽了回来。

你绕过房子，想找到另一个入口，但没能成功。朝着海的那一面窗帘都拉得紧紧的。你想找到一条裂缝，可也是无功而返。尼克离开了玄关。把木棍挂回门边。他现在在客厅里，在窗帘后面。他走向卡蒂，对她说话，但是你不敢调高音量。她疑惑地摇摇头。

你往大门走去。悄悄地打开。你确保此时的尼克正捏着一根针，卡蒂的嘴巴张开，在哀号。录像没有声音，但是应该可以盖过你进门的动静。

现在你能直接听到她的话。"……可能跟海尔多走了。我不知道……"她的声音半哑着。"我怎么会知道……你能不能停下来？……你也没告诉我什么……关于尤妮……"你听不到他的回答。你眼睛盯着屏幕，伸手拿起钩子上那根粗壮的木棍。但是他应该听到了什么，身体一僵，做了一个让卡蒂不要出声的动作。

之后他往玄关走来。他没有蹑手蹑脚，但是尽量不发出声音。你走到通往地下室的台阶上，拉上门。楼梯间太暗，你只能看到他的影子。他看了看卧室，然后轻轻地转向厨房的门。回来的路上他停在钩子前面，发现木棍不见了。

你其实想要把棍子放回原处，像他之前挂的那样。但是这个地方太小了，你有可能会遇上他，而且目镜也很碍事。你选择站在原地。他走回客厅。

他回到卡蒂身边，你看到她的样子吓了一跳。她的脸上都是泪水，头发凌乱，衬衫不整，好像挣扎过，想要逃脱。他小心地检查她是否还被紧紧绑在椅子上。她想要逃，干得漂亮，他又用胶带封住她的嘴。他停下了一直杵在那里记录卡蒂每一个小动作的相机。

就在他在客厅忙活的时候，你抓紧利用时机切换位置。你走进卧室，没有放下木棍。很好，尽管你根本不知道要用它来干什么。尼克从壁炉边抽出一根火铲。卡蒂看到身体一抖。他像佩刀一样举着火铲，猛地打开通往玄关的门，没有看到对手，很是失望。

他从桌子上拿走铁锅时，你还不明白他的意图。但看到他把它放到客厅的门前，你瞬间明白了。闯入者不可避免地会踩进锅里，然后暴露。他走回玄关，没有发出声音，然后同样迅速地推开通往楼梯的门。出乎他的意料，这里也没有人。他犹豫着走回厨房，又检查了一遍。离开的时候拿走了一把刀。

走进客厅的时候他差点落入了自己的陷阱，但是在最后一刻想了起来，没有踩进锅里。他把针从卡蒂的耳朵上抽出来，然后切开绳索，把她从椅子上拉起来。一手拿着刀和火棍，另一只手紧紧地掐住她的手臂，拉着她走。他控制着她越过门口的障碍。

在通往地下室的门前，他停下来，举起武器，踹开门。没有敌人。卡蒂差点摔倒。他比画说卡蒂要走在前面。你没有放开目镜，确信他会回来，但是并不知道下一步该怎么做。一个英雄会怎么做？你的肩膀从自行车上摔下来之后还在疼。

他把卡蒂带进地下室里一个带酒吧和台球桌的大屋子，将一块墙板推向一边，打开后面一扇隐蔽的门。他把卡蒂推进黑暗的档案室，小心地把门关上，锁住，然后将门板移回原处，确保入口被完全覆盖。

你在卧室里寻找可以自卫的武器，但是只找到了一个衣物筐和一堆空衣架。他拿起一条围巾，缠在头上，然后走进锅炉房。为什么要戴面具？是谁不能暴露他的身份？他挡住了嘴巴和鼻子，没挡眼睛。

他在一个带把手的金属罐子中灌满液体，之后悄悄走上楼梯，一只手拿着罐子，另一只手拿着另两个武器。傻气的围巾还缠在嘴边。他以为这就可以吓到你？

当他走到厨房，拿起一盒火柴的时候，你终于明白了他的意图。你从衣架里抓出一件上衣，一件带花的夏季衬衫，然后紧紧地把它绕在鼻子和嘴巴上。衬衫上有很浓的香水味。尼克点燃了液体，他拿罐子的样子表明烟雾散发出让人恶心的恶臭味。

他摇晃着罐子，确保散发出尽量多的烟雾，走进客厅，然后是楼梯，朝这个方向散播毒气。

尽管透过这被香水味围绕的衬衫你都开始感觉不适，压抑着自己想要咳嗽的欲望。他站在玄关那里等着，听着，确信对手会暴露。当他没有听见动静之后，开始往卧室移动，一边走一边摇晃着他的毒气罐。

感谢目镜的存在，你在他走进来的那一刻正等着他。他被一整把实木衣架重重地砸中，还没有反应过来发生了什么，就被下一次袭击弄得晕头转向。有几只衣架打在身上，还有一只打中了他的鼻子，很近，但是很幸运没有打中眼睛。还在犯晕的他又被另一大把击中，一只打在下巴上。这个惊喜让他松开了手，罐子掉在地上。他本能地弯下腰想要确保液体不流出来，点燃地毯。他成功地抓住了手柄，但就在这时，围巾滑落下来，他不可避免地吸入大量有毒气体。他开始咳嗽，放下罐子，趴在地上，来回扭动。

你站在那里，棍子就悬在他头顶。你有选择权。可以击中他的脖子或者后脑。你应该把他打晕，轻轻地一击就足够。要打得多重才不会留下后遗症呢？你想尝试一下，但还是制止了自己。或者说是维塔制止了你。你为了维塔的眼睛也不能……现在是开始可怜他的时候吗？你想再尝试一次，但终于还是放弃，你没法去攻击一个手无寸铁的人。

你丢下这个咳嗽不停的可怜人。关上卧室的门时，你想到了之前用过的椅子的伎俩。于是你跑去卧室拿椅子，一脚踩进了锅里。你厌恶地把锅里的东西踹得到处都是。椅子的高度不合适，你努力想要把它别进门把手里，但是没有成功。这只会耗费你更多时间，比能拖住他的时间还要长。最后你只是把椅子靠在了门边上，这样开门的时候椅子就会倒下来。

你一只眼睛盯着屏幕，走下楼梯。你把门板挪开，相机不得不放到一边，还掘断了一两根指甲。打开锁，卡蒂翻滚出来，立刻摆出自卫的姿势。她惊讶地站住，然后认出了你,尽管你的脸被衬衫挡着,忘了解下来。

她精疲力尽地把头埋进你的肩膀,一边低声说:"这不行。没有出路。你不能帮我。"

你得到了几秒钟的时间看目镜,知道尼克就要咳嗽完了。他站起身,堵住自己流血的鼻子。

我是维塔,那个将死的维塔,而且我会一直都是维塔。

那个当然一刻钟也没有离开过你的维塔,斯威尔。我脾气暴躁,我没有双腿,但我还是在这儿。就像脖子上的一点苍蝇屎。你知道,感觉得到,忘不了。你一刻不停地感觉到我的存在。我们就像长在一起,因为锁链让我们成为一体。

不是一个想法,我管它们叫想法,因为它们飞过我的脑海,飞呀飞。我纠正一下,是蠕动过我的脑海。那些蠕动过我这杂乱无章的脑袋的图像,而我叫它们斯威尔。我想说什么来着,不是一个想法?幸好你现在在跟被选中的人聊天:继续看着他。同那个被解救出来的美人用将军一样的口气说话。

你不常开车。更是从来没有开过像尼克家的这么大的车。导航还没设置好,你就开到了马路牙子上。卡蒂不情愿地靠近你的目镜,这是严重的违法行为,但是你,这个对法律深感兴趣的人,允许她这么做。她还处在震惊中,头发乱糟糟,不停地扯动着嘴角,那被胶带粘紧的嘴角,揉揉手腕,上面都是绳子留下的痕迹。她不情愿地接近一切痛感的来源。要我说,她比你还清醒,但是你才不想听我的话,这个任性又被系统迷惑了的你呀。

他在咳嗽,她说,违背着自己意愿,盯着你的映像。他打开窗户,把门大敞开,换气。她描述尼克,就好像我在描述你。就好像我们每个人都在描述彼此。只剩下我。我,没牙没腿,被金属架子绑着,被放在伊亚那双乐于助人的手里,我可不想成为那灰色头发、眼镜反光的娇气的老处女的产物。她毫无新意地把我挂在这里观察。或者她充满恶意（这倒更有可能），怀着她那令人作呕的嫉妒和羞辱的心，享受着把我从一个正常人的生活中剥离。把我捆在这个愚蠢的目镜上面，让它成为我唯一的娱乐。映像，除此之外我还有什么呢？

心地恶毒的她，怀着报复心理，令人恶心，展示着我这个无助的、被剥夺了一切的生物。插在叉子上的幽灵，除了看着她没有别的可能，嘲笑她。而这都是给聋人听的，她可能没有降低音量，避开我的这些毒话。她就是我在找的恶魔。那个我把你派去反抗的人，斯威尔。而该死的你根本没在意我的告诫。掐死她或者至少把她的力量夺去，这个灰女人，我就能得到安宁。

就这样，我们每个人都有自己的恶魔对着我们讲述，还有各自的受害者在目镜的那一端无能为力地蠕动。就这样，我，像我一样无力的人，靠在一个反人类的目镜上。不抱怨了，反正也没有用，还是回到……我差点说了生活？呵，真的？

以目镜的名义起誓，那些词不是从我嘴里吐出来的。是谁在用我的嘴巴讲话？不是嘴，是目镜，我被这强大的表象欺骗了，我承认。这真是我讲述艺术的巅峰。伟大的英勇战斗。如此有娱乐性，我的腿在下面抖动，口水成股地流下来，都能煲汤了，这些大话。但是我们玩得开心，承认吧，斯威尔，在我们开始那场衣架袭击的时候。

你差点就要指出（但还是够聪明地停下了），没有目镜的话，你们现在就不会坐在尼克的车里，会被那段你费了好大力气才骑完的路吓退，那段我与你同在的路，我这个无力的人。没有目镜，你就不会知道尼克把钥匙忘在了车里。这是大家在犯罪的时候绝不敢去妄想的事情。但是现在不是布道的时候,你聪明地察觉出来。对女人感受的察觉令人刮目相看。你就笑我吧,我能听到你在低语,我不是刚刚救了她吗?

救了我心爱的好友,我的情敌,那个专门来找我的女人,疯了。嫉妒我,呵呵。目镜架在眼前,她的语气中带着一点幸灾乐祸,告诉你尼克正往鼻子上贴创可贴。你觉得羞耻,但还有些自豪。是你,这个伟大的衣架大王,打得他流鼻血。你有一刻沐浴在卡蒂的钦佩中,还好她并没有意识到自己为她冒了多大险。

你身边的女人说他在打电话。他得到了你们全部的注意力。他在追踪自己失踪的可能是被盗的车。嘭。卡蒂被抛了起来,差点撞到车顶。你的注意力都在其他事上,没有看到减速带。卡蒂开始责备你,她的心里还很烦躁,惊吓还没褪去。你在路边停下来,走出去,把方向盘留给她。

在对抗之后精疲力竭,我说的是我自己,我什么时候说过别人?我还有兴趣说别人吗?对抗之后精疲力竭的我让你们在我眼前走过,都是平常的事,她坐在方向盘前。开车,一切正常。

现在你的双手自由了,就开始打电话。没有,约克没有计划。就算这是旧时日历的节假日,新计时法中第十三个组合的最后一天。今晚我们会分离,明天我的眼前将有一个新的映像。希望更加有启发性,谁知道她(应该是个她了),谁知道她会启发我做出什么新鲜事情?寻找过去的谜题?对语言起源的深入研究?因为它们都能在这具木乃伊中唤醒一些新的东西,算了,谁在听呢?

至少让我继续说下去。还在打电话。你邀请约克一起出逃。说他可以见到他一直想要见到的一个女人。在这个锁链切换前的最后一个欢庆的夜晚。约克愉快地接受了邀请。现在怎么办？我们真的还有计划吗？宴会不是结束了吗？卡蒂应该也同样困惑。出逃？她现在最需要的就是哭出来，所有的艰辛、惊吓，还有没有出路的悲伤。

你无情地选择不去听她。不给她机会发泄。你告诉她自己关于约克眼睛的想法，那个每天毫无趣味的可怜人，应该就是他把你们给揭露了。你告诉卡蒂一定要谨慎。确保接到了约克之后，不要说任何不该传出去的话，因为那个大嘴巴在听，会到处八卦。卡蒂很迷茫。不只是我，我这个老不死的，就连我那年轻的替班人都觉得你的行为很奇怪。你真的背着我想到了一个计划？

你来传述，因为现在目镜在你手里，你说尼克开始打扫卫生。不只是尤妮那些摞在一起的漂亮裙子，堆在柜子一角的衣架。不只是那锅中的美食，现在都摊在地上。不只是你在扯录像的时候弄倒的相机，那卷录像是那令人尴尬的审讯记录。怎么会有人去看英雄小人大战的细节呢？打扫卫生。尼克慢慢地，有条不紊地清除掉这场混乱大战的痕迹。

我浑身疼，好像是我亲自参加了那场争斗，是什么让我来跟踪你？咕咕咕叫的肚子，我跟得太入迷忘了吃饭？想到把你的所作所为放到我身上就浑身僵硬。别以为我过得比你好，你那瘫痪的肩膀，也不比她那肿起的手腕好，也不比那跟跟跄跄流着鼻血的尼克好。我的进食奶瓶，我最后的安慰。

你们接到约克，他没法形容地清醒，充满能量。你谨慎地把他带进场景，非常谨慎，一直记得他那大嘴巴的眼睛。这么多停顿的时间我终于可以照顾一下自己。只有半只眼睛在你们那里。

你们现在在开卡蒂的车。

我没看到，我承认。你的眼睛允许自己闭上。卡蒂换了身衣裳。背着我，或者准确地说是背着我那闭上的眼皮，她换了衣裳，化了妆，消除掉前一天那个恐怖的夜晚，那些闻讯和折磨的痕迹，十分迅速。

你没法放开自己的映像，打断了约克的话。电话响了，你说。尼克家的电话响了。他把手举起来，想引起你的注意。听，听然后重复。尼克的车找到了，在高楼的停车场。尼克明白，打断了对方。犯罪分子在逃，往北部方向，快到霍尔森林了。尼克满意地点点头，你转述道，卡蒂和约克听着。

电话结束了。尼克给自己的眼睛比画了一下（就是你，正在跟踪他的你）。说他要申请搜索。他重复着电话里的话。申请搜索，他很满意找到了自己的车。不要追踪案件。如果他不再做什么的话，你们也不必再担心。你把这清楚地转述给约克，就好像在建立一个合约。约克的眼睛听到了，那个大嘴巴，然后把这个条件通过电话转述给尼克。和平结束。

所有的不道德都消除了。你们就这样对抗犯罪，就这样战胜了罪行。呵！闭上一只眼睛然后原谅，上帝啊，把我的嘴巴弄干净吧！我之前在哪里听过？轻松的氛围在车里蔓延开，只有那个老掉牙的异端在恼怒。这个叉子上的鬼魂，看过了一切，经历了一切，允许自己对你们的软弱笑出声来，你们那闭上眼睛只看见道德的方法。

我的臭脾气此刻格外坏，因为要为明天来的伊亚清理一番，那个没耐心、讨人厌的伊亚。我对你们空洞的和解如此愤怒，以至于转身时把奶瓶打倒在地上。明天她，我说的是那个打扫大王伊亚，她明天会得到这卷快要录完的磁带。最后一带，呵。我现在也要愚蠢地开始感伤了吗？最后一带，就听完它吧，最后一个把我们联系在一起的磁带，斯威尔。你走吧，背叛了我，懒得不行。你不接受我的讯息，我那辛辛苦苦探索出来的真理，进到你的脑子里去，进去，进去，管它什么方法。你终于收到了，然后却碰都没碰。你走吧。

你们认得路，开到那野森林里的房子前。对，我承认，就是我，这个抹布娃娃，也有弱点。得看看最后的结局，尽管我们已经结束了。乔安娜，那个掌控着时间的女人，接待了你们，孤独的女人，为能在这个欢庆的日子得到你们的陪伴喜出望外，第十三个组合的最后一天，新的计时。而且又来了一个年轻的崇拜者，带着自己对时间理论、时间坍塌、时间切换的独到见解，还有一堆故事。哈利路亚。

又一首没完成的赞歌被唱起，准备好了下一段。这是这个世界的条件，一个故事唱到一半，另一半被遗忘，忧虑被遗忘，永远没有结局，好像联系突然被切断。好像一台电视，只播放电影的前四分之一，预览很惊艳但是没有序章，结局很精彩但是没有依据。好像是个恶作剧的恶魔，或者说是糟糕的业余爱好者，没有什么形式感。呵，连我都懒得看。

我承认，这应该正是招供的时刻，我对自己招供，只有我自己，因为那个焦躁的灰女士早就放弃我了。除非她在这个欢庆的时刻感到孤独，呵呵，然后借自己的映像取乐。不为别的，只是为了确保这个人还在受苦，这个无助的生命还被插在叉子上，还流着口水喋喋不休，连屋子都没走出过。你在吗？只有这个怪物来消遣，你生气吗，在这个节……？

还是你尽管大腿干瘪也还是找到了那个骷髅头，那个脑袋棱角分明的家伙，他叫什么来着，那个你带来的家伙。你有没有（我不会在一个句子结束之前忘掉自己要说的话），有没有找到自己的安慰，因为这个乱动的老太太没有给你带来欢乐？你，我的眼睛，唯一的欢乐就是看我受苦。

所以还是算了。约克和乔安娜沉浸在专业的讨论中，面前摆着纸，又画又讲。时间和时间的塌陷，她说。回到八十年代的那次崩塌。她在幻想着修复那一次？约克完全被吞噬了，问道。他们讨论的到底是物理还是他们自己？他要加入，这个冗长的关于黑人系统暂停锁链的计划。

你们老早以前就已经离开了讨论，你和卡蒂，只是看着彼此。她很困惑。被救下来但是仍然很困惑。她解释说她放弃了，因为这不是等着她的一条路。她补充说，一个陌生的男人或者女人一直看着她的那种生活，不是生活，是想象。生活变成了一场可笑的业余演出。你把手放到她的肩膀上，想要转移她的注意力。

奏效了。你的手指划过她的头发，她回以柔和的微笑。你，这个半吊子的英雄，好像给她许诺了一个前景。乔安娜和约克，他们对彼此的兴趣好像超越了物理。尽管他们还在交换那些物理符号和算式。乔安娜和约克，两个名字放在一起都不顺口,他们起身,走进地下室,她要在那里演示自己的理论,为自己心焦的学生展示她的时间计划。同时他可以编码解码,说得不至于我这个半清醒的老太太能明白,那个好管闲事的男人也不明白。但是差不多。

你和卡蒂,只剩下你们,走进房间。那个嘟囔的老太太给了你们自由选择的权利。这部业余演出也如此突然地结束了,好像一个被卡住脖子的怪物讲述的那样。

第七带

填满我。

没有你,我什么都不是。就好像你的生命没有我也同样空白。让我们成为一体,这样我们可以变得完整,成为一个能够承担自己、保持直立、自力更生的个体。

让我们共同散播名字与形体。

你醒来。愈合。这是你脑中出现的第一个词。时间还早,她还在你身边沉睡,如此美丽,这副场景让你的眼睛起了雾。

你亲吻她的脸颊,轻轻地,不去吵醒她。你从床上滑下来,看到她露出来的脚趾,小心地给它们盖上被子。但是她,任性的她,就是在睡梦中也一样,直接把被子踹开,脚又晾在了外面。

你把衣服搭在肩上。走到前厅的时候,你站住,把衣服拽上来。乔安娜和约克还没醒。他们共同的项目肯定做到很晚,而且明显是睡在了同一个房间。约克的房间没关门,床明显没有动过。你震惊了一下,好像瞬间失去了整个青春。你低声安慰自己,人也不能太贪心,然后把目镜夹到胳膊下面。新组合的第一天。

那是个潮湿迷蒙的早晨,森林的土壤在昨夜的大雨过后还很柔软。你借了乔安娜那金黄色的雨靴。比你的脚小了整整两个码,你却成功地穿上了。

你走过碎石铺成的小路,石头吱嘎作响,你生怕吵醒屋子里的人,加快了步伐,走到草地上,然后进入森林。你呼吸着那潮湿清新的空气,追逐着那些小小的云彩。阳光跟随着你的脚步,事物开始染上色彩,黑暗渐渐变成灰色,然后转成灰绿色。绿慢慢地显现出来。

你在一道光下站定,没法再按捺住自己的好奇心。你坐到一根倾倒在地的树干上,拿出设备。新组合的第一个早晨,总是很特别。但是这个早晨更甚,一个新的时代。

你打扰到了一只小鸟,它扑棱着翅膀穿过树冠。你把目镜装上,都没有检查它是否蒙了雾水。你慢慢地调出新的图像,开始时不是很清晰,就好像磨砂玻璃一样,直到新的波长被找到,连接上。

你如此兴奋,整个身体都在颤抖。你不得不把一条腿放到另一条腿上,好用膝盖抵着目镜。你的小腿肚子还在痛。图像开始呈现。一只脚。明显是一只女人的脚。幸运之神站在了你这边。

卡蒂就要醒了。当她去够身边的男人时,惊讶地发现他那边是空的。惊恐把她吓醒了。她坐在床上,缩起身子,用被把自己包裹起来。她摸了一下,你的位置差不多都冷了,所以你已经离开有些时候。

她坐起来,几乎看都没看就把脚伸进拖鞋里,脸上若有所思地浮现出一个微笑,可能是前晚的欢愉回到了脑中。她看了一眼表,又看了一眼窗外,确认天已经开始变亮。这是多么美妙、充满能量的场景啊!

就在这时，一股不适感穿过她的身体，毫无疑问是因为她的目光落在了面前的器械上。你已经给她安装好了。她背过身去，从背包里拿出梳子。她的胳膊赤裸着，把睡裙的吊带往上拉了拉，然后缓慢地、安静地梳开自己的头发。这是给神仙准备的画面。那么多柔软的发丝，几乎充满了仪式感，让人静下心来。

直到她停下来，知道自己在被看着。一个陌生人跟踪着她，她的一举一动。这个想法让她把梳子扔到屋子的另一端去，好像她想要砸中那个正在窥视的人。她把脸埋在双手里。

她夸张地穿上浴袍，把自己整个罩住。然后又找到一条围巾，用一种熟练的动作确保围巾遮住了自己的头发和大部分的脸。就好像她要告诉这个旁观者，这个热切好奇的人，她才不玩这个游戏。她不愿意展示自己。

她靠在门边，看到其他人还在睡觉，又走回屋子。她有些羞辱地捡回梳子。擦拭着上面因为砸到白色墙纸而留下的一小块痕迹。她把梳子放回桌上，靠近目镜。她冲着它冷笑了几声，好像威胁都是从这里发出的。

她突然做出了决定，瞪着愤怒的眼睛，抓住设备，差点就要把架子朝着跟梳子一样的方向扔出去。但是她又犹豫了，可能是想到这会在墙上留下的痕迹。她的脸上浮现出似是而非的自嘲的表情。由衷的。她忘了自己在被监视吗？

就在她把目镜放回到桌子上的时候，她想到了什么。鼻子上那条小小的皱纹证明她在抗拒这个想法。下一刻她开始向这个诱惑屈服，没有人看得到，她以为。还是你之前看到觉得好笑的那个表情。什么时候？你第一次去她家里拜访的时候,她允许自己多吃了一块糖,心不甘情不愿地。

她不习惯地抓起目镜,调动设置,边看边鄙视自己。开始的时候她只是看到迷蒙的光线,透过带着雨滴的乳化玻璃。

画面渐渐显现出来。我的映像。她低声嘀咕,来适应这个词。这就是我接下来的映像。一双黄色的胶鞋。毫无疑问是女士胶鞋。在室外,还有一条牛仔裤。走过那大雾的森林,裤子都湿了。一条腿放在另一条的上面,目镜放在膝盖上。森林里的一束光,倒下的树干。至少是个热爱自然的人。

她差点把目镜摔在地上。她猛地抽回身子,好像发生了什么她不明白的事。快速瞥了一眼四周,她是疯了吗?她咬住围巾的一角,然后再次看进去,告诉自己这不是在梦里。

光线,树干,黄色的胶鞋。她进来的时候,你挥挥手,手里还抓着目镜,对她微笑。她犹豫着,几乎是机械化地,不明所以地,抬起手回应你。你模仿她的样子,也把围巾咬住,向她证明自己正看着她。她害羞地笑了,把围巾吐出来。你用唇语对她说了一句话。她摇摇头,指着自己藏在围巾后面的耳朵,表示她还没有搞明白怎么播放声音。

你好像已经猜到了,缓慢地让她跟随你的动作,手指向树干。你指着自己在树皮上画下的图案,一颗心,上面写着 K 和 S。

"我也爱你……"她低语道,表情严肃。

她抬起了手。用食指指着自己。你点头说你明白了。你站起身,一只眼睛看着目镜,一只看着路,开始走。

她取下围巾，摇摇头让头发散落下来。完全一个人，心里却知道她是为了你做的。她那缓慢、优雅的动作，一下一下，梳开浓密的秀发。那婀娜的身姿，有一种无法言说的和谐。她好几次停下来，走向目镜，确保你在回来的路上。

她正好看到你因为过于专注映像，差点被横在路上的树枝绊倒。她歪过头，笑了起来。浴袍滑到了一边，但是她不再努力遮盖自己。

她放下梳子，拿出一个化妆包，走到镜子前，又后悔了。她一只眼睛看着目镜，在化另一只眼睛的眉毛。化完之后她给你递去一个疑问的目光。

你不得不停下来，指着自己的脸告诉她她在末梢还缺一点颜色。她补上之后接收到你认可的目光。然后以你为镜子继续画另一只。

她没有问你，直接把嘴巴挪上来，闭上眼睛，然后给了你一个飞吻。你已经走到后花园了，悄悄走过碎石路，走进那还很寂静的房子。之后你不得不放下目镜，这样你可以小心地打开房间的门，眼中映入的仿佛神仙下凡。一个发着光的仙女，证实着所有感应器的贫乏。

"我也爱你……"她重复道，好像她不确定第一次的声音有没有传到你的耳朵里。

"……但是我们不去看，再也不看了。"卡蒂把面包和果酱递给你，坚持道。"我们把它们都打包。反正也没有人要求我们一定要去用它。只要我们还是彼此的眼睛。"

"偶尔也会有实际的作用。"你态度温和地建议道。"如果我们隔得远的话，能省不少电话费。"

"什么电话？我们再也不会分开了。"

约克笑得很微妙，接过乔安娜递给她的面包。"乔安娜和我一致认为我们之间的连接很顺畅。"他说。

你差点因为惊讶把咖啡喷出来："你们之间？"

"你以为就你们可以享受这个好处？"乔安娜，时间的高手，神奇地在一夜之间年轻了十岁。她朝约克递去一个充满爱意的目光。"我还是想留在我的森林木屋里。而约克还要完成自己的学业。在城里。但我们还是可以时刻在一起。之前从没有人想过这样安排。"

"而且在我们不愿意的时候就切断联系。"约克赶紧补充道。

"谁知道有多少人建立了这种私人的小圈子，"你很好奇，"可能这就是下一个发展方向？每一个系统都有格格不入的分子。"

"叛逃者。"卡蒂打断你。

"我其实真的很期待再次回到大学的实验室。"乔安娜说。"尤其是现在，我安心地坐在家里就能通过约克完成实验。"

"乔安娜和我决定仔细调查一下八十年代的那次时间塌陷。"

"说老实话，我有些想念有人一起并肩作战的日子。而且他还证实了自己的计算机水平。"

约克坐在那里，好像有件事情需要坦白，却很难说出口。他若有所思地先看看卡蒂，再看向你："其实难的不是黑进系统把你们变成彼此的眼睛，而是把连接切断。因为这跟一个随机功能挂钩。说直白一点就是：我恐怕是没法在下一次组合的时候把你们分开了。再下一次也不行。你们一辈子都要挂在一起,成为彼此的一部分。"

他抱歉地耸了耸肩:"所以你们下次也别期待会有更好的了。"

图书在版编目（CIP）数据

第七带 /（丹）斯文·欧·麦森著；郝旌辰译. —北京：中国国际广播出版社，2020.7（2024.1重印）
（北欧文学译丛）
ISBN 978-7-5078-4706-2

Ⅰ. ①第⋯　Ⅱ.①斯⋯ ②郝⋯　Ⅲ.①长篇小说－丹麦－现代　Ⅳ.①I534.45

中国版本图书馆CIP数据核字（2020）第116971号

著作权合同登记号 01-2019-4048

© Svend Åge Madsen & Gyldendal. Copenhagen 2006. Published by agreement with Gyldendal Group Agency.
　Simplified Chinese Translation Copyright©2020 by China International Radio Press Co., Ltd.
　All rights reserved
DANISH ARTS FOUNDATION

第七带

出 品 人	宇　清
总 策 划	田利平
策　　划	张娟平　凭　林
著　　者	[丹麦] 斯文·欧·麦森
译　　者	郝旌辰
责任编辑	张　亚
装帧设计	Guangfu Design	张　晖
校　　对	张　娜

出版发行	中国国际广播出版社有限公司 [010-89508207（传真）]
社　　址	北京市丰台区榴乡路88号石榴中心2号楼1701
	邮编：100079
印　　刷	天津鑫恒彩印刷有限公司

开　　本	880×1230　1/32
字　　数	173千字
印　　张	8
版　　次	2020年9月　北京第一版
印　　次	2024年1月　第四次印刷
定　　价	48.00元

版权所有　盗版必究